Wolfgang Hohlbein

la chronique des immortels

Au bord du gouffre

TRADUIT DE L'ALLEMAND PAR PASCALE HERVIEUX

L'ATALANTE
Nantes

Illustration de couverture : Amandine Labarre

DIE CHRONIK DER UNSTERBLICHEN – AM ABGRUND

Ouvrage proposé à l'éditeur par l'agence Editio Dialog, Lille

ISBN 978-2-84172-360-7

Librairie L'Atalante, 11 & 15, rue des Vieilles-Douves, 44000 Nantes

I

Une fine branche lui fouetta le visage, dessinant un filet de sang sur sa joue. La plaie n'était pas profonde et guérirait aussi vite que toutes les blessures qu'il s'était infligées au cours de sa vie. La douleur ne l'atteignait pas. Après la perte atroce de Raqi et de la petite fille à laquelle elle venait de donner le jour, plus rien ne le touchait vraiment. Pourtant, la mince estafilade sur sa pommette l'arracha un court instant à ses sombres pensées. Andrej Delãny leva les yeux, examina rapidement les environs et, surpris, tira sur les rênes de son cheval.

Il était de retour chez lui.

Il avait cru chevaucher sans but à travers le pays depuis qu'il était parti, peu après l'enterrement improvisé, mais ce n'était pas le cas. Il était retourné sur les lieux de sa naissance. La colline basse que son cheval venait de grimper au petit trot était celle où il jouait, enfant, avec ses amis. Il reconnut le hêtre majestueux et tordu, dont les branches se tendaient vers les quatre points cardinaux comme les mains aux doigts innombrables d'un géant amical. Dans son jeune âge, il était tombé plus d'une fois de sa cime sans jamais se rompre les os, ni même se blesser.

Tandis qu'il contemplait l'arbre imposant, cela lui parut soudain inconcevable, jusqu'à ce qu'il comprenne qu'à ses yeux d'enfant le hêtre avait semblé bien plus grand et effrayant. Juste ce qu'il fallait pour prouver son extraordinaire témérité à ses camarades. Cette pensée le fit frissonner. Dans combien d'entreprises aussi folles que dangereuses s'était-il volontairement lancé, uniquement pour prouver qu'il était le plus courageux ? Plus tard, il n'avait pas toujours été capable de se tirer d'embarras, comme après le vol funeste de l'église de Rotthurn, où il était venu en aide à un soi-disant ami en difficulté, alors que ce dernier ne le méritait pas. À seize ans à peine, il était devenu un paria, un damné dont la vie ne reprendrait jamais plus son cours normal. Les conséquences de ces décisions avaient conditionné toute son évolution, l'amenant finalement, des années plus tard, à abandonner son fils Marius en pleine nuit, dans le plus grand secret, à des parents de la vallée de Borsa, sans espoir de jamais le revoir.

Pourquoi, alors, était-il revenu ?

Après l'enterrement de Raqi et de sa fille, le deuxième enfant que la vie lui arrachait après l'avoir contraint à abandonner son fils, il avait chevauché sans but, des jours durant, à travers la Transylvanie. Combien de jours, il n'aurait su le dire. Cinq, dix ou cent : quelle différence cela faisait-il ? Il avait perdu toute notion du temps et n'avait suivi aucune direction précise. S'en remettant au hasard, au caprice des chemins et à l'instinct de sa monture, il avait seulement veillé à rester loin des hommes et ne s'était ravitaillé qu'occasionnellement dans des fermes isolées.

Ce n'était sûrement pas un hasard. Voulait-il, contre toute raison, provoquer une rencontre avec cet aîné confié, il y avait tant d'années déjà, aux membres de sa famille, en les suppliant de l'élever comme leur propre fils ? Cette idée le mettait mal à l'aise car elle le renvoyait aux douloureux souvenirs qu'il refusait d'affronter depuis si longtemps. Il aurait été plus simple de suivre l'exemple de son beau-père et de s'en aller courir ces pays et ces continents lointains dont Mikhaïl Nadasdy lui avait vanté les attraits avec tant de passion.

Au début, Andrej ne s'était pas entendu avec le vieux soldat. Lorsque Mikhaïl Nadasdy était revenu d'Alexandrie en Transylvanie, il avait cordialement haï ce vieil aventurier qui avait ignominieusement abandonné femme et enfant adoptif avant de reparaître, comme par caprice, pour jouer les pères et les donneurs de leçons. Après plusieurs mois de scènes pénibles et de rejet obstiné, Andrej avait finalement dû convenir que sa résistance n'était pas seulement lassante, mais également vaine : Mikhaïl était vraiment un professeur plein de sagesse et de patience, et il s'y entendait parfaitement pour lui transmettre son expérience et son savoir-faire au combat, acquis lors de ses nombreux voyages et aventures.

Avec le recul, il lui fallait bien avouer que le début, ou presque, de sa vie consciente était lié au moment où Mikhaïl l'avait pris en main. La seule fausse note fut leur fuite précipitée du village peu après le retour de Mikhaïl. Pour une raison qu'il n'avait toujours pas entièrement comprise, le grand voyageur n'avait pas seulement attiré sur lui la désapprobation et la jalousie de ses semblables, mais aussi une haine farouche qui avait fini par éclater au grand jour dans un acte de violence sanglant au cours duquel, Dieu merci, nul n'avait été sérieusement blessé. La même nuit, ils avaient réuni toutes leurs possessions et s'étaient enfuis vers les montagnes, pour y vivre les années suivantes dans un grand dénuement. Pendant longtemps, il avait été le seul à se risquer de temps à autre au village, où tantes et oncles en profitaient secrètement pour lui faire de menus cadeaux, Barak en tête, qui avait toujours désapprouvé ouvertement le bannissement de la famille d'Andrej.

Il y avait encore eu un nouveau départ, plus tard, lorsqu'il avait quitté sa mère et Mikhaïl pour s'en aller courir le monde. Du haut de ses seize ans, il n'était parvenu que jusqu'à Rotthurn, où il avait été marqué à jamais par le pillage de l'église. Seul et désemparé, il était retourné vers la modeste demeure de sa mère. En chemin, au beau milieu d'une région montagneuse particulièrement isolée, il avait rencontré Raqi, en fuite elle aussi. Ensemble, ils avaient trouvé refuge chez sa mère et Mikhaïl jusqu'à ce que ces derniers les quittent, l'un après l'autre.

Tout avait commencé peu après l'arrivée de Raqi. Au début, ce ne furent que des bruits bizarres et des empreintes de pas laissées dans le sol aride autour de leur hutte. Ils furent remplacés, quelque temps plus tard, par des attaques sournoises, perpétrées par des étrangers dont ils ne parvinrent jamais à se saisir.

Désormais ils étaient tous morts. Ils avaient eu sa mère alors qu'elle arrachait les mauvaises herbes dans son petit potager. Avant que Mikhaïl et lui, attirés par un affreux tumulte, n'atteignent le jardin derrière la colline, il était déjà trop tard : sa mère avait été lapidée et rouée de coups de bâtons taillés en pointe. Ils n'avaient jamais retrouvé les agresseurs.

Sa mère ne se remit jamais de ses blessures et s'éteignit misérablement, au bout de quelques semaines. À peine deux ans plus tard, Mikhaïl Nadasdy, atteint par un coup d'épée lors d'un attentat perfide, rendait l'âme dans ses bras, après plusieurs jours d'une lente agonie. Raqi, quant à elle, était morte d'une mort naturelle, mais non moins terrible, en donnant naissance à leur enfant. La petite fille ne lui survécut pas et ne vit le jour que quelques instants avant que le Seigneur ne la rappelle à lui.

Depuis lors, il ne se passait pas un jour, pas une heure, sans qu'il ne songe à mettre fin à sa vie. Il n'avait pas peur de la mort, bien au contraire, elle lui faisait l'effet d'une vieille et douce amie qui le soulagerait de toute douleur et de toute peine. Car les faits étaient là : il avait dû enterrer de ses propres mains tous ceux qui comptaient pour lui, mais la consolation de la mort lui avait été refusée.

Pour quelle raison, alors, était-il revenu ? Était-ce l'instinct, comme celui qui pousse certains animaux à retourner sur les lieux de leur naissance pour y mourir ? Devait-il à Raqi de la suivre et de mettre un terme à sa vie ? Ou avait-il obéi à une pulsion bien plus ancienne, née de son éternel sentiment de solitude ?

Andrej hésita longtemps avant de se décider à reprendre son chemin. Il n'avait rien à perdre. Borsa, le village où il était venu au monde, se trouvait par-delà la colline, sur les bords du fleuve Brasan où se dressait la place forte du village. S'y souvenait-on encore de lui ou avait-il quitté le village depuis trop longtemps ? Lorsque, des années plus tard, il avait amené Marius ici, il était arrivé peu après la tombée de la nuit pour repartir juste avant le lever du soleil, afin que nul ne reconnaisse en lui Andrej Delãny, l'un des prétendus pilleurs de l'église de Rotthurn.

C'est bien pour cela qu'il n'avait rien à perdre. Il s'inquiétait de plus en plus de la raison de sa venue. N'avait-il vraiment été poussé que par son seul instinct paternel, le souci qu'il se faisait au sujet de son fils, l'héritage de ses sauvages ancêtres, comme l'avait toujours dit Mikhaïl Nadasdy sans qu'il eût jamais vraiment compris pourquoi. Peut-être n'était-ce qu'une… *intuition* ? Delãny tenta vainement de sourire. *Ne méprise jamais tes intuitions*, chuchotait la voix de Mikhaïl Nadasdy dans sa mémoire. *Qui sait ? Peut-être ces messages sont-ils une partie de nous, la seule capable de voir ce qui d'ordinaire reste caché…*

Et peut-être sa présence ici s'expliquait-elle autrement. Quoi qu'il en soit, cela ne lui coûtait rien de franchir les quelques derniers pas et de jeter un regard sur le village de Borsa, situé en contrebas. D'un claquement de langue, il remit sa monture au trot. Mikhaïl Nadasdy lui avait enseigné qu'un cheval dressé avec patience et amour obéissait infiniment mieux aux ordres verbaux qu'aux coups de cravache. Il n'avait pas tardé à mesurer toute la sagesse de ce conseil… et pas seulement avec les chevaux.

Parvenu au sommet de la colline, il fit halte de nouveau. La vallée de Borsa s'étendait à ses pieds, telle que dans son souvenir. À cette distance encore éloignée, il lui sembla presque que le temps s'était arrêté.

Rien n'avait changé. La tour de défense se dressait, sombre et majestueuse, au-dessus des eaux cristallines de la rivière. La silhouette caractéristique de la vieille bâtisse avait été lissée, mais non brisée par le temps. À contre-jour, dans la clarté orangée du soleil de l'après-midi, les murs paraissaient presque noirs. Andrej crut toutefois déceler quelques changements : ici et là, des dégâts avaient été réparés, un créneau endommagé avait été rénové, la charpente en bois d'une dépendance voisine avait été modifiée. Néanmoins, rien de tout cela n'avait altéré en profondeur l'apparence de la forteresse et de sa tour centrale. Cette dernière se dressait aussi immuable et trapue que deux cents ans plus tôt. Et elle resterait probablement inchangée pour les deux siècles à venir.

La tour ne sera sans doute jamais assez importante pour que les Turcs cherchent à l'abattre un jour, songea Andrej avec sarcasme. Même le pont en bois qui enjambait le bras secondaire de la rivière et menait au village n'avait pas changé depuis son enfance, comme s'il avait été bâti pour l'éternité. Et pourtant, Dieu sait qu'à l'époque déjà ses camarades et lui avaient souvent parié en secret sur le temps qu'il résisterait encore aux plus grosses tempêtes.

Il poursuivit sa route et laissa son regard courir sur Borsa. Contrairement à la place forte, le village avait beaucoup changé. Il ne s'était pas tellement agrandi, mais ses ruelles avaient été consolidées et de nombreuses maisons possédaient désormais des toits de bardeaux au lieu des anciennes couvertures de chaume et de branchages. De toute évidence, le village avait atteint une certaine aisance.

En revanche, il avait perdu ses habitants. Delãny ne s'en rendit compte qu'après avoir parcouru plus de la moitié du chemin depuis le sommet de la colline. Rien ne bougeait dans les ruelles de Borsa. Aucune cheminée ne laissait échapper une volute de fumée. Même les pâturages des chevaux, qu'il pouvait voir du haut de sa selle, étaient déserts.

Il s'arrêta de nouveau. Son cœur battait un peu plus fort, non de peur, mais parce qu'il ressentait une certaine tension, et il posa la main sur l'arme qui battait à son côté. Il écarta les lambeaux d'étoffe grise dont il avait enveloppé la poignée pour dissimuler son exotique épée sarrasine aux regards curieux et éviter d'exciter la convoitise des brigands.

Andrej ne pensait pas vraiment qu'il aurait besoin de son arme. Borsa était comme mort, mais l'odeur caractéristique des cadavres en putréfaction en était absente. Aucun charognard ne tournait dans le ciel et, de là où il se trouvait, il ne décelait nulle trace de combat.

Il devait y avoir une autre explication à cette absence de vie. Les villageois étaient peut-être tous en train de travailler aux champs, de couper du bois dans la forêt ou de pêcher dans les grands étangs situés derrière les collines. Peut-être s'étaient-ils réunis dans la forteresse pour y célébrer une fête quelconque.

Et ils auraient emmené avec eux tous leurs chiens, chats, cochons, chèvres, vaches et chevaux ? Sans doute pas. Non, si toute vie avait déserté Borsa, la raison en était sûrement ailleurs.

Delãny cessa de s'interroger en vain et fit trotter son cheval un peu plus vite. Au pied de la colline, il se dirigea vers la gauche et traversa, avec mauvaise conscience, un champ fraîchement labouré, avant d'atteindre la surface durcie de la route qui débutait une bonne vingtaine de mètres avant l'entrée du village.

Il ralentit de nouveau. Face à lui, le silence était absolu. Chaque pas qui le rapprochait de Borsa faisait peser sur son âme une charge toujours plus lourde et oppressante.

Ce qu'il ressentait ainsi, c'était le poids des souvenirs. Cet endroit était celui de son enfance, là où il avait grandi, appris à marcher et à monter à cheval, où il avait connu ses premières amitiés. C'était aussi le lieu d'un douloureux opprobre et d'une profonde déception. Après le pillage de l'église dont il avait été accusé dans ses jeunes années, alors même qu'il n'y avait pas pris part, il était revenu au village. Il ignorait qu'on le recherchait à travers toute la Transylvanie et que la prêtraille n'avait rien eu de mieux à faire que de le diffamer dans tout le pays comme un profanateur et un brigand.

Les villageois ne l'avaient pas vraiment accueilli avec chaleur. Ils l'avaient chassé à coups d'injures et de malédictions, le rejetant dans cette journée caniculaire dont la clarté brûlait ses yeux sensibles avec une intolérable brutalité. Ils lui avaient jeté des pierres et des excréments en le traitant d'hérétique et de suppôt de Satan. Il n'avait pas compris ce qui lui arrivait, il ne le savait d'ailleurs toujours pas aujourd'hui, il avait simplement eu peur. Il avait pleuré, crié, imploré ses amis de l'écouter, des amis soudain transformés en ennemis parce qu'*eux-mêmes* croyaient qu'il avait profané un lieu saint. Aujourd'hui, il était capable de les comprendre et ne leur en voulait plus. Mais cela ne diminuait en rien la douleur liée à ce souvenir.

Il pensa à son grand-oncle Barak et une fugitive sensation de chaleur se répandit en lui. Barak était probablement le seul à avoir pris son parti, à l'époque ; peut-être ni par amitié ni même par sympathie, mais par loyauté innée envers ceux de son village. Quelles que soient les raisons, c'est à Barak qu'il devait de ne pas avoir été lapidé sur place et d'avoir seulement été banni de Borsa.

Un claquement soudain attira son attention. Sans doute le vent qui jouait avec une tuile mal jointe ou le battant d'un volet. Sûrement le vent. Delãny décida néanmoins d'en déterminer la cause.

Le bruit ne se répéta pas, mais il avait mémorisé son origine. Comme prévu, il ne trouva rien, hormis un volet détaché qui battait en grinçant dans le vent et venait taper, de temps à autre, contre le mur.

Puisqu'il était venu jusqu'ici, il décida d'examiner la maison avec plus d'attention. Il descendit de cheval, ouvrit doucement la porte de la main gauche et entra, la main droite posée sur la poignée de sa précieuse épée sarrasine. C'était son seul bien de valeur, souvenir de son beau-père et de ses nombreuses aventures en pays étrangers.

L'espace d'un instant, il crut distinguer comme un glissement soudain dans l'ombre, face à lui ; un soupir apeuré, le bruit de pas légers et rapides. Il crut *ressentir* quelque chose, la présence d'une ou plusieurs personnes qui l'observaient en secret, avec méfiance.

Delãny se figea, tira de quelques centimètres l'épée du fourreau et tenta de percer du regard l'obscurité qui lui faisait face, tout en tendant l'oreille.

Les ombres restèrent des ombres et il n'entendit rien de plus. Dans ce village chargé de souvenirs, il ne pouvait pas se fier à ses sens. Sa mémoire était peut-être en train de lui jouer des tours et de lui faire voir ce qui n'existait pas.

Il fouilla la demeure, rapidement mais efficacement. L'impression qu'il avait eue de loin se trouva confirmée : les habitants n'étaient pas pauvres et n'étaient sans doute pas ceux qu'il avait connus autrefois. Dans le coffre de la maîtresse de maison, il trouva deux robes, ce qui signifiait qu'elle en possédait trois, à moins d'être sortie nue dans la rue. Quant à son mari, de toute évidence menuisier, il disposait d'un atelier parfaitement équipé. Si les meubles de la maison étaient son œuvre, il avait dû être un véritable maître dans son art.

Delãny secoua la tête avec agacement en constatant qu'il pensait à ces gens au passé. Il n'avait encore aucune preuve de leur mort, ni même la certitude qu'il leur fût arrivé quelque chose.

Il quitta la maison, fouilla la demeure voisine et remonta finalement en selle. Passer le village au peigne fin pendant des heures était inutile. Il ne parviendrait à aucune autre conclusion que celle qui s'était déjà imposée à lui : il n'y avait personne ici. Le seul signe de vie qu'il avait croisé était un chat famélique qui s'était mis à miauler dans l'ombre à son approche, dans le vain espoir d'obtenir quelque chose à manger.

Il lui fallait pénétrer dans la forteresse. Peut-être y trouverait-il la raison de la disparition des habitants.

Au prix d'un effort sur lui-même plus pénible encore que celui qu'il avait consenti pour entrer dans le village, il dirigea son cheval vers le pont en bois qui menait à la place forte dressée sur l'îlot rocheux, au milieu de la rivière tranquille. Il avait peur, une fois encore, de ne trouver personne. Cependant, si les villageois avaient voulu se mettre à l'abri d'un danger quelconque, c'est bien là qu'ils se seraient regroupés. Il espérait trouver son fils Marius sain et sauf au milieu de sa famille, mais il craignait aussi que cet espoir ne soit anéanti s'il poursuivait son chemin pour découvrir une vérité si atroce qu'il valait peut-être mieux ne pas la chercher.

Baissant la tête, Delãny examina son allure. Il était vêtu à la mode locale : sandales et chausses, une chemise et un surtout en lin à encolure en trou de serrure, retenu par une simple aiguillette. Un ruban attachait sa chevelure hirsute. L'écharpe qu'il portait depuis des années provenait d'un marché car, si Raqi avait eu de nombreux talents, la couture n'en avait jamais fait partie. L'étoffe dissimulait volontairement le baudrier accompagnant l'épée que Mikhaïl lui avait léguée. Non, il n'attirait pas l'attention et pouvait passer, avec un peu de bonne volonté, pour un habitant de l'un des villages voisins. En outre, il avait tellement changé au cours des dernières années que même le vieux Barak ne l'aurait pas reconnu, pas même s'il s'était trouvé face à lui.

La chose avait son importance : en dépit des années écoulées, il ne serait toujours pas le bienvenu si l'on venait à le reconnaître, il le comprenait bien. Pour les gens d'ici, il était resté un profanateur et un voleur, et il devait veiller à ne pas se retrouver soudain pris dans une chasse à l'homme qui pourrait lui coûter la vie. Le peuple de Transylvanie n'était guère connu pour sa sensiblerie lorsqu'il était question de rendre justice aux hérétiques et aux brigands.

Et, à leurs yeux, il était un mélange des deux.

Plus il se rapprochait du pont, plus son inquiétude grandissait. Le mur de silence qui entourait Borsa se prolongeait jusqu'ici et semblait même plus épais. Andrej avait comme l'impression de devoir lutter contre un obstacle physique. Le cheval lui-même n'avançait sur le pont qu'à pas mesurés, flairant peut-être quelque chose qui échappait encore à l'homme. Une sensation étrange l'étreignit, comme le pressentiment qu'il ne trouverait que des étrangers à l'intérieur de la forteresse. À moins de ne voir personne, ce qui était tout aussi possible.

Il atteignit l'île et, tout de suite après, le portail. Il était grand ouvert. Rien ne bougeait.

Delãny se laissa glisser de sa selle, flatta l'encolure de son cheval de plus en plus nerveux et inquiet, et poursuivit lentement son chemin à pied. L'arche basse du passage d'entrée lui renvoyait le son déformé de ses pas, tandis que, dans tous les recoins, les ombres lui chuchotaient de sombres histoires des temps passés et annonçaient, d'une même voix, les terreurs à venir.

Delãny s'efforça de repousser ces idées et hâta le pas. Il avait assez à faire avec les problèmes du présent. Le passé était le passé ; quant à l'avenir, il était déjà en marche et il ne pouvait plus rien y faire.

Il pénétra dans la petite cour intérieure avec ses modestes dépendances en bois et, rejetant la tête en arrière, fit un tour complet sur lui-même. Les murs plusieurs fois centenaires de la forteresse se dressaient à la verticale autour de lui, assez hauts pour constituer un obstacle infranchissable pour une armée pas trop déterminée. Le ciel n'était qu'une tache délavée de lumière trouble, sans réelle substance, et c'était aussi bien ainsi. Au fil des ans, la sensibilité de ses yeux s'était accrue, le poussant à fuir les journées trop claires et à voyager de préférence à l'aube ou au crépuscule pendant l'été.

Rien ne bougeait. Il avait l'impression de se tenir dans une tombe creusée pour des géants.

Était-ce l'explication ? se demanda Delãny en frissonnant. C'était possible : les habitants du village avaient très bien pu se réfugier dans la tour de défense pour échapper à une armée ennemie et y trouver la mort en compagnie des défenseurs.

Mais alors il aurait dû trouver les traces d'un combat acharné. Pourtant, la cour était vide, bien plus propre et en ordre qu'elle ne l'avait jamais été quand Andrej habitait encore au village.

Il se retourna d'un mouvement décidé et s'approcha de la tour. La grande porte à deux vantaux était entrouverte et, lorsqu'il la poussa, elle s'ouvrit en grinçant comme dans son enfance. Il entra et ferma les yeux pour les habituer à l'éternelle pénombre qui régnait dans la grande salle aux fenêtres bien trop étroites. Il n'avait pas peur de se faire surprendre les paupières baissées, ses sens aiguisés le préviendraient en cas de danger. Il entendait des bruits ténus, indistincts, les sons émis par une grande halle quand on s'y tient silencieux et sans bouger : le hululement du vent qui s'engouffre par une fenêtre ouverte, le crépitement d'une torche, un bruit semblable à un gémissement ou au craquement du bois. L'odeur du feu imprégnait l'air, sans parvenir toutefois à masquer un autre fumet qui lui semblait abominablement familier.

Lorsqu'il ouvrit les yeux, il découvrit que ses pires craintes s'étaient réalisées.

Les morts qu'il avait cherchés se trouvaient ici, soigneusement disposés sur les dalles devant la grande cheminée. Ils étaient nombreux, peut-être pas autant qu'il aurait été possible, mais tout de même *nombreux*. La plupart étaient des hommes jeunes, pas plus vieux qu'il ne l'était quand il avait vu la tour de défense de Borsa pour la dernière fois. Quelques vieillards se mêlaient à eux, ainsi que deux ou trois jeunes gens à peine sortis de l'enfance.

Selon les apparences, il n'y avait pas vraiment eu de combat. Certains semblaient s'être défendus, quelques épées présentaient des traces de sang séché, ici et là il vit une main ensanglantée, une tache sombre sur une chemise. Mais l'affrontement n'avait pas duré bien longtemps et seul un petit nombre y avaient pris part.

Les autres, gorge tranchée, semblaient avoir été exécutés dans les règles et deux d'entre eux avaient même été décapités.

Tandis qu'il passait lentement devant la rangée des corps alignés, Delãny fut submergé par un indicible sentiment d'horreur. Il était un maître du combat à l'épée. Mikhaïl Nadasdy lui avait enseigné tout ce qu'il avait appris au pays des Sarrasins et, en fin de compte, il avait dépassé son maître. Cependant, exception faite de quelques mauvaises rixes, il ne s'était jamais vraiment battu. Il avait appris à combattre, mais à tuer... ?

Il s'immobilisa tout au bout de la rangée d'une bonne trentaine de corps. La vue du dernier cadavre le bouleversa plus que les autres, alors même qu'il aurait eu tout lieu de haïr cet homme dans sa robe grise de prêtre. Ce satané prêcheur était arrivé dans le village lorsque Andrej avait une dizaine d'années. Il n'avait eu de cesse de monter les villageois contre sa famille et Mikhaïl Nadasdy jusqu'à ce qu'ils les chassent du village. Dans son cas, les exécuteurs ne s'étaient pas contentés de lui trancher la gorge. Ils lui avaient aussi crevé les yeux et l'avaient poignardé à plusieurs reprises, non dans le but de le tuer, mais dans celui de le faire souffrir. Jusqu'au bout, ses tortionnaires avaient refusé d'abréger ses souffrances d'un coup de grâce rapide. La plaie béante de sa gorge n'avait pas saigné, il était déjà mort lorsque cette blessure lui avait été infligée. En revanche, il avait été cloué au sol par les mains et les pieds et s'était lentement vidé de son sang.

Andrej tourna lentement sur lui-même, embrassant toute la salle du regard. Les meurtres perpétrés ici le choquaient profondément, mais l'incertitude, l'inquiétude presque panique qu'il ressentait au sujet de son fils Marius l'affectaient encore plus. Il l'avait laissé ici, sous la protection du village, certain qu'il ne lui arriverait aucun mal dans la vallée de Borsa. Il avait, semblait-il, commis une erreur capitale.

« Grand Dieu ! murmura Delãny. Que s'est-il donc passé ? »

Il devait l'apprendre, ici et maintenant.

Comme en réponse à sa détermination il entendit de nouveau ce bruit étrange. Cette fois, c'était bien un gémissement, il en était sûr ! Il venait d'en haut, de l'escalier ou de l'une des pièces adjacentes.

Delãny pivota sur lui-même et se rua à l'assaut des marches tout en tirant son épée. L'une des portes était entrouverte sur une pénombre encore plus dense que celle de la grande salle. Il repoussa la porte de l'épaule, jaillit dans la pièce et fit un bond épouvanté en arrière.

La chambre était vide, exception faite d'un coffre ciselé et d'un grand lit qui avait appartenu en son temps au bailli du village. Une silhouette aux cheveux longs, à la barbe noire et à la chemise tachée de rouge y était assise, courbée en avant, les bras en croix. Elle était maintenue dans cette position par ses paumes clouées à la tête du lit, en un odieux simulacre de crucifixion. Une lance brisée sortait de son flanc.

Ce ne fut pourtant pas la vision de cette nouvelle atrocité qui figea littéralement Andrej sur place. Ce fut le visage. Sous le sang et les souillures, sous la barbe hirsute et la souffrance indicible se cachaient des traits qu'il… *connaissait.*

Il avait vieilli, bien sûr, mais pas autant qu'il aurait dû. Son visage était plissé de rides et présentait, ici et là, des cicatrices supplémentaires. Contre toute attente, c'était indubitablement…

« Barak ? » murmura Andrej, frappé de stupeur. Le nom résonnait comme une impossibilité à ses oreilles. Et pourtant, en l'entendant, le mourant ouvrit son œil valide, celui que les tortionnaires n'avaient pas crevé, et le regarda.

« Andrej ? »

Il ne pouvait pas l'avoir reconnu au seul timbre de sa voix, pas après tant d'années !

Andrej s'approcha lentement du lit. Des frissons glacés lui parcoururent l'échine en voyant l'état dans lequel se trouvait Barak. Il ne savait pas qu'un corps humain était capable d'endurer autant de souffrance.

Arrivé près du lit, il voulut rengainer son arme, mais Barak secoua la tête, sans doute la seule partie du corps qu'il pouvait encore bouger, et Andrej garda son épée sarrasine à la main.

« Enfin, souffla Barak. C'est bien… c'est toi qui es venu… j'ai attendu… si longtemps.

— Attendu ? répéta Andrej, troublé. Mais...

— J'espérais que quelqu'un... reviendrait, murmura Barak. Mais ça a duré... si longtemps. Délivre-moi. »

Andrej comprit enfin pourquoi Barak l'avait reconnu sans hésiter. Il avait dû prier le ciel pour qu'on vienne le délivrer. Il savait que son sauveteur ne pouvait pas être l'un de ceux qui gisaient morts dans la salle du rez-de-chaussée, il fallait quelqu'un venu de son passé. Sans doute s'était-il remémoré les noms et les visages rencontrés au cours de sa longue vie, à la recherche de celui qui mettrait un terme à ses souffrances.

Il l'avait attendu, lui ou un autre. Andrej n'était pour lui que la mort qui allait le libérer. La mort... N'était-il donc que cela pour ceux qu'il aimait ?

« Délivre-moi », marmonna Barak.

Andrej se força à l'examiner dans l'espoir vain de trouver un moyen de le sauver.

Mais c'était impossible. Les clous qui maintenaient Barak étaient épais comme le doigt et profondément enfoncés dans ses chairs. Le bourreau ne s'était pas montré très soigneux et lui avait brisé plusieurs doigts. Si Andrej avait tenté de retirer les clous, la douleur seule aurait eu raison du vieil homme.

Sa blessure au côté était pire encore. La pointe de la lance y disparaissait entièrement. Grâce aux enseignements de Mikhaïl Nadasdy, Andrej avait d'excellentes connaissances en anatomie humaine et il n'osait même pas imaginer les dégâts que l'acier avait dû provoquer dans les organes internes.

Il comprenait de moins en moins comment Barak pouvait encore être en vie. Ce n'était pas seulement la question de l'âge, même s'il avait sûrement près de cent ans, il y avait autre chose encore : l'attaque du village n'était pas récente, s'il en croyait l'odeur dégagée par les cadavres de la grande salle. C'était arrivé hier, peut-être même avant-hier.

« Dieu du ciel, Barak, depuis combien de temps... ?

— Trop longtemps, gémit le vieillard. Achève-moi Andrej, je t'en supplie ! »

Andrej leva son épée. Il aurait eu tant de questions à poser à Barak, tant de choses qu'il lui fallait savoir. Ce qu'il était advenu de son fils, tout d'abord. Qui était responsable de ce massacre, pourquoi il avait eu lieu. Pourquoi Barak était le seul survivant.

Il ne posa pas une seule de ces questions. Chaque minute qui passait était pour le vieil homme comme une éternité en enfer. Il ferma une nouvelle fois les yeux et se concentra, cherchant en lui la certitude de ne pas commettre un meurtre, mais de bien agir en le tuant, d'offrir à son vieux bienfaiteur la délivrance qu'il méritait.

Le destin avait joué un bien mauvais tour à Barak. Il jouissait de la résistance déjà presque légendaire des Delãny, cette endurance extraordinaire propre à leur famille, qui le poussait littéralement à s'accrocher au moindre souffle de vie, même dans cette situation désespérée. La force vitale qui lui avait permis de survivre à tous ses contemporains l'avait également contraint à supporter son calvaire pendant des jours plutôt que quelques heures.

Andrej brandit l'épée sarrasine et l'enfonça presque jusqu'à la garde dans la poitrine de Barak.

La vie s'accrocha encore pendant une interminable seconde dans l'œil valide du vieillard, puis elle se brisa. La tête de Barak tomba sur sa poitrine et son dernier souffle franchit ses lèvres comme un soupir de soulagement.

Andrej retira son épée et derrière lui une voix s'éleva : « C'était très courageux de votre part, monseigneur. »

Surpris, il se retourna d'un bond et se retrouva face à un jeune garçon de douze ou treize ans, au teint pâle et aux cheveux roux frisés tombant sur ses épaules.

« Il m'a supplié de l'aider et je... je voulais le faire. Mais je n'ai pas eu le courage. J'ai été lâche.

— Ce n'est pas de la lâcheté que de ne pas pouvoir tuer un ami, répliqua Andrej en abaissant son épée. Qui es-tu ?

— Frederic, monseigneur », répondit le garçon. Son regard ouvert et franc rencontra celui d'Andrej sans aucune timidité. « Frederic Delãny, de la vallée de Borsa. Et vous ? »

Barak ayant déjà identifié Andrej, il était inutile de donner un autre nom au garçon. Cela n'aurait fait qu'éveiller sa méfiance. « Je m'appelle Andrej Delãny, répondit-il.

— Delãny ? » Les yeux du gamin s'éclairèrent un instant, mais le soulagement fit aussitôt place au soupçon et à une légitime prudence. « Je me souviens maintenant. Je vous ai vu il y a quelques années. Vous quittiez le village à l'aube après avoir amené Marius ici. Les femmes disaient que vous étiez un de ses parents éloignés, mais un Delãny ? Non, c'est impossible. »

Pendant un douloureux instant, Andrej ferma les yeux. Marius. Il avait eu ses raisons de vouloir garder sa paternité secrète. Il avait préféré que les habitants ignorent, à l'exception de quelques-uns, qu'il avait laissé son fils au village pour sa sécurité. Dans les montagnes, les événements mystérieux et menaçants s'étaient accumulés pour aboutir au meurtre abject de sa mère et de Mikhaïl Nadasdy. Et, de toute façon, nul n'avait eu besoin de savoir qu'il était Andrej Delãny, l'homme dont le nom était associé à jamais à la profanation de l'église de Rotthurn. « Je... j'appartiens à une branche éloignée de la famille. Une branche mineure. » D'un geste il désigna son grand-oncle mort. « Barak m'a reconnu. »

Frederic hocha pensivement la tête. « Barak vous a reconnu, confirma-t-il. Et vous l'avez appelé par son nom lorsque vous êtes entré… Mais ça ne prouve rien du tout.

— Je me moque de ce que tu crois, lança Delãny d'un ton à la fois brusque et inquiet. Dis-moi plutôt où est Marius. Je dois le voir tout de suite.

— Marius ? répéta Frederic. Je… je… ne sais pas. »

Devant le visage menaçant et fou d'inquiétude d'Andrej, il tressaillit comme si on l'avait frappé. « Je… je… balbutia-t-il.

— Oui ? » interrogea Andrej à voix basse, craignant le pire. Sa gorge était si douloureusement serrée qu'il ne respirait plus qu'avec peine. « Que sais-tu, mon garçon ? Allez, parle. »

Frederic grimaça de peur et parut réfléchir. « Marius n'est pas ici, finit-il par dire. Il y a une semaine à peu près… il est parti à Kertz. Pour donner un coup de main. »

Une vague de soulagement et d'espoir submergea Andrej. « C'est vrai ? » insista-t-il.

Frederic hocha vigoureusement la tête. « Mais oui, monseigneur, dit-il. Aussi vrai que je me trouve ici devant vous. C'est ainsi et pas autrement. »

Delãny respira plusieurs fois profondément. Il lui fallut un moment pour se calmer et reprendre la conversation. « Tu te demandes qui je suis. Et tu as raison de te poser la question après tout ce qui s'est passé ici. Je pense que tu mérites une réponse honnête. »

Le garçon inclina la tête. « Ce serait une bonne chose, reconnut-il.

— Bien, dit Andrej, je vais te dire la vérité. Cela fait longtemps que j'ai quitté le village. Je ne savais même pas si Barak était encore en vie. Je suis venu pour… lui rendre une visite de courtoisie.

— Alors vous avez mal choisi votre moment, monseigneur » répondit le gamin, la mine sombre. Il haussa les épaules. « Ou bien choisi. Si vous étiez arrivé deux jours plus tôt, vous seriez sûrement mort à l'heure qu'il est.

— Que s'est-il passé ? »

Frederic prit une inspiration pour répondre, mais son regard se posa de nouveau sur Barak et son visage s'assombrit. Jusque-là, il avait fait preuve d'une maîtrise de soi remarquable eu égard à ce qu'il avait vu et vécu, mais ses yeux se remplissaient maintenant de larmes.

« Sortons, proposa Andrej. Nous serons mieux pour parler. »

Sans le contredire, Frederic tourna les talons, quitta la pièce d'un pas rapide et se lança dans l'escalier. Désireux de laisser au garçon un peu de temps pour se ressaisir, Andrej réprima au dernier moment l'appel destiné à le retenir. Au lieu de quoi il se tourna vers Barak et lui adressa un dernier adieu silencieux. Il quitta à son tour la chambre sur les traces du jeune Delãny, qui avait dévalé l'escalier aussi vite que s'il avait eu le diable à ses trousses. Avant de franchir la porte, Frederic avait lancé un regard craintif à Andrej qui eut, l'espace d'un instant, la sensation grotesque que le gamin cherchait à lui cacher quelque chose.

Descendre l'escalier fut bien plus éprouvant qu'il ne l'aurait cru. Tout le temps de la descente, il garda les cadavres dans son champ de vision. Après avoir dû tuer Barak, le sort de chacun d'eux lui parut encore plus monstrueux qu'à son arrivée, où le premier choc lui avait masqué les détails. Il n'oublierait sans doute jamais la vue de tous ces innocents abattus qui peuplaient la grande salle, ni l'odeur douceâtre de la décomposition qui pesait sur ses poumons et lui donnait l'impression d'étouffer. La tour était devenue une gigantesque fosse commune et il ne pourrait sans doute jamais plus y pénétrer sans voir resurgir ces images terribles.

Il avait déjà traversé la moitié de la grande salle lorsqu'un détail retint son attention, une ressemblance à peine perceptible chez l'un des morts au corps martyrisé, étendus la tête vers le mur... Son cœur sauta quelques battements et, quand il repartit, il le sentit battre jusque dans sa gorge.

Le choc de la prise de conscience l'atteignit une fraction de seconde plus tard. C'était son fils Marius, qui aurait dû se trouver à Kertz. Mais... c'était impossible! Frederic avait-il menti, avait-il cherché à lui dissimuler que son fils était mort... ?

En trois pas, Andrej s'approcha du cadavre sans réussir à détacher de lui son regard bouleversé. Il ne parvenait pas à y croire. La peau de Marius était pâle, transparente comme celle d'une poupée précieuse en porcelaine. Il ne présentait d'autre blessure que le pieu en bois qui lui transperçait le cœur et des traces de morsure dans le cou. Ses yeux morts fixaient le néant d'un air de reproche, comme s'il avait connu son meurtrier et n'avait pas cru qu'il lui ôterait vraiment la vie.

Andrej sentit les larmes lui monter aux yeux. Il ne comprenait pas. Tant de tristesse. Tant de renoncements. Tant de sacrifices. Uniquement pour protéger son fils, le dernier lien avec sa famille, avec Raqi morte depuis des semaines en mettant au monde leur deuxième enfant. Il avait toujours soigneusement évité Borsa, tourné le dos à son passé et coupé tous les ponts pour que nul ne soupçonne que Marius était son fils. Pour lui épargner le déshonneur d'être associé à un homme que tous tenaient pour un profanateur et un voleur.

Il comprenait trop tard qu'en agissant ainsi il avait privé sa vie de lumière, de joie et de bonheur, il avait laissé échapper la chance de voir grandir son fils dans le vague espoir d'un avenir meilleur, désormais brisé à jamais.

Andrej ne supporta pas de rester plus longtemps auprès du cadavre de Marius. Son désarroi et sa douleur le submergèrent, menaçant d'anéantir le barrage que sa raison avait érigé à la mort de Raqi pour l'empêcher de sombrer dans la folie. Pourquoi les corps de ceux qu'on aimait dans la vie faisaient-ils si peur dans la mort ?

En refermant derrière lui le portail de la tour, Andrej dut s'y adosser un moment. Il lui semblait que ses jambes refuseraient de le porter s'il faisait un pas de plus. Il avait l'impression qu'un géant lui avait enfoncé le poing dans l'estomac et tordu les intestins dans tous les sens. Il se pencha et vomit.

Frederic se tenait immobile, un peu plus loin dans la cour. Il avait visiblement compris qu'Andrej avait trouvé Marius. « Je voulais… j'avais peur… je ne savais pas comment vous réagiriez si je vous disais la vérité.

— C'est bon », haleta péniblement Andrej.

Il se dirigea vers Frederic, qui recula tout d'abord de deux pas, comme s'il craignait qu'Andrej ne se venge sur lui, et lui entoura les épaules d'un geste doux. « Allons-nous-en, dit-il. Laissons les morts en paix. » Après un bref silence, il ajouta : « Nous reviendrons plus tard pour les enterrer. »

Ensemble, ils quittèrent la cour et se dirigèrent vers le pont. En passant le portail et en découvrant l'étalon blanc d'Andrej, Frederic se figea et ouvrit des yeux étonnés.

« Êtes-vous un noble, monseigneur ?

— D'où tiens-tu cette idée ? demanda Andrej sans réussir à déchirer le voile sombre qui avait recouvert ses pensées.

— Parce que seul un noble pourrait posséder une monture aussi précieuse », répondit le garçon.

Andrej eut un sourire triste. D'une certaine manière, l'étalon était un cadeau d'adieu de Mikhaïl Nadasdy, le troisième ou quatrième descendant du somptueux animal que son beau-père avait ramené d'un pays lointain nommé l'Arabie.

« Non, répondit-il, je ne suis pas noble.

— Alors vous êtes riche ?

— Mon épée et ce cheval sont tout ce que je possède. As-tu envie de le monter ? »

Frederic écarquilla les yeux : « *Ce* cheval ?

— Et pourquoi pas ? » Andrej souleva Frederic et l'assit sur la selle sans attendre sa réponse. Les yeux du garçon se mirent à briller de joie.

Delãny saisit la bride de l'étalon et retourna lentement vers le village, laissant libre cours à ses pensées. Toutes ces années, c'est ainsi qu'il s'était imaginé les retrouvailles avec son fils : il l'aurait assis sur son cheval et serait parti avec lui à la découverte des paysages préférés de sa propre enfance.

Au bout de quelques pas, il se tourna vers Frederic : « Raconte-moi ce qui s'est passé. Qui est responsable ? Les Turcs ? Une bande de brigands ? Un prince qui aurait confondu politique de force et extermination ?

— Non, monseigneur, répondit Frederic d'une voix soudain presque inaudible et tremblante.

— Laisse tomber le monseigneur. Appelle-moi Andrej, enjoignit-il au gamin en lui faisant un signe de tête aussi amical qu'il en était capable. Après tout, nous sommes parents, même de loin. »

Peut-être d'ailleurs n'étaient-ils pas aussi éloignés qu'il pouvait le penser. Il était fort possible que Frederic fût le benjamin de la famille d'un de ses oncles, ou le premier-né de l'un de ses cousins. Andrej s'empêcha néanmoins de lui demander le nom de son père. D'une manière ou d'une autre, tout le monde était apparenté, à Borsa. Selon toute vraisemblance, le garçon était le seul survivant de sa famille.

« Andrej, d'accord », répondit Frederic sans grande conviction. Son regard se porta vers le sud, dans le lointain, vers les sommets montagneux enveloppés de brume. Une expression étrange apparut dans ses yeux, tandis qu'Andrej remarquait pour la première fois que leur couleur était étonnamment proche de celle des eaux claires du fleuve Brasan. Il se sentit coupable de pousser cet enfant à revivre l'horreur des derniers jours.

« Ils sont arrivés il y a deux jours, commença-t-il. Le soir, juste avant la tombée de la nuit. Ils étaient nombreux… au moins autant qu'il y a de chèvres dans notre troupeau.

— Et combien avez-vous de chèvres ? » demanda Andrej, mais il n'obtint qu'un haussement d'épaules en guise de réponse. Frederic ne savait pas compter ; rares étaient ceux qui avaient de l'instruction dans ces régions.

Aucune importance. Ils devaient être nombreux pour se livrer à un tel massacre, même si, pour une raison inconnue, les hommes du village s'étaient à peine défendus.

« Des soldats ? interrogea-t-il.

— Oui. Des hommes en armes. Des armes précieuses, comme celle que vous… que tu portes. Quelques-uns étaient en armure. Mais il y avait aussi des religieux. Et un pape.

— Un *quoi* ?

— Un… cardinal ? » proposa Frederic d'un air incertain.

Andrej sourit et lui fit signe de poursuivre. Il ne voulait pas l'embarrasser plus qu'il ne l'était déjà. Une chose était sûre, un haut dignitaire de l'Église était venu à Borsa. Et pourquoi pas ? Les villageois avaient toujours entretenu d'excellentes relations avec l'Église. À l'époque d'Andrej, Borsa était l'un des rares villages des environs à avoir son propre prêtre.

Celui-là même qui lui avait jeté la première pierre.

« Au début, ils se sont montrés aimables, continua Frederic. Ils nous ont demandé le gîte pour la nuit et un entretien avec l'ancien du village et, bien sûr, on leur a donné ce qu'ils voulaient. On a entendu les rires et les chants qui venaient de la tour jusque tard dans la nuit. Mais au village il y avait des rumeurs de guerriers et de moines qui sillonnaient le pays à la recherche d'un mage.

— D'un *mage* ? » Delãny s'arrêta et fixa Frederic d'un air sceptique, mais le garçon n'en hocha que plus vigoureusement la tête.

« Je dis la vérité. Un grand sorcier qui a passé un pacte avec Satan lui-même, dit-on.

— Tu crois à la sorcellerie ? »

Andrej reprit son chemin en riant peut-être un peu trop fort pour couvrir la douleur lancinante entraînée par sa perte la plus récente, une perte dont toute l'atroce signification ne l'atteindrait probablement que dans quelques jours. Une sorte de malaise commençait à se répandre en lui et il en venait presque à souhaiter que Frederic se taise.

« En tout cas, eux, ils y croyaient, répondit ce dernier d'un air sombre. La même nuit, Barak a envoyé un messager au village, demandant à chaque homme, chaque femme et chaque enfant de se rendre à la tour le lendemain matin. Et ils ont tué tout le monde. »

Andrej frissonna. Il se réjouissait que Frederic eût ainsi résumé les événements. Naturellement, il lui demanderait tous les détails, mais pas maintenant. Il en savait déjà trop.

« Tout le monde, répéta-t-il, bouleversé.

— Tous ceux que tu as vus, répondit Frederic. Ils ont enchaîné les autres et les ont emmenés avec les bêtes et tous les objets de valeur qu'ils ont pu trouver.

— Des pillards, alors », gronda Andrej.

La menace turque pesait sur toute la Transylvanie et il n'aurait pas été surpris que Borsa ait été victime de l'une de ces expéditions punitives qui suivaient inévitablement les batailles contrariant les visées expansionnistes des Turcs. Mais une bande de pillards ? Certes, le village n'avait jamais été particulièrement pacifiste et s'était déjà retrouvé plus d'une fois au cœur de querelles avec les villages voisins, querelles qu'il avait même parfois provoquées. Et même si nul ne l'aurait avoué, les villageois avaient toujours eu conscience qu'un jour ils s'attaqueraient peut-être à plus fort qu'eux et qu'ils devraient en payer le prix. Andrej aurait pu comprendre une telle situation. Il aurait eu du mal et aurait sûrement juré de se venger, mais il aurait appris à vivre avec.

En revanche, imaginer son fils unique, toute sa famille, la vallée de Borsa tout entière rayés de la carte par de vulgaires brigands était impossible !

Frederic secoua la tête : « Non, ce n'étaient pas des pillards. Je t'ai dit qu'il y avait des religieux. Le frère Toros connaissait même l'un d'entre eux. Sinon Barak ne leur aurait jamais fait confiance ! »

Les pensées d'Andrej allèrent au moine prétentieux et malfaisant à qui il avait souvent souhaité les pires maux et qui avait dû payer tous ses péchés par les pires tortures. Quelle cruelle ironie du sort.

« Le frère Toros vivait-il toujours parmi vous, ou est-il revenu avec les autres ?

— C'était notre prêtre », lui apprit Frederic.

Sa voix était remplie d'une fierté bien compréhensible car les villages étaient loin de tous abriter un homme d'Église attitré.

« Comment as-tu réussi à leur échapper ? »

Frederic baissa honteusement la tête et il mit un certain temps avant de répondre. Peut-être le temps, pour lui, d'inventer une histoire crédible.

« Je suis le plus jeune fils de mon père, dit-il, et c'est moi qui dois m'occuper des chèvres. Je les emmène le matin dans les pâturages et je reviens avant la nuit, tu sais. Le soir où les étrangers sont arrivés, j'avais fait une bêtise.

— Tu avais perdu quelques bêtes », supposa Andrej.

Il connaissait bien la situation. Il se souvenait encore de la magistrale correction que son propre père lui avait infligée un soir qu'il était revenu avec trois bêtes de moins.

« Oui, deux. C'était ma faute. J'ai vu arriver tous ces hommes et ces cavaliers qui se dirigeaient vers le village. Ça m'a rendu curieux et j'ai grimpé sur un rocher pour mieux voir. Quand je suis revenu…

— Les chèvres avaient disparu », termina Andrej.

Frederic hocha la tête d'un air honteux. « Je n'ai rien dit à mon père. J'avais peur qu'il me batte. Mais tard dans la nuit, alors que tout le monde dormait et que même les derniers feux s'étaient éteints dans la place forte, je suis ressorti sans faire de bruit pour aller chercher les chèvres. Je ne les ai pas trouvées.

— Et c'est comme ça que tu as manqué le rassemblement, conclut Andrej. Remercie le ciel que ces deux chèvres se soient enfuies, mon garçon. Le Seigneur t'a peut-être ordonné de les retrouver pour te sauver la vie.

— Je suis arrivé trop tard », continua Frederic.

Andrej eut le sentiment que le garçon ne s'adressait plus à lui. Il ne semblait plus capable de retenir le flot de ses paroles. Peut-être avait-il simplement besoin d'habiller l'horreur de mots pour la rendre un peu moins insupportable.

« Tout le monde était déjà parti pour la tour. Je les ai suivis, mais je ne suis pas passé par le portail principal, tu vois ? J'avais peur d'avoir des ennuis. Mais il y a un accès secret qui mène à la tour, un passage étroit sous le mur, si étroit que seul un enfant peut s'y faufiler. »

Andrej eut un sourire fugace. Il connaissait ce passage. Il l'avait souvent emprunté lui-même dans son enfance.

« Le passage aboutit dans une galerie étroite qui surplombe la grande salle. De là, on peut tout voir et entendre sans être vu. Je... je m'y suis caché pour espionner. Je pensais qu'ensuite je pourrais peut-être raconter que j'y étais, mais que mon père ne m'avait pas vu. Je... je pensais que leur prêtre voulait prier avec nous. Ou qu'il avait... quelque chose d'important à dire... à l'ancien. »

Son débit se faisait de plus en plus hésitant. Sa voix, étouffée par les larmes, s'était mise à trembler. Pourtant, il lui fallait continuer.

« Mais je me trompais. Il... a commencé à accuser le village d'avoir vendu son âme au diable.

— Le village ? s'étonna Andrej.

— Toute la vallée de Borsa, confirma Frederic. Il a dit que nous avions fait un pacte avec l'enfer, que nous nous adonnions à la sorcellerie et à la magie noire. Au début, tout le monde a ri, Barak le premier. Mais les reproches ont continué de pleuvoir et les rires ont cessé. Et, tout d'un coup, les étrangers ont... ils ont sorti des armes qu'ils avaient cachées sous leurs robes, puis ils ont maîtrisé et ligoté tout le monde.

— Et personne ne s'est défendu ?

— Les nôtres n'étaient pas nombreux à être armés, répondit Frederic tristement. Qui irait à la messe avec son épée ? Quelques-uns des hommes ont essayé, mais les étrangers étaient trop nombreux. Les pires étaient les trois chevaliers aux armures d'or.

— Des armures d'or ?

— Je le jure, insista Frederic. Je n'avais jamais rien vu de pareil, ni personne d'autre, je pense. Ils étaient… comme des diables. Des guerriers affreux qui semblaient ignorer la douleur et n'avoir aucune peur de la mort. »

Andrej garda la silence. Les souvenirs du garçon étaient troublés par la terreur et sa mémoire lui jouait des tours. Plus tard, lorsque sa douleur se serait atténuée, il lui parlerait à nouveau pour en apprendre un peu plus long sur ces trois chevaliers aux « armures d'or ».

« Et ensuite ? demanda-t-il.

— Ils ont commencé à torturer le frère Toros et Barak, répondit Frederic. Ils se sont surtout acharnés sur le moine. Il a supplié Dieu qu'ils arrêtent de le faire souffrir et a juré sur le salut de son âme qu'il ne connaissait rien à la sorcellerie ni à la magie noire. Mais ça ne les a pas empêchés de continuer. Les pires étaient les trois diables d'or. On aurait dit que… ça leur faisait plaisir de torturer le frère Toros. À la fin, il a avoué tout ce qu'ils voulaient : qu'il avait invoqué le diable pour lui vendre son âme, que tous les habitants de la vallée de Borsa croyaient à la magie noire et que des sorcières et des démons affreux séjournaient quelquefois parmi nous.

— Il n'a avoué que pour qu'ils arrêtent, murmura Andrej. Le frère Toros n'a jamais été très courageux. »

Frederic ne répondit rien, mais quelque chose dans son silence alerta Andrej. Levant les yeux vers lui, il découvrit sur le visage du garçon une expression qui lui déplut.

« Tu ne vas pas me dire que tu crois ces bêtises, Frederic. Tu as vu ce qu'ils lui ont fait ! Sous la torture, n'importe qui aurait avoué n'importe quoi ! Il n'y a pas de sorcellerie dans la vallée de Borsa !

— Il y avait des… rumeurs, dit Frederic, mal à l'aise. Depuis longtemps. Barak… » Le garçon détourna les yeux. « Il… il était trop vieux. Personne ne peut devenir aussi vieux. Il n'était jamais malade et on disait que s'il se faisait mal ou qu'il était blessé au combat, ses plaies se refermaient en quelques jours au lieu de plusieurs semaines.

— Barak a toujours été solide, répondit Andrej. Et certaines personnes vivent jusqu'à un âge très avancé. Il en est déjà question dans la Bible. Le frère Toros ne t'a jamais parlé de Mathusalem, par exemple ? »

Frederic secoua la tête. Andrej doutait que le frère Toros eût jamais lu la Bible.

« Et puis il y a encore… cette autre histoire, continua Frederic à voix basse.

— Quelle autre histoire ? »

Frederic se tortilla, mal à l'aise. « Personne n'en a jamais parlé en termes aussi clairs, mais il paraît qu'il y a longtemps le reliquaire de l'église de Rotthurn a été volé. Par un homme qui travaillait avec le Malin, le fils d'un Sarrasin qui s'était introduit chez nous sous le faux nom de Mikhaïl Nadasdy. »

Andrej détourna vivement le regard pour dissimuler l'expression de surprise absolue sur son visage. C'était impossible ! Pas de telles absurdités, pas après si longtemps !

« Sottises ! » Il se racla la gorge, tandis que son esprit s'activait furieusement. « Je peux comprendre ce que tu pensais au sujet de Barak. Tu es jeune et lui a toujours été bizarre. Mais cette histoire-là… n'a aucun fondement !

— Les étrangers y croyaient, en tout cas. Ils ont ligoté et emmené tout le monde et… ils ont tué la moitié du village.

— Je me demande pourquoi », murmura Andrej, encore profondément bouleversé. Il ne suivait plus le récit de Frederic qu'avec difficulté. Le destin ne l'avait-il ramené chez lui que pour lui prouver qu'il était devenu un ange de la mort menant tous ceux qu'il rencontrait à leur perte, y compris son propre fils ?

« Je ne sais pas, répondit Frederic, hésitant. L'un des chevaliers d'or a choisi ceux qui devaient mourir. Mon père et… et mon frère aîné en faisaient partie.

— J'en suis désolé, murmura Andrej. Sincèrement. »

Il tenta de contraindre son esprit à réfléchir plus clairement. Il n'était pas le seul à se sentir coupable et à souffrir, il ne devait pas l'oublier. Ce garçon avait vécu des épreuves plus terribles que lui, et sur une période plus courte. Il était devenu le témoin involontaire d'un abominable bain de sang. Et il avait très clairement besoin d'aide.

En fin de compte, le destin ne l'avait peut-être pas ramené uniquement pour le torturer…

« Après avoir fini, poursuivit Frederic, la voix brisée, ils ont emmené Barak dans la chambre. Je l'ai entendu hurler… Ça a duré longtemps. »

Incapable de continuer, il fut secoué par un sanglot tandis qu'une larme unique coulait sur sa joue. Il l'essuya du revers de la main.

« Tu n'as pas besoin de continuer maintenant, murmura Andrej. On en parlera plus tard. Ou on n'en parlera plus, si tu préfères. »

Frederic secoua la tête et ravala ses larmes. « Quand ils sont partis et que j'ai été certain qu'aucune des victimes n'avait survécu, je les ai suivis. Je voulais savoir où ils emmenaient ma mère et… et les autres. Ils les ont enchaînés comme des animaux et ont quitté la vallée de Borsa.

— Dans quelle direction ? »

Frederic désigna le sud, la seule route desservant le village. « Je les ai suivis pendant quelque temps. Pas très loin. J'avais peur et je ne savais pas quoi faire. Je ne voulais pas abandonner ma mère, vraiment, mais…

— C'est bon, le coupa Delãny. Tu as bien fait de ne pas les suivre plus loin. Tu n'aurais rien pu faire pour ta famille et ils auraient sûrement fini par t'attraper ou te tuer, toi aussi.

— Je suis revenu sur mes pas, continua Frederic à voix basse. Je voulais enterrer au moins Barak et mon père, parce que je n'aurais pas eu la force pour tout le monde. Mais Barak était encore vivant, alors… j'ai attendu. Un jour et une nuit, puis encore presque une journée entière. J'ai prié le Seigneur pour qu'il délivre enfin Barak de ses souffrances, mais il n'a rien fait. C'est… c'est toi qui es venu. »

Andrej toussota. Si la discussion l'avait mis déjà mal à l'aise, elle devenait maintenant un vrai supplice.

« Deux jours d'avance, donc. » Il se tourna vers le sud. Il restait encore une heure de jour, peut-être un peu plus, mais la lumière avait déjà commencé à baisser. Le brouillard descendait des sommets vers la vallée, comme si un nuage s'était déchiré sur les crêtes acérées et déversait son contenu sur la terre.

« Ce n'est pas beaucoup. Ils n'avancent sûrement pas très vite avec leurs prisonniers.

— Tu veux les suivre ? » Le visage de Frederic se durcit. « Tu vas les tuer ? »

Andrej secoua la tête. « D'abord, nous allons enterrer Marius, Barak et ta famille, dit-il. Après, nous nous mettrons à leur poursuite. » *Et alors*, continua-t-il pour lui-même, *nous verrons bien ce que feront ces trois chevaliers d'or lorsqu'ils seront face à nous…*

2

Andrej avait tenu promesse et enterré Marius, Barak et la famille de Frederic selon les rites chrétiens. N'ayant pas eu la force de creuser des tombes pour plus de vingt personnes, ils avaient rassemblé les corps restants dans la cour et les avaient brûlés. Ce n'était sans doute pas ce que le frère Toros aurait appelé un enterrement dans les règles de l'art, mais c'était tout ce qu'ils pouvaient faire pour les victimes.

Andrej se tenait près du feu, si près qu'il en avait mal au visage et que ses cils et sourcils frisaient sous l'effet de la chaleur. Tandis qu'il récitait l'une des rares prières qu'il connaissait, il se mit à douter pour la première fois de sa vie de l'existence d'un Dieu tout-puissant.

Il avait depuis longtemps cessé de croire qu'il pouvait être omniprésent et bon. La vie l'avait déjà privé de trop de choses, il avait vu trop de souffrance et d'arbitraire pour croire en un Dieu bienveillant ou seulement indifférent. Il se demandait aujourd'hui si l'univers abritait vraiment une entité toute-puissante, quelque part dans les espaces séparant les étoiles du ciel, ces étoiles dont Mikhaïl Nadasdy prétendait que chacune était un monde, aussi grand que le leur et probablement peuplé d'habitants semblables à eux. Andrej ne l'avait pas cru. Et, s'il l'avait cru, il n'aurait pas été capable de se le représenter. Son monde était plus petit que celui dont Mikhaïl Nadasdy parlait. Plus petit, même, que celui dans lequel il avait vécu. Dans le monde d'Andrej, il n'y avait pas de place pour un Dieu cruel au point de permettre qu'un enfant comme Marius subisse ce qu'il avait subi.

Pourtant il resta immobile, comme en prière, jusqu'à ce que Frederic ait, lui aussi, fini de prier et baisse les mains. Lorsqu'il murmura son *amen*, Andrej remua les lèvres comme s'il prononçait le même mot, mais il évita son regard quand ils se retournèrent et quittèrent la cour en silence. Ce qu'il croyait importait peu pour le moment. Il ne pouvait plus rien faire pour son fils, mais ce garçon aurait manifestement besoin de toute l'aide qu'il pourrait recevoir.

Les pillards n'avaient pas emporté toutes les réserves de vivres et, avant de se mettre en route le lendemain matin, ils purent manger copieusement et remplir les sacoches du cheval. Andrej déplorait de n'avoir trouvé aucun autre objet de valeur à emporter en dépit de toutes ses recherches. Il ne voulait certes pas se transformer lui-même en pillard, mais une longue route les attendait et quelque chose à vendre ou à échanger lui aurait toujours été utile. Malheureusement, les intrus avaient soigneusement fait le ménage. Andrej supposa que, la force de l'habitude aidant, ils savaient où dénicher les objets précieux partout où ils allaient.

Les deux Delãny se mirent en route aux premières lueurs du jour et suivirent les traces des assassins vers le sud, ce qui n'était pas une difficulté majeure. Au total, environ quatre-vingts personnes avaient quitté la vallée de Borsa deux jours plus tôt et leur piste resterait clairement visible pendant une semaine encore. Ils n'avaient donc pas besoin de se hâter.

C'était aussi bien car, à deux sur le dos du cheval, ils n'avançaient pas très vite. Frederic remit pied à terre au bout d'un moment et proposa de chevaucher à tour de rôle. Cette solution s'avérant finalement peu pratique, Andrej décida de le reprendre avec lui sur la selle et de laisser le cheval trouver son rythme.

Ils parlèrent très peu ce jour-là. Frederic fixait l'horizon sans le voir et s'endormait de temps à autre sur la selle. Une fois, il manqua même de tomber, mais Andrej se garda de le réveiller. Le garçon avait avant tout besoin de temps pour assimiler ce qui lui était arrivé et le sommeil était son allié le plus précieux.

Si seulement il avait pu s'en tirer à aussi bon compte ! Après la mort de Raqi et de sa fille, Andrej pensait que rien ne pourrait plus l'atteindre, mais c'était faux. On pouvait toujours aller plus loin dans l'horreur, comme le prouvaient les événements de la veille : la mort de son fils avait ouvert une brèche dans les défenses qu'il avait péniblement érigées pendant son deuil, provoquant en lui une souffrance si dévorante qu'il aurait aimé pouvoir se supprimer en s'empalant sur sa propre épée.

Mais avant de se laisser aller à des pensées autodestructrices, il avait une dernière tâche à accomplir.

Ils firent halte dans une clairière pour se restaurer et boire l'eau d'un ruisseau. Ils veillaient avant tout à ne pas s'approcher des zones d'habitation. Aussi longtemps qu'il ne saurait pas ce qui s'était réellement passé à Borsa, Andrej ne pourrait faire confiance à personne.

La deuxième nuit, Frederic dormit mieux. Il fit malgré tout des cauchemars et se redressa plusieurs fois en criant, mais entre deux phases d'agitation il réussit à dormir profondément. Pendant un court instant, Andrej crut même reconnaître l'ébauche d'un sourire sur son visage.

Tandis qu'il observait l'enfant endormi, il fut saisi par un étrange sentiment d'intimité, presque de tendresse. Le sort lui avait pris un fils, un garçon qu'il avait à peine connu, mais qu'il n'en avait pas moins aimé, pour lui en donner aussitôt un autre. Ils n'étaient pas du même sang, mais peut-être deviendraient-ils aussi proches que Mikhaïl et lui l'avaient été au bout de quelques années. Si la vie avait un sens, avait dit Raqi un jour, c'était sans doute celui de la transmettre. À quoi bon lutter pour un monde meilleur s'il n'y avait personne pour l'habiter ? Aujourd'hui, Andrej avait quelqu'un.

Il repoussa cette idée. Il se sentait mélancolique et n'était pas en état d'y réfléchir. D'ailleurs, il n'était pas certain que Frederic et lui resteraient ensemble plus de quelques jours.

Il y avait encore une heure avant le lever du soleil, mais Andrej savait qu'il ne trouverait plus le sommeil. Il se leva donc, fit quelques pas et dégaina son épée. Pour se changer les idées, mais aussi pour se réchauffer, il s'éloigna du dormeur et enchaîna quelques mouvements d'échauffement.

Au début, il se sentit rouillé. Ses mouvements étaient raides et maladroits. Son dernier entraînement ne remontait qu'à quelques semaines, mais il avait l'impression qu'il s'était écoulé des mois. Il mit longtemps avant de retrouver sa souplesse habituelle et plus longtemps encore sa sérénité intérieure et son équilibre mental.

Il s'entraîna pendant une demi-heure, jusqu'à en perdre le souffle et à ruisseler de sueur, mais il ressentit alors une force et une énergie qui lui manquaient depuis trop longtemps.

Lorsqu'il rengaina son épée et se retourna, il vit que Frederic s'était réveillé et l'observait. Il fut incapable de déchiffrer l'expression sur son visage, mais il n'était pas sûr de l'apprécier.

« Depuis combien de temps me regardes-tu ?

— Je n'ai encore jamais vu personne se battre comme toi, déclara Frederic avec un nouveau respect dans la voix.

— J'ai appris mon art avec un maître qui avait lui-même été formé dans une ville très lointaine, répondit Andrej.

— À Rome ? Ou à Venise ?

— Oh non, bien plus loin encore.

— Plus loin que Rome ? s'étonna Frederic, sceptique.

— Peut-être iras-tu un jour », répondit Andrej avec un haussement d'épaules. Puis il mit un terme à la discussion d'un geste de la main. « Puisque tu es réveillé, autant reprendre notre route. »

Frederic hocha la tête sans se lever pour autant et, frissonnant, resserra autour de lui la mince couverture dans laquelle il s'était enroulé pour dormir.

« Tu m'apprendras à me battre comme toi ? » demanda-t-il.

Andrej le contempla en silence pendant une seconde.

« Pour quoi faire ? » dit-il enfin.

Frederic chercha une réponse, mais Andrej lui coupa la parole en secouant la tête et s'assit près de lui dans l'herbe mouillée.

« Ton frère et ton père… savaient-ils se battre à l'épée ?

— Derek a combattu dans une grande bataille, se rengorgea Frederic. Et mon père dans trois. Il a tué un paquet de Turcs.

— Et tu en es fier, devina Andrej.

— Bien sûr ! »

Andrej réfléchit quelques secondes. « Ces… ennemis que ton père et ton frère ont tués, crois-tu qu'ils avaient des familles ? Des femmes et peut-être des fils… comme toi ? »

Frederic lui lança un regard mauvais et ne répondit pas.

« Qu'aurais-tu ressenti si ton père n'était pas revenu de l'une de ces batailles ?

— J'aurais été en colère, répondit Frederic.

— Seulement en colère ? Pas triste ?

— Si, bien sûr, mais…

— Alors explique-moi ce qu'il y a de bien à tuer ses ennemis », l'interrompit Andrej.

Frederic le fixa quelques secondes, l'air perdu, puis son visage prit cette expression butée propre aux enfants, contre laquelle il est parfaitement inutile de lutter.

« Si c'est comme tu dis, alors pourquoi sais-tu si bien te battre à l'épée ?

— Qui te dit que je sais ? »

D'un air encore plus revêche, Frederic indiqua du menton l'endroit où Andrej venait de s'entraîner.

« Tu dois être un grand guerrier.

— Peut-être bien, marmonna Andrej, mais cela ne signifie pas que j'en tire de la joie. » Il se redressa. « Je vais seller le cheval. Va au ruisseau et rapporte de l'eau fraîche. Après cela, nous nous mettrons en route. »

Frederic le suivit du regard, avec dans les yeux une lueur qui faillit effrayer Andrej tant elle différait, soudain, de la simple obstination enfantine qu'ils contenaient jusque-là. Puis le gamin se leva et exécuta, sans mot dire, les ordres de son aîné.

3

Les traces devinrent plus nettes. De toute évidence, les hommes qu'ils poursuivaient n'avaient pas avancé aussi vite que Delãny le supposait. Ils rattraperaient probablement le groupe dans le courant de la journée.

Et ensuite ?

Andrej avait soigneusement évité de réfléchir trop précisément à cette question. Bien sûr, ils tenteraient de délivrer les captifs et de punir les meurtriers de son fils Marius, de Barak et de tous les autres, mais quelque chose en lui s'était jusqu'à présent refusé de réfléchir au *comment.* S'il suivait la volonté de Frederic et s'il écoutait sa propre voix intérieure, discrète mais persistante, il les tuerait tous.

Ce qui serait sans doute impossible en pratique. D'après Frederic, les agresseurs étaient au moins vingt, sans doute des hommes d'Église pour la plupart, qu'il pourrait berner avec un peu de chance et de prudence si les chevaliers aux armures d'or ne s'en mêlaient pas. Si la chance restait de son côté, il parviendrait peut-être à délivrer les prisonniers et à retourner avec eux jusqu'à Borsa, mais après ? Comment ferait-il pour protéger tout le monde si les chevaliers se mettaient à leur poursuite ? Parmi les villageois enlevés, il ne trouverait que des femmes, des enfants et des vieillards, sûrement pas d'hommes rompus au maniement des armes et susceptibles de lui prêter main-forte.

Il pouvait aussi commencer par neutraliser les chevaliers, mais, malgré toute sa confiance en ses aptitudes, il était conscient que son savoir-faire ne lui permettrait sans doute pas d'affronter trois soldats aguerris en même temps. S'il ne parvenait pas tout d'abord à les attirer dans un piège, il y laisserait la vie et ne pourrait plus venir en aide à personne.

Voilà encore une chose qu'il tenait de Mikhaïl Nadasdy : ne jamais se lancer dans la bataille à l'aveuglette, mais chercher d'abord comment tirer avantage des faiblesses de l'adversaire. Pour être franc, après ce que Frederic lui avait décrit, il ne trouvait aucune faiblesse chez ces trois chevaliers. Il ne restait donc qu'à attendre et espérer que le hasard jouerait en sa faveur.

Vers midi, les traces se divisèrent. Andrej et Frederic venaient de franchir le dernier promontoire d'une succession infinie de collines recouvertes d'une herbe éparse. Devant eux, une pente raide descendait vers une vallée étroite et longue, avant de remonter aussi abruptement de l'autre côté. Le sol très rocailleux n'empêchait pas de suivre la piste. Elle s'étirait bien droite à travers la gorge et se redressait vers le versant opposé. Andrej estima que deux ou trois cavaliers avaient bifurqué et quitté le groupe vers le milieu de la vallée. Leurs traces se perdaient au bout de quelques pas entre rochers et éboulis.

« Qu'attends-tu ? » Frederic, assis en croupe derrière lui, se laissa glisser à terre d'un mouvement fluide et se mit à courir avant de s'arrêter. Nerveux, le cheval renâcla et Andrej mit à son tour pied à terre après une brève hésitation. Il était inquiet et son anxiété se transmettait sans doute au cheval, à moins que l'animal n'ait flairé un danger que les sens humains, moins développés, n'avaient pas encore décelé. Cela ne fit qu'accroître l'inquiétude d'Andrej.

Il répondit à la question de Frederic avec un temps de retard. « Je ne sais pas vraiment quelle piste suivre.

— La piste principale, bien sûr. Nous les avons presque rattrapés. Encore quelques heures et…

— Il ne faut jamais sous-estimer son adversaire », le coupa Andrej. Il saisit les rênes et entama lentement la descente de la colline en guidant le cheval. Les sabots de l'animal délogèrent quelques pierres qui roulèrent bruyamment jusqu'en bas. C'était une bonne idée d'avoir mis pied à terre. La pente était plus raide qu'il n'y paraissait vue d'en haut et, même sans cavalier, le cheval avait du mal à rester debout. Les traces prouvaient que ceux qu'ils suivaient n'avaient pas connu un meilleur sort. Plusieurs d'entre eux avaient dû tomber, si l'on en croyait les taches de sang à peine sec qui maculaient le sol de loin en loin.

Arrivé en bas, Andrej s'arrêta de nouveau. Son regard allait et venait, indécis, entre les deux pistes de largeur inégale.

« Qu'attends-tu ? » interrogea une nouvelle fois Frederic.

Andrej haussa les épaules. « Je… ne sais pas, dit-il, hésitant, tout en protégeant ses yeux sensibles de la lumière. Quelque chose ne va pas. J'ai un mauvais pressentiment.

— Moi aussi, rétorqua Frederic d'un ton sec. Si on reste encore longtemps plantés ici, ils vont finir par nous échapper. »

Andrej garda le silence, mais il dévisagea longuement et pensivement son compagnon. Frederic avait adopté un ton qui lui déplaisait. Le garçon ne brûlait pas seulement de revoir sa famille et de punir les meurtriers de son père et de son frère. Il y avait autre chose. Andrej n'aurait su dire exactement ce que c'était, mais il était certain que cela ne lui plairait pas.

« Tu as raison, finit-il par admettre sans conviction. Continuons. »

L'attaque survint lorsqu'ils atteignirent le sommet de la colline suivante.

La piste s'était perdue. Aucun sentier ne se dessinait à travers la forêt qui leur faisait maintenant face, mais les arbres étaient si peu denses que la traversée n'aurait posé aucun problème. Cependant, l'orée n'était pas déserte. Il y avait quelqu'un ici. Andrej le ressentit aussi distinctement que s'il pouvait le voir.

La silhouette surgit comme sortie du néant, un géant formidable et doré avec un casque orné de cornes, qui se précipita sur eux en poussant un effroyable cri de guerre. Delãny dégaina son épée et effectua un mouvement de recul complexe en tournoyant sur lui-même.

Le démon cornu se jeta sur lui avec un nouveau hurlement. Son épée, grande comme un homme adulte, à double tranchant et pesant sans doute près de cinquante kilos, se déplaçait à une vitesse foudroyante. Delãny savait qu'elle serait aussi précise que rapide, tout comme il avait parfois la certitude d'être sur le point de faire mouche lui-même. La lame s'approcha avec une précision létale de sa gorge. L'épée sarrasine d'Andrej s'éleva, mais sa réaction ne fut pas assez rapide. La distance que sa lame devait parcourir pour bloquer la frappe du démon était trop longue. Son adversaire allait le décapiter.

Son pied buta contre une pierre. Il perdit l'équilibre, bascula à la renverse, et la lourde épée à deux mains du géant lui infligea une profonde blessure à la tempe, se contentant de lui mettre l'os à nu au lieu de lui trancher la tête.

Andrej tomba, roula sur le côté en gémissant de douleur et combattit de toutes ses forces la perte de conscience qui le menaçait. Le sang lui coulait dans les yeux, l'aveuglant, tandis que la douleur ne cessait de s'intensifier.

Cependant, cette douleur eut sur lui un effet secondaire inattendu. Le démon cornu redevint ce qu'il était réellement : un homme revêtu d'une armure en cuivre poli, portant un casque du même métal, doté de courtes cornes, et brandissant une longue épée à deux mains. Il était grand, puissamment bâti et fort, mais ce n'était pas un géant et encore moins un démon.

Même s'il était presque aussi dangereux.

L'inconnu était certainement un combattant aguerri car il ne se laissa pas abuser une seconde par la blessure ruisselante de sang de son adversaire. Il se rapprocha d'un bond d'Andrej, écarta les jambes pour s'assurer un meilleur équilibre et leva son arme au-dessus de sa tête pour achever ce qu'il avait commencé.

Son attaque submergea Andrej d'un flot d'énergie destructrice. C'était la même force impérieuse qu'il avait ressentie physiquement chez Mikhaïl Nadasdy lorsqu'ils s'affrontaient un peu trop violemment à l'entraînement, à la différence près que les assauts de Mikhaïl ne cherchaient pas à l'anéantir, mais à lui ouvrir la voie vers un style de combat plus pur, plus concentré. Le guerrier d'or, quant à lui, était dévoré par le feu de sa volonté de tuer. Il ne voulait rien d'autre que l'anéantir, aussi vite et aussi sûrement que possible. Cela réveilla en Andrej les réflexes de combat acquis au prix d'une longue pratique et quelque chose prit possession de lui, presque à son insu, rallumant l'étincelle de vie qui s'éteignait.

Lorsque l'épée de son adversaire s'abattit, Andrej n'était déjà plus là. La lame redoutable fit jaillir une pluie d'étincelles en frappant la pierre et traça dans le sol un sillon de deux doigts de profondeur à l'endroit exact où son cou se trouvait quelques secondes plus tôt.

Delãny entendit le cri de dépit, semblable au raclement du métal sur la pierre ou le bois. D'un bond, il se remit sur pied et, dans le même mouvement, fit passer son épée de la main droite à la gauche pour frapper depuis cet angle plus favorable. S'il ne toucha pas son adversaire, il le contraignit néanmoins à reculer précipitamment et il aurait sans doute poussé son avantage s'il n'avait pas enregistré, du coin de l'œil, un mouvement qui ne pouvait appartenir qu'à un second agresseur. Une lame plus petite, mais non moins mortelle, cherchait à son tour à atteindre sa gorge.

Andrej exécuta une pirouette complexe à une vitesse foudroyante, changea de nouveau son arme de main et, sans hésiter, frappa d'estoc la poitrine de son adversaire. L'acier acéré de sa lame pénétra sans guère de résistance la cuirasse scintillante, infligeant à l'homme une blessure qui en aurait achevé plus d'un. Elle ne fit que le ralentir, mais, pour le moment, Andrej ne demandait rien de plus. Il recula d'un pas, reçut sans ciller une coupure à l'épaule du deuxième attaquant et se débarrassa de lui en appliquant l'une des techniques de combat de Mikhaïl Nadasdy, qui permettait de pulvériser le genou d'un ennemi d'un seul coup de pied.

L'homme hurla, lâcha son épée et s'effondra. Finalement, il n'était pas aussi résistant qu'on pouvait le craindre. L'assaut l'ayant mis hors d'état de nuire, Andrej put se concentrer de nouveau sur celui à la cuirasse dorée.

Il était temps. L'homme était coriace, même pour un colosse maniant une épée que plus d'un valet de ferme aurait eu du mal à soulever. Andrej avait peut-être perdu deux ou trois secondes avec son compagnon, mais ce laps de temps lui avait suffi pour refouler la douleur de sa blessure et se redresser péniblement en prenant appui sur son épée plantée dans le sol.

Delãny le repoussa violemment d'un coup de pied, balaya son épée au loin et se jeta sur lui dans un même mouvement. Son arme visait le visage. Il manqua sa cible, mais fit voler le casque en éclats, égratignant son adversaire au passage. Le géant ne laissa pas entendre un cri, mais Andrej savait qu'il ressentait à ce moment précis un mélange de douleur et de terreur mortelle. La certitude absolue que tout était fini.

Et il y trouva du plaisir.

Un unique mouvement du poignet aurait suffi pour mettre un terme au combat. L'épée sarrasine était assez affûtée pour trancher muscles et os d'un seul geste.

Mais Andrej hésitait. Il voulait que l'homme souffre. Il faisait partie de ceux qui avaient tué sa famille, peut-être même était-il le meurtrier de son fils. En tout cas, il était l'un de ceux qui avaient si abominablement torturé Barak. Andrej voulait le faire payer, lui rendre au centuple chaque souffrance, chaque seconde du martyre enduré par le vieil homme. En quelques mouvements fulgurants, son épée eut raison des derniers fragments du casque et entaillèrent le visage qu'il protégeait. Cette fois, un cri de douleur échappa au vaincu. Andrej le savoura comme une gorgée de vin précieux.

Les blessures qu'il lui infligeait étaient superficielles, rien d'autre qu'un jeu cruel. Cependant, quelle que soit sa haine pour cet homme, il ne méritait pas qu'Andrej s'oublie au point de se transformer en bête sauvage et de prendre plaisir à torturer un ennemi. Il cessa de lui entailler le visage et appuya sa lame contre sa gorge. Mais quelque chose en lui protesta. Il ne voulait pas tuer cet homme. Pas si vite. Pas si facilement. Le feu noir de la vengeance brûlait encore en lui et réclamait son dû de souffrance.

« Qu'attends-tu… Delãny ? gémit le guerrier d'or. Finis… ce que… tu as commencé. »

Sa faiblesse n'était que feinte. Sous le sang et les souillures, Andrej devinait un visage fort à la beauté étrange et brutale. Le visage d'un guerrier habitué à supporter la douleur et à saisir la moindre chance.

L'épée pesait sur sa gorge d'une manière qui interdisait toute contre-offensive. Pourtant, il attendait, essayait de gagner du temps, espérant un bref moment d'inattention qui lui permettrait d'échapper à la menace de la lame et de maîtriser Andrej.

« Qui es-tu ? » demanda celui-ci.

L'autre ricana. « Qu'est-ce que tu veux ? Mon nom ou ma tête ? » Il avait un accent particulier, lourd, qu'Andrej n'avait encore jamais entendu.

« Les noms des autres, répondit Andrej. Je veux savoir où ils vont. Et pourquoi vous avez fait cela.

— Me laisseras-tu la vie sauve si je te le dis ?

— À toi de choisir si tu veux mourir vite ou aussi lentement que Barak. Pourquoi torturer le vieil homme ? Il n'avait rien fait à personne. »

Un cri perçant retentit dans son dos. Le cri d'un enfant, strident, aigu, né d'une douleur et d'une peur atroces.

Trois… se dit Andrej.

Il avait commis une erreur impardonnable. Les traces qui s'étaient séparées du groupe étaient celles de trois hommes !

L'attention de Delãny ne se détourna qu'une fraction de seconde, mais cela suffit à son adversaire. Sans se préoccuper de l'épée sarrasine qui lui entailla l'épaule, l'homme roula sur lui-même pour s'éloigner de la lame et lança les deux jambes vers la cheville d'Andrej.

Il rata sa cible, mais l'attaque fit reculer Andrej. Son coup d'épée défensif ne toucha pas l'homme aussi durement qu'il l'avait espéré, mais il le fit trébucher et retomber à genoux. C'était le moment ou jamais. Il n'avait qu'un pas à faire pour l'achever. Cette fois il n'hésiterait pas et conclurait l'affrontement d'un coup net et précis. L'étranger était trop dangereux pour qu'il lui donne une deuxième chance.

Derrière lui, Frederic hurlait toujours. Andrej, prêt à achever le guerrier d'or, lança un regard par-dessus son épaule.

Ce qu'il vit le pétrifia. Les agresseurs étaient bien au nombre de trois, mais deux seulement s'en étaient pris à lui, comptant sans doute sur la supériorité de l'homme en armure de cuivre.

Le troisième pourchassait Frederic.

Jusqu'à présent, le garçon lui avait échappé en s'abritant entre les rochers et les arbres disséminés sur la pente, mais l'ennemi avait réussi à l'acculer et brandissait son épée pour le frapper.

Andrej réagit sans réfléchir. Il avait le choix entre s'emparer d'une vie et en sauver une, et il prit instinctivement la décision qui s'imposait : au lieu de décapiter l'homme sans défense agenouillé à ses pieds, il pivota et lança son épée de toutes ses forces. L'arme, transformée en éclair argenté, transperça l'homme qui menaçait Frederic entre les omoplates et le jeta à terre.

Cependant, une fraction de seconde avant qu'il ne s'écroule, son épée avait commencé à s'abaisser vers le garçon dont les cris s'étaient soudainement tus. Andrej s'élança vers lui. Dans son dos, il entendit le guerrier d'or pousser un grognement de surprise avant de se relever en chancelant. Il ne tarderait sans doute pas à ramasser son arme et à l'attaquer de nouveau.

Pourtant, Andrej n'hésita pas une seconde. Il ne fallait pas que Frederic meure. Pas lui ! Cet enfant était tout ce qui lui restait. En cinq ou six enjambées, il parvint aux rochers entre lesquels Frederic s'était faufilé. Le guerrier mort s'était écroulé sur lui et l'épée avait glissé de sa main. Andrej constata avec épouvante que la lame était ensanglantée.

Avec une force née du désespoir, il souleva le cadavre pour libérer Frederic.

L'enfant était couvert de sang. Sa chemise était déchirée et sa chair luisait du rouge frais de la mort.

Andrej était arrivé trop tard, sans doute de peu, mais trop tard.

Frederic était mort.

Il se sentit submergé par un féroce désir de vengeance.

La douleur qu'il attendait ne vint pas. Il n'était même pas vraiment surpris, mais le feu noir qui couvait en lui éclata soudain, exigeant le prix du sang pour réparer le tort qui lui avait été fait. Il se retourna, arracha l'épée sarrasine du corps du guerrier et fit face à la lisière de la forêt. Il ne ressentait toujours rien, seulement le froid dévorant et atroce du feu noir qui réclamait vengeance.

Comme il s'y attendait, le guerrier d'or avait saisi l'occasion pour se remettre sur pied et récupérer son arme. Mais il s'abstint de l'attaquer. Immobile, l'homme à l'armure dorée se dressait de toute sa hauteur à l'orée de la forêt et le fixait du regard.

Delãny fit un pas vers lui, mais s'arrêta lorsque l'étranger secoua la tête.

« Pas maintenant, Delãny, dit-il.

— Viens ici, lança Andrej. Qu'on en finisse, d'une manière ou d'une autre !

— Pas maintenant, répéta l'étranger. Tu es doué, Delãny, mais pas assez. On se retrouvera, je te le promets. »

Sur ces mots, il disparut aussi vite et silencieusement qu'il était apparu. Andrej le sentit proche pendant encore quelques instants, puis même la sensation de cette présence inquiétante qui avait répandu sa pestilence sur l'orée de la forêt s'effaça.

La douleur survint enfin.

Les mains d'Andrej se mirent à trembler. Le feu noir de son âme s'éteignit, ne laissant aucune cendre, mais une mer d'affliction, rouge et bouillonnante. Ses yeux se remplirent de larmes, tandis que le tremblement de ses mains s'intensifiait. Il rengaina son épée avec difficulté et le simple fait de se tourner vers Frederic lui parut insurmontable.

L'enfant gisait sur le dos. Ses yeux étaient écarquillés et leur expression hésitait entre incompréhension et horreur absolue.

« Que… s'est-il passé ? marmonna-t-il. Tu l'as tué ? »

Pendant un instant, Andrej ne comprit pas ce qu'il voyait. Frederic était en vie. Il était allongé dans une mare de sang, ses vêtements étaient lacérés et il devait être atrocement blessé, mais il *vivait* !

Le trouble d'Andrej céda soudain la place à un soulagement profond, presque douloureux.

« Ne bouge pas ! ordonna-t-il. Au nom du ciel, ne bouge pas ! Reste allongé ! »

Il se laissa tomber à genoux près de Frederic et lui repoussa les épaules contre le sol lorsqu'il tenta de se relever.

« Tu l'as tué ? » répéta Frederic d'une voix enrouée. Sa faiblesse était peut-être déjà le premier effleurement de la mort.

Andrej secoua la tête. « Non, mais ça n'a aucune importance. Tu dois… »

Il s'interrompit en fronçant les sourcils d'un air étonné. Tandis qu'il parlait, il avait doucement palpé le torse de Frederic pour évaluer la gravité de sa blessure. La poitrine du garçon était en sang, mais la peau en dessous indemne.

« Tu n'es… pas blessé ? » demanda-t-il, dubitatif.

Frederic, étourdi, se redressa, et cette fois Andrej le laissa faire. Baissant les yeux vers son torse, il haussa les épaules tout en secouant la tête.

« Non », hasarda-t-il, hésitant. Sa réponse sonnait comme une question plutôt qu'une constatation.

Andrej le fixait du regard. Il n'avait pas vraiment vu l'épée frapper Frederic. Peut-être avait-il eu de la chance, tout simplement. La lame de l'assassin s'était peut-être contentée de déchirer la chemise sans même entailler la peau et peut-être le sang était-il celui du mort qui s'était écroulé sur lui. Mais peut-être… Effrayé, il repoussa la pensée qui lui venait. Il devait se garder de voir en Frederic plus qu'il n'y avait. C'était un hasard, un hasard extraordinaire, rien de plus.

Pour dissimuler sa propre confusion, il grimaça un sourire forcé et se redressa d'un mouvement beaucoup trop brusque.

« As-tu mal quelque part ?

— Non. » Cette fois, c'était bien une constatation. Se tournant lourdement, Frederic se retrouva à quatre pattes, secoua la tête et se redressa avec une lenteur exagérée. Andrej l'observait, prêt à intervenir au moindre signe de faiblesse.

Ce ne fut pas nécessaire. Frederic tremblait de tout son corps, mais il n'était pas blessé, même si cela tenait du miracle. Le destin avait peut-être décidé de rembourser à Andrej une toute petite part de ce qu'il lui avait volé.

Encore chancelant, Frederic se tourna vers lui, puis regarda longuement le guerrier. Alors il prit son élan et donna un coup de pied si brutal dans les côtes du mort qu'il roula sur le flanc. Andrej voulut le tirer en arrière, mais il combattit son instinct et se contenta de lui poser une main apaisante sur l'épaule.

D'un mouvement, Frederic se dégagea, leva le pied une nouvelle fois puis le reposa sans frapper. Les expressions les plus contradictoires se succédaient sur son visage, mais la peur et l'impuissance y étaient sans doute les plus fortes.

« Pourquoi as-tu fait cela ? » demanda Andrej à voix basse.

Frederic tourna vers lui un regard buté et garda le silence.

« Parce qu'il a voulu te tuer ? reprit Andrej. Ou parce qu'il fait partie de ceux qui ont attaqué Borsa ? »

Les yeux de Frederic s'étrécirent. « Mais toi, tu l'as tué.

— C'était différent. »

Andrej vit la confusion que ses mots provoquèrent en Frederic et comprit soudain que ce moment était d'une importance capitale pour le garçon. Ce qu'il dirait maintenant pourrait bien déterminer le cours futur de la vie de Frederic.

« Pourquoi ? interrogea Frederic. Parce que tu es un guerrier et moi un enfant ?

— Parce qu'il voulait te tuer, répondit Delãny. J'ai pris une vie pour en sauver une autre.

— Et qui t'en donne le droit ? »

Andrej était à court d'arguments. Mikhaïl Nadasdy lui avait appris beaucoup de choses, mais il ne l'avait pas préparé à une telle situation.

« Je ne sais pas, avoua-t-il après une courte hésitation. Peut-être n'existe-t-il aucune raison valable pour supprimer une vie. Mais je le referais sans hésiter si je le devais.

— C'est pour ça que tu as épargné le guerrier d'or ? » questionna Frederic, en colère. Son hostilité n'était que de l'entêtement, de la rage enfantine et surtout de la peur qui cherchait un exutoire, poussant le garçon à s'en prendre à son seul compagnon. Elle aurait dû laisser Andrej indifférent, mais il ne put s'empêcher de se sentir blessé. Les mots lui firent si mal qu'il resta sans réponse pendant quelques instants.

« Je ne sais pas vraiment qui a épargné l'autre, finit-il par répondre. Mais nous nous reverrons, tu peux en être sûr. »

Il lui tourna brutalement le dos. « Viens. Nous avons un prisonnier. Je pense qu'il a des choses intéressantes à nous dire. »

Leur troisième agresseur avait tenté de ramper jusqu'à la lisière de la forêt, mais ses forces l'avaient abandonné à mi-chemin et il s'était écroulé, gémissant, dans l'herbe. Lorsque Andrej et Frederic s'approchèrent, il leva les bras pour se protéger le visage et hoqueta de peur. Peut-être aussi de douleur. Son genou droit était en miettes. Andrej ne lui lança qu'un bref regard et sut qu'il ne guérirait jamais.

Cette vue lui infligea un pincement léger mais étonnamment douloureux. Encore une chose à laquelle Mikhaïl Nadasdy n'avait pas pu le préparer. Il lui avait appris à pulvériser des bûches de la grosseur d'un bras à coups de pied ou de coude et à main nue, et lui avait affirmé qu'il serait capable de briser des os et d'enfoncer des crânes avec la même facilité.

Mais il y avait une différence entre savoir et faire, et cette différence était terrible.

De la tête, il fit signe à Frederic de rester en arrière, s'agenouilla auprès du blessé et le força, sans brutalité, à baisser les bras.

« N'aie pas peur, dit-il, je ne te ferai aucun mal. »

Ses paroles n'eurent aucun effet. La crainte dans les yeux de l'homme se transforma en pure panique et il se mit à trembler de tout son corps.

« Non ! gémit-il. Ne me touche pas ! Tu es le diable ! Ce qu'on raconte sur toi est vrai.

— Et qu'est-ce qu'on raconte ?

— Que vous avez fait un pacte avec le diable.

— Nous ?

— Les Delãny, répondit l'homme. Vous êtes des mages. Des sorciers qui pratiquent la magie noire. »

Du coin de l'œil, Andrej vit Frederic tressaillir, mais il résista à la tentation de se tourner vers lui.

« Est-ce pour cela que vous avez torturé Barak ? questionna-t-il.

— Vous êtes des sorciers, insista l'homme. Vous avez pactisé avec le Malin. Nul ne peut vous tuer.

— Si tu en es convaincu, alors c'était une folie d'essayer », lança Andrej. Il se força à examiner plus longuement la jambe de l'homme, sans parvenir à une autre conclusion. Le blessé serait infirme pour le restant de ses jours, sauf s'il succombait à la gangrène. Andrej ne pouvait rien faire pour lui, à part soulager un peu sa douleur. Sans tenir compte des faibles protestations de l'homme, il le palpa, à la recherche de l'un des ganglions nerveux cachés que Mikhaïl Nadasdy lui avait montrés, et le pressa légèrement pendant un court instant. La douleur ne disparaîtrait pas entièrement, mais redescendrait à un niveau beaucoup plus supportable. Pour un temps, en tout cas.

« Avant que tu te répètes, fit-il remarquer, ce n'était pas de la magie, ni même l'œuvre du diable, seulement un savoir ancestral venu d'un pays lointain. »

C'était inutile. La terreur sur le visage de l'homme atteignit un point qu'Andrej ne pouvait plus appréhender. Qu'il parle ou se taise, l'homme n'était plus en mesure de ressentir autre chose que de la peur.

« Quel est ton nom ? interrogea-t-il.

— Draskovic, répondit le guerrier.

— Draskovic, bien. » Delãny hocha la tête et pesa longuement chacun des mots qu'il s'apprêtait à prononcer. Il serait peut-être obligé de tuer le guerrier s'il posait la mauvaise question ou si ce dernier donnait la mauvaise réponse.

« Qui vous a envoyés à Borsa, Draskovic ?

— Le père Domenicus, répondit l'homme. Laisse-moi tranquille ! Va-t'en ! Tue-moi si tu veux, mais je... je ne te dirai rien de plus.

— Je ne te tuerai pas, Draskovic », répondit Andrej avec douceur. Il se détesta pour ce qu'il s'apprêtait à dire, mais, lorsqu'il parla, sa voix était si froide et menaçante qu'elle faillit lui faire peur. Le feu noir ne s'était peut-être pas éteint en lui, mais avait embrasé quelque chose qui grandissait au fond de son âme comme une tumeur.

« Je ne te tuerai pas, Draskovic, répéta-t-il. Ni maintenant, ni plus tard. Si tu réponds honnêtement à mes questions, il ne t'arrivera rien. Si tu refuses de parler ou si tu mens, alors je prendrai ton âme. »

Draskovic le regarda d'un air épouvanté. Il voulut répondre, mais sa voix refusa de lui obéir.

« Je ne suis pas un sorcier, encore moins le diable, poursuivit Andrej. Mais je sais comment on l'invoque. Qui est le père Domenicus et pourquoi avez-vous attaqué les Delãny ? »

Draskovic tremblait de plus en plus fort et la terreur dans ses yeux avoisinait maintenant la folie.

Il se mit à parler.

4

Il serait sans doute minuit lorsqu'ils atteindraient Constanta et cette nuit était déjà beaucoup plus froide que les précédentes. Ils sentaient la proximité de la mer depuis une heure et la température semblait baisser à chaque lieue qui les rapprochait de la côte. L'hiver était encore assez loin pour qu'ils ne risquent pas de rencontrer la neige, mais le froid déjà bien assez intense, au goût d'Andrej.

Transi, il s'enveloppa plus étroitement dans la couverture drapée sur ses épaules et se plaça de l'autre côté du cheval pour tenter de se protéger du vent glacial qui leur soufflait en pleine face. Ce fut peine perdue. Il grelottait de plus en plus, comme si le froid ne venait pas de l'extérieur, mais trouvait sa source à l'intérieur de lui.

Depuis le crépuscule, ils avaient renoncé à la protection de la forêt et voyageaient désormais sur la route mal pavée qui menait à Constanta et à la mer, mais ils progressaient beaucoup moins vite qu'Andrej ne l'avait espéré. Ils ne pouvaient pas se permettre de rencontrer qui que ce soit, maintenant encore moins qu'avant. Ces derniers jours, Frederic avait à peine desserré les dents et Andrej ne pouvait pas prévoir comment il réagirait s'ils croisaient un étranger.

Il était même incapable de prédire avec certitude comment il réagirait lui-même.

La conversation avec Draskovic avait duré longtemps et ce qu'Andrej avait appris ne l'avait pas seulement empli d'un mélange d'épouvante et de colère qui l'agitait encore, mais l'avait aussi profondément bouleversé. Probablement plus qu'il n'en avait conscience pour le moment.

« C'est encore loin ? » questionna Frederic à voix basse.

Delãny observa le garçon d'un air à la fois inquiet et calculateur. Frederic lui avait à peine adressé la parole depuis qu'ils étaient sortis de la petite vallée, mais aujourd'hui, il s'était montré particulièrement silencieux. C'étaient même les premiers mots qu'il consentait à prononcer depuis la tombée de la nuit. « Encore une bonne marche, répondit-il enfin. Deux ou trois heures. Peut-être plus. »

De la main gauche, Frederic rassembla les pans de la couverture dans laquelle il s'était lui aussi enveloppé et le toisa du haut du cheval d'un air pensif. Même de si près, la lumière n'était pas suffisante pour permettre de lire son expression. La lune avait fondu pour ne plus former qu'un mince croissant et la majeure partie des étoiles se dissimulait derrière des nuages noirs et bas. Peut-être était-ce une bonne chose de ne pas mieux voir le regard de Frederic. Le garçon n'avait pas caché qu'il aurait préféré tuer Draskovic et il méprisait Andrej de ne pas l'avoir fait.

« Pourquoi avançons-nous si lentement ? » demanda-t-il au bout d'un moment.

Parce que nous sommes trop près d'eux, pensa Delãny. *Et parce que j'ignore ce que je ferai quand nous les rattraperons réellement.*

Il se garda bien de formuler cette pensée à voix haute, mais il était vrai qu'ils auraient facilement rattrapé le père Domenicus et ses sbires s'il l'avait voulu. Leur avance n'était que d'une heure, peut-être moins. Depuis la tombée de la nuit, Andrej avait cru flairer la présence humaine au moins deux fois, très faiblement, comme la première ébauche de lumière à l'horizon dans l'obscurité épaisse qui précède l'aube. C'était plus une impression qu'une certitude. Mais la sensation était bien là et il finit par trouver des traces d'un groupe conséquent qui l'avait précédé sur le chemin peu auparavant. Il avait fait halte à chaque fois pour examiner le terrain : un éclat métallique suspect ou la réflexion des derniers rayons du soleil sur une bride bien polie ne lui auraient pas plus échappé que le bruit des chevaux ou le cliquetis des armes. Il n'avait pas spécialement envie de se précipiter dans une nouvelle embuscade, qui serait sans aucun doute plus soignée que la première.

« Tu as peur », lança Frederic, voyant qu'Andrej ne répondait pas à sa question. Sa voix était chargée de mépris.

« Je suis fatigué, répondit Andrej à voix basse. Comme toi. Les blessures que j'ai reçues au combat ne sont pas tout à fait guéries…

— Elles ont guéri plus vite qu'elles n'auraient dû, cracha Frederic. Ça prouve au moins que tu es un Delãny. Tu vivras sans doute aussi vieux que Barak, jusqu'à ce que quelqu'un te tue à ton tour.

— Ce qui pourrait arriver plus vite que tu ne penses, répondit Andrej, en colère. Je ne me sens pas encore en état de surmonter un nouveau combat avec des adversaires de la force des chevaliers d'or. Surtout que, la prochaine fois, ils ne nous rendront pas la tâche plus facile.

— Tu as bel et bien peur, insista Frederic. Tu n'es pas un grand guerrier, Andrej Delãny. Tu n'es qu'un vantard avec une belle épée. »

Peut-être a-t-il raison, pensa Andrej. Oui, il avait peur, mais non pour les raisons que Frederic lui prêtait.

« Nous avons le temps », murmura-t-il. Ces mots sonnèrent comme une piètre excuse, même à ses propres oreilles, et Frederic ne fit pas l'effort de lui répondre. Andrej ajouta au bout de quelques secondes : « Nous savons où ils vont.

— Si ce type a dit la vérité, gronda Frederic. Il a sûrement menti pour nous envoyer droit dans un piège.

— Je ne crois pas. » Andrej secoua la tête d'un air convaincu. L'homme avait été en proie à la plus grande terreur. Et il avait cru ce qu'Andrej lui avait dit au sujet de son âme et du diable. Un homme dans un tel état d'esprit n'est plus capable de mentir.

« Nous avons besoin d'un gîte pour la nuit, reprit-il, changeant volontairement de sujet et de ton. Notre allure attire beaucoup trop l'attention.

— À cette heure-ci ? » Frederic secoua fermement la tête. « Personne ne voudra de nous.

— Nul ne renverra un homme à moitié mort de froid et un enfant blessé qui frappent à la porte, même en pleine nuit. Tu as besoin de vêtements propres et de quelques heures de sommeil... et moi aussi », ajouta-t-il plus bas. Il avait surtout besoin de temps pour échafauder un plan digne de ce nom et tirer certaines choses au clair. Frederic parut deviner ses pensées. Il ne protesta pas, mais ses yeux brillèrent si fort de colère qu'Andrej s'en rendit compte malgré l'obscurité. Le mépris du petit lui faisait mal. Bien plus qu'il n'aurait dû.

Ils retombèrent dans un mutisme inconfortable. La température baissait de plus en plus et Andrej commença à claquer des dents. Le vent, qui blessait ses mains et son visage découverts de mille piqûres invisibles, s'unit au froid qu'il ressentait à l'intérieur, comme s'il voulait consumer toute vie en lui avec le feu glacial de l'enfer.

Pendant une bonne demi-heure, Frederic chevaucha en silence à côté de lui. Si la nuit avait été plus claire, ils auraient déjà pu apercevoir la mer et peut-être même Constanta, mais, en l'occurrence, tout ce que Delãny distinguait de la cité portuaire était une lueur rose pâle dans le ciel. Mikhaïl Nadasdy avait sans doute raison : les grandes métropoles ne dormaient jamais. C'était loin de réjouir Andrej, car cela réduisait considérablement leurs chances de pénétrer discrètement en ville.

Frederic se redressa soudain sur la selle, les yeux braqués devant lui. Ce n'est qu'en suivant son regard qu'Andrej découvrit à son tour la lumière qui venait d'apparaître à quelque distance, sur le bord de la route. Une maison, peut-être une ferme où, en dépit de l'heure tardive, la lumière brillait encore. Andrej s'arrêta et tendit l'oreille. Tout était calme, aucun bruit suspect ne laissait supposer une présence hostile guettant leur arrivée.

Pourtant, tous ses sens restèrent en alerte tandis qu'ils s'approchaient du bâtiment. Domenicus et ses gens n'étaient peut-être pas là, mais quelques hommes avaient pu rester en arrière pour les attendre, Frederic et lui. Le guerrier d'or avait dit qu'ils se reverraient et ils se trouvaient sur la seule route menant à Constanta depuis le nord. Draskovic lui avait appris que les prisonniers seraient emmenés jusqu'à un bateau et Constanta était le seul grand port des environs. C'était même, à l'échelle de la Transylvanie, une ville portuaire majeure sur la mer Noire, convoitée par les Turcs car elle permettait de contrôler d'importantes voies commerciales vers l'intérieur des terres ainsi que vers le delta du Danube et les Carpates.

Cependant, s'il y avait un piège, il était si habilement préparé qu'Andrej était incapable de le déceler. La nuit était calme. Personne ne se jeta sur eux dans l'obscurité et, même lorsqu'ils s'approchèrent du bâtiment, rien ne bougea.

C'était une grande auberge, visiblement récente, entourée de plusieurs autres bâtiments moins aisément reconnaissables dans le noir. La rumeur des discussions leur parvenait au travers des volets clos. Quatre chevaux et trois mules efflanquées étaient attachés devant la porte. Andrej soumit les animaux, en particulier les chevaux, à une inspection rapide mais soigneuse, dont le résultat le tranquillisa. Ils ne ressemblaient pas à des montures de guerriers.

Il attacha son étalon auprès des trois mules, souleva Frederic sans cérémonie pour le faire descendre et s'assura que la chemise tachée de sang du garçon était bien cachée sous la couverture qui l'enveloppait.

« Quand nous serons à l'intérieur, tu me laisseras parler », ordonna-t-il.

Frederic lui lança un regard contrarié et pinça les lèvres, mais au moins il ne le contredit pas. Andrej se détourna et entra dans l'auberge.

Une vague d'air vicié l'accueillit, mélange d'odeurs et de sons, ainsi que la chaleur agréable d'un feu qui crépitait dans une grande cheminée, de l'autre côté de la salle. Compte tenu de l'heure tardive, il y avait encore un nombre étonnant de clients dans l'auberge. Andrej estima qu'une douzaine d'hommes de tous âges, au moins, buvaient et s'entretenaient, assis aux tables rustiques de l'établissement. Nul ne sembla s'offusquer de leur arrivée tardive. Les occupants levèrent brièvement la tête ou interrompirent leurs conversations, mais aucun ne leur consacra plus qu'un bref regard, à l'exception peut-être de l'aubergiste, dont l'intérêt était sans doute d'ordre plus commercial. Ils n'étaient plus à Borsa, mais à proximité d'une grande ville, de plusieurs milliers d'habitants. Sans doute la vie obéissait-elle ici à d'autres règles que dans la vallée de Borsa.

Andrej poussa Frederic en avant et ferma la porte derrière lui de la main gauche tout en désignant de la tête une table libre auprès de la cheminée. Les clients ne faisaient déjà plus attention à eux, mais il sentit le regard soupçonneux de l'aubergiste suivre leur progression jusqu'à la table qu'il avait choisie.

À peine furent-ils assis que l'homme sortit de derrière son comptoir et se dirigea vers eux. C'était un gaillard de haute taille, presque chauve, aux mains noueuses, dont le visage semblait plus vieux qu'il ne l'était sans doute. Il portait des vêtements simples, protégés par un tablier en cuir graisseux.

« Encore en chemin aussi tard ? » lança-t-il en guise de salut.

Andrej hocha la tête. « Nous sommes heureux d'avoir trouvé ton auberge. Nous voulions rejoindre Constanta, mais la route est plus longue que nous ne le pensions, répondit-il sans même feindre l'épuisement dans sa voix.

— Ça arrive souvent, répondit l'aubergiste. Qu'est-ce que je peux faire pour vous ?

— Une bière serait la bienvenue. Et, pour mon frère, peut-être un verre de lait chaud.

— Moi aussi, je veux une bière, protesta Frederic.

— Une bière et un lait chaud, résuma l'aubergiste, imperturbable. Vous avez de quoi payer ? »

Cette méfiance affichée irrita Andrej, mais il ravala la réponse abrupte qui lui venait aux lèvres, plongea la main dans sa poche et sortit quelques-unes des piécettes qu'ils avaient prises à Draskovic et au guerrier mort. Finalement, la méfiance de l'homme n'était pas si infondée. Il y avait quelques jours, il n'aurait pas pu payer les boissons qu'il venait de commander.

L'homme empocha les pièces et demanda : « Quelque chose à manger avec ça ?

— Si le feu brûle encore dans la cuisine, ce serait merveilleux », répondit Andrej. Il n'avait pas spécialement faim, mais Frederic avait besoin de se remplir l'estomac. Une bonne partie de sa mauvaise humeur venait peut-être très prosaïquement de ce qu'il n'avait avalé qu'une poignée de baies depuis le matin.

« J'ai du rôti froid et du chou, annonça l'aubergiste. Et avant que tu ne poses la question : je n'ai plus une chambre de libre, mais vous pouvez passer la nuit dans l'écurie. C'est gratuit.

— Merci, dit Andrej, surpris. Nous acceptons…

— Nous devons continuer, le coupa Frederic. Nous avons promis d'arriver aujourd'hui en ville, tu as déjà oublié ?

— Nous acceptons volontiers ton offre, reprit Andrej en lançant un regard sévère à Frederic. Il importe peu que nous arrivions ce soir ou demain matin. »

L'aubergiste haussa les épaules et alla s'occuper de leur commande. Frederic fusilla Andrej du regard.

« De toute façon, vous ne pourriez pas entrer en ville, petit. »

Andrej pivota lentement sur la chaise dure pour dévisager celui qui venait de s'immiscer dans leur conversation. C'était l'un des clients de la table voisine, un homme d'une quarantaine d'années, avec des cheveux bruns tombant sur les épaules et des vêtements bien trop colorés au goût d'Andrej. Son visage semblait exotique, sans qu'Andrej puisse vraiment dire pourquoi, et sa façon de parler laissait entendre que le dialecte local n'était pas sa langue maternelle. Mais il avait le visage sympathique et ouvert, et les yeux rieurs.

« Pourquoi ? » demanda Frederic.

L'étranger saisit sa chope de bière et avala une impressionnante gorgée avant de répondre. « On ferme les portes de la ville à la tombée de la nuit. Personne ne peut entrer ou sortir sans un laissez-passer. Vous ne le saviez pas ?

— Non, répondit Andrej. Nous ne sommes... encore jamais venus ici.

— Ni dans aucune autre grande ville, à ce que je vois. » L'homme se mit à rire et ses trois compagnons de tablée l'imitèrent. Avant qu'Andrej ait décidé si leur moquerie était offensante ou non, il reposa sa chope et lui adressa un geste d'invitation.

« Pourquoi ne pas vous asseoir avec nous ? Vous semblez avoir besoin de quelques conseils... et nous sommes toujours heureux de rencontrer des étrangers avec des histoires intéressantes à raconter. » Il tendit la main. « Je m'appelle Ansbert et voici mes frères Vranjevc, Sergué et Krusha. »

Andrej hésita un instant puis serra la main tendue. « Andrej Delãny, dit-il, de la vallée de Borsa. Mon frère, Frederic.

— De la vallée de Borsa ? répéta Ansbert. Vous venez de Transylvanie ? »

Andrej hocha la tête tout en se levant pour prendre place à la table voisine. Frederic devait à sa mauvaise humeur de ne pas bouger, mais il finit par le suivre.

« Oui, nous venons de Borsa, un village sur le Brasan, précisa-t-il. Ne me dites pas que vous n'avez jamais entendu parler de ce fleuve. »

Tout en parlant, il scrutait les visages d'Ansbert et de ses trois frères. Il n'était pas sans danger de se présenter sous son vrai nom, surtout après les événements des jours passés, mais il n'apprendrait rien s'il n'était pas prêt à prendre certains risques. Les quatre hommes n'eurent aucune réaction.

Ansbert secoua énergiquement la tête. « Un fleuve du nom de Brasan ? Jamais entendu parler ! lança-t-il en riant. Mais ne te vexe pas, Delãny. Tu pourrais appartenir à la plus grande famille de Transylvanie, ou même être l'héritier du trône de Valachie, que je n'aurais probablement toujours pas entendu parler de toi. » Il reprit une gorgée de bière et examina Andrej et Frederic par-dessus le bord de sa chope. « Mais tu n'as pas l'air d'un héritier du trône, ajouta-t-il.

— Et de quoi ai-je donc l'air ? fit Andrej.

— Que venez-vous faire à Constanta ? » interrompit Sergué avant que son frère ait eu le temps de répondre. La curiosité n'était pas la seule raison de cette question, Andrej en était certain. Il comprit soudain que ces hommes ne les avaient pas invités à leur table par pure amabilité. Ils avaient des intentions très précises. Restait à découvrir lesquelles.

« Nous venons rendre visite… à ma sœur, répondit-il avec précaution. Elle s'est mariée à Constanta il y a cinq ans. Nous ne l'avons pas revue depuis.

— Vous êtes venus de Transylvanie juste pour une visite de famille ? C'est un long chemin, s'étonna Krusha.

— Père est mort au printemps dernier, intervint Frederic. Quelqu'un doit l'apprendre à Lugova. »

Andrej se retint de lancer un regard surpris au garçon. Jusqu'à présent, Frederic n'avait pas dit un mot, mais, de toute évidence, il n'avait pas perdu une miette de la conversation. Peut-être sentait-il confusément, lui aussi, qu'il y avait quelque chose de bizarre chez ces quatre hommes.

« Savez-vous où habite votre sœur ? interrogea Sergué. Constanta est une grande ville, mon garçon. On peut chercher quelqu'un pendant une semaine sans le trouver.

— Ou deux ou trois, ajouta Ansbert. Surtout en ce moment.

— Pourquoi en ce moment ?

— C'est le marché. Les gens affluent en ville de tous les côtés. » Ansbert fit un grand geste de la main. « C'est aussi la raison pour laquelle mes frères et moi sommes descendus dans cette gargote au lieu de loger dans une auberge digne de nous. Il n'y a plus une chambre de libre dans tout Constanta.

— Est-ce aussi la raison pour laquelle ils ferment les portes de la ville la nuit ? » se renseigna Andrej.

Sergué l'observa d'un air surpris, trop spontané pour être feint.

« Cette vallée de Borsa doit vraiment être loin de tout, dit-il. Vous ignorez apparemment tout ce qui se passe dans le monde.

— Et que se passe-t-il donc ? »

Sergué et ses frères échangèrent un regard qui en disait long, puis Ansbert prit la parole. « La guerre, Delãny, lâcha-t-il.

— La guerre ? Contre qui ?

— Il y a toujours quelqu'un pour faire la guerre contre les autres, laissa tomber Ansbert en haussant les épaules. Qui contre qui… quelle importance ? Elle n'a pas encore éclaté, mais on parle de plus en plus du danger turc. Les mauvaises périodes attirent les mauvaises gens, n'est-ce pas ?

— Mais ce n'est parfois pas le pire qui puisse arriver », ajouta Krusha.

Le regard attentif d'Andrej alla de l'un à l'autre. « Où voulez-vous en venir ? »

Ansbert eut un petit rire. « Je ne me suis pas trompé, Delãny. Tu es un homme intelligent. »

L'aubergiste arriva avec leur commande : une chope de bière pour Andrej, du lait chaud pour Frederic et deux portions de rôti froid accompagné de chou non moins froid. La seule vue du repas fit saliver Andrej, alors qu'il était loin d'avoir l'air appétissant.

Ils interrompirent leur conversation, jusqu'à ce que l'aubergiste fût hors de portée de voix. Frederic se jeta sur sa gamelle, tandis que l'estomac d'Andrej faisait entendre un grondement qui arracha un sourire à Ansbert. Delãny saisit le couteau et la cuillère en bois posée près de son assiette, mais il n'entama pas encore son repas.

« Pas assez intelligent, en tout cas, pour comprendre ce que vous attendez de nous », lança-t-il.

Ansbert but une petite gorgée de bière. « Pourquoi ne pas venir avec nous ? demanda-t-il. Tu n'as pas l'air d'une mauviette. Mes frères et moi sommes forains et nous avons toujours besoin d'un homme fort qui n'a pas peur de travailler. On trouvera de la besogne pour ton frère aussi. »

L'espace d'un instant, la tension qui régnait entre les quatre frères se fit si forte qu'Andrej aurait pu la toucher du doigt. Au moment précis où il allait répondre, il entendit, à l'extérieur, un cliquetis d'armes et le son d'une voix dont l'accent épais ne lui était que trop connu.

Ce fut comme un coup dans l'estomac. Pendant quelques fractions de seconde, l'air lui manqua. La sensation d'une présence étrangère et *pernicieuse* le submergea si brutalement que, le temps de deux ou trois battements de cœur, il fut incapable de former une seule pensée cohérente et encore moins de réagir.

De toute façon, il aurait été trop tard.

La porte s'ouvrit en grand et trois, puis quatre et enfin cinq hommes casqués et revêtus de lourds manteaux en laine firent leur entrée. Andrej sut aussitôt qu'ils faisaient partie de ceux qu'il poursuivait.

Le guerrier d'or qui avait failli le tuer de son épée à deux mains n'était pas avec eux.

5

Un sixième homme fit son entrée et referma la porte derrière lui en frissonnant ostensiblement de froid. Lorsqu'il se retourna, son manteau s'ouvrit légèrement et Andrej perçut l'éclat vif de l'or mat ou du cuivre, embué par le froid et l'humidité de la nuit.

Il baissa les yeux assez vite pour ne pas attirer l'attention sur lui. Tous les clients avaient dévisagé les nouveaux arrivants avec curiosité à leur arrivée, mais ils avaient soigneusement évité de croiser le regard de ces hommes armés à l'allure peu engageante.

Andrej espérait que son attitude ne détonnerait pas. Quoi qu'il en soit, l'homme à l'armure de cuivre ne lui accorda pas un regard, rejoignit ses camarades au comptoir en quelques enjambées rapides et commanda la même chose qu'eux : une chope de bière.

Les discussions reprirent, moins fort toutefois. Andrej se pencha sur son assiette et se mit à manger. Anesthésié, il sentait à peine le goût de son repas et ne vit ni les regards surpris échangés par Ansbert et ses frères, ni rien d'autre autour de lui. Le chevalier d'or emplissait la salle d'une présence si puissante, qu'elle annihilait toute autre sensation. Mais ce n'était pas l'homme qu'il avait combattu le matin même.

Du coin de l'œil, Andrej vit Frederic blêmir et baisser ses couverts. Il se contrôlait assez pour ne pas fixer les hommes au comptoir, mais ses mains se mirent à trembler, doucement tout d'abord, puis de plus en plus fort, jusqu'à ce que le tremblement atteigne ses bras et ses épaules avant de prendre possession de tout son corps.

« Maîtrise-toi », chuchota Andrej.

À sa grande surprise, Frederic réagit à son injonction avec un hochement de tête nerveux. Il se passa une langue hésitante sur les lèvres et appuya les deux mains à plat sur la table, de part et d'autre de l'assiette, pour les empêcher de trembler.

« Connaissez-vous ces hommes ? demanda Sergué à voix basse.

— Non, répondit Andrej. En tout cas... pas directement. »

Même parler lui était difficile. La présence du chevalier d'or et de ses cinq compagnons baignait la pièce comme une odeur étouffante qui lui ravissait le souffle et paralysait ses pensées. Sa main droite glissa discrètement de la table sous la couverture dont il était enveloppé et se posa sur la poignée de son épée. Juste pour être prêt. Il ne fallait pas en arriver au combat, pas contre six guerriers en même temps, dont l'un était de force égale sinon supérieure à la sienne, et surtout pas ici, dans l'auberge. Même s'il l'emportait, ce dont il doutait, un corps à corps dans cette petite salle bondée entraînerait un véritable bain de sang. Et trop d'innocents étaient morts déjà.

Que voulaient les hommes ? Pourquoi ne dévisageaient-ils pas les autres clients ? Pourquoi ne posaient-ils pas de questions embarrassantes à l'aubergiste pour apprendre s'il connaissait Andrej et s'il savait où il se trouvait ?

Sergué but une grande gorgée de bière, essuya la mousse sur ses lèvres du revers de la main et se leva. Le cœur d'Andrej se mit à battre à tout rompre dans sa poitrine quand il le vit lever la main et faire un signe aux hommes accoudés au comptoir.

« Messires », appela-t-il.

La terreur assombrit les yeux de Frederic, tandis que le cœur d'Andrej s'emballait. Sergué avait-il perdu l'esprit, voulait-il les dénoncer ? Sa main se crispa sur la poignée de l'épée sarrasine. Si le saltimbanque croyait pouvoir gagner une récompense facile à ses dépens, il ne vivrait pas assez longtemps pour l'empocher.

« Messires, excusez-moi, s'il vous plaît », répéta Sergué.

Andrej résista à l'envie de se retourner, mais il entendit au moins deux ou trois hommes se rapprocher.

« Que veux-tu ? » lança une voix brusque.

Sergué fit un sourire d'ivrogne et leva sa chope pour saluer l'homme derrière Andrej. « Excusez le dérangement, messeigneurs, bégaya-t-il, la langue lourde, mais mes frères et moi, on se demandait si on ne pourrait pas faire affaire ensemble. »

Feignant de siroter sa bière, Andrej tentait de surveiller du coin de l'œil l'homme qui se tenait près de lui. Il ne voyait guère plus qu'une ombre, trop sombre et trop petite pour être le chevalier d'or. Il resserra sa prise sur la poignée de son épée.

« Pourquoi aurions-nous envie de faire affaire avec vous ? demanda l'homme.

— Et qu'auriez-vous à nous offrir ? ajouta une deuxième voix.

— Vous allez à Constanta, je ne me trompe pas ? interrogea Sergué.

— Et quand bien même ?

— Mes frères et moi, nous y allons aussi. Nous nous demandions si nous ne pourrions pas faire route ensemble.

— Pour quelle raison ? » Cette fois, Andrej distingua nettement la méfiance dans la voix de l'étranger.

« Nous sommes des artistes itinérants, expliqua Sergué. Demain, c'est jour de marché et un bon emplacement vaut de l'or. Mais nous n'avons aucune chance d'en obtenir un si nous n'arrivons que demain matin à Constanta.

— C'est votre problème », laissa tomber une troisième voix, avec un accent qu'Andrej n'oublierait jamais. C'était celui du chevalier d'or qu'il avait combattu et qui lui avait lancé, plus tard, lorsque la chance avait tourné : « Que veux-tu ? Mon nom ou ma tête ? »

« Ne t'occupe pas de ces canailles, Bogesh ! reprit l'homme à l'accent prononcé. Nous n'avons pas de temps à perdre »

Il s'approcha, fit rapidement le tour de la table et s'immobilisa de l'autre côté. Andrej sut immédiatement que c'était lui. Il était très grand, avait des cheveux blonds ondulés qui lui tombaient sur les épaules et semblait beaucoup plus jeune que le chevalier d'or qu'il avait affronté quelques jours plus tôt. Son visage aurait été sympathique sans son regard dont l'expression d'avidité effraya profondément Delãny.

« Nous ne sommes pas des canailles », se défendit Sergué d'un ton aviné. Il jouait les ivrognes à la perfection. « Nous sommes des artistes !

— Des artistes… voyez-vous ça. » Le guerrier à l'armure dorée leva un sourcil. « Pour moi, vous ressemblez à ces bandits qui voyagent de marché en marché à la recherche de pigeons à détrousser. »

Tout en parlant, il parcourut chacun des visages qui lui faisaient face. À la surprise d'Andrej, il ne le regarda pas plus longtemps que les autres, mais Frederic retint son attention.

« Pardonnez à mon frère, messire, intervint Ansbert. Il est ivre et ne sait plus ce qu'il fait. Sergué, excuse-toi !

— Qu'est-ce qu'il a, le petit ? » Le chevalier indiqua Frederic de la tête. « Est-il malade ? »

Frederic baissa les yeux et saisit la cuillère d'une main tremblante. Il se mit à tousser.

« Pas vraiment, répondit Ansbert, mais les gens sont plus généreux quand ils croient avoir affaire à un enfant malade.

— Il n'a pas l'air d'être votre frère, poursuivit le guerrier d'or. D'ailleurs, aucun de vous n'a l'air d'être le frère des autres. »

Ansbert eut un petit rire. « C'est peut-être parce que nous sommes tous de pères différents.

— Originaires de différentes régions du monde, qui plus est, ajouta le blond d'un ton soupçonneux. D'où venez-vous ? Du nord ?

— Il n'y a rien à trouver là-bas, répondit Ansbert en secouant la tête. Nous avons passé l'été chez les canailles turques et nous voulions remonter vers la Transylvanie, mais je crois que ça n'en vaut pas la peine.

— Arrête de perdre ton temps avec ces pouilleux, lança l'un des hommes depuis le comptoir. Nous devons reprendre la route. Malthus nous attend dans une heure. »

Le chevalier laissa passer cette remarque sans répondre. Il regarda à nouveau Frederic, et son visage prit une expression pensive, comme s'il était surpris de le rencontrer là. C'était bien sûr impossible. L'homme et Frederic ne pouvaient pas se connaître, en tout cas, pas si le garçon avait dit la vérité à Andrej au sujet de l'attaque de Borsa. Mais alors que signifiait la réaction du chevalier ? À quel jeu jouait-il avec eux ?

« Réfléchissez à notre offre, noble seigneur, reprit Sergué d'un ton pâteux. Si vous nous emmenez en ville avec vous, ça pourrait vous valoir un joli paquet.

— Ne l'écoutez pas, intervint Ansbert. Nous avons tout juste de quoi payer notre bière. » Il apostropha son frère d'une voix sèche. « Tais-toi à la fin ! Je n'ai pas envie d'avoir des ennuis ! »

Le chevalier les toisa encore un instant, puis il haussa les épaules et tourna les talons. Quelques instants plus tard, on entendit quelques pièces résonner sur le comptoir, puis les hommes quittèrent l'estaminet.

Andrej respira intérieurement et put enfin lâcher la poignée de son épée, même s'il ne le fit qu'avec hésitation, comme à contrecœur. Les étrangers étaient partis et avec eux avait disparu la sensation de leur présence à la fois puissante et hostile. Pourtant, il était profondément bouleversé et ne parvenait pas à ressentir un soulagement total.

Lançant un regard furieux à Sergué, il se tourna vers Frederic. Le garçon tremblait encore de tous ses membres, même s'il commençait à se calmer, et il était si pâle qu'il avait vraiment l'air malade. Une sueur froide perlait à son front et sa lèvre supérieure.

« Alors, comme ça, vous ne connaissez pas ces hommes… » laissa tomber Sergué, sarcastique.

Andrej l'ignora et se tourna vers Frederic. « C'était l'un de ceux que tu as vus au château », devina-t-il.

Le garçon hocha la tête mécaniquement, puis la secoua dans la foulée. « Deux, dit-il.

— Deux ? » Andrej ne cilla pas, mais il ne put empêcher l'inquiétude de percer dans sa voix.

« Celui qui se trouvait... près du comptoir, répondit Frederic d'un ton haché. Il y était aussi. C'étaient les deux hommes aux armures en or.

— Ce n'est pas de l'or, petit », intervint Krusha. Il secoua brusquement la tête. « Même un enfant pourrait transpercer cette cuirasse en cuivre ou en laiton avec un clou rouillé. Seul un idiot porte une armure pareille. »

Ou quelqu'un qui s'en moque, pensa Delãny, *parce qu'aucune arme ne peut l'atteindre.*

« Deux ? questionna-t-il. Ces deux-là ?

— Oui, ces deux-là et celui contre lequel tu t'es battu, précisa Frederic. Je n'oublierai jamais leurs visages. »

Une sourde épouvante s'empara d'Andrej. Si ces hommes avaient eu le moindre soupçon quant à l'identité de Frederic et la sienne, ils n'auraient pas eu deux minutes de plus à vivre.

Pendant quelques secondes, il se sentit proche du désespoir. Il avait survécu avec peine au combat mené quelques jours auparavant et, s'il était honnête, il devait bien avouer qu'il devait sa survie à la chance plutôt qu'à son talent de bretteur. Comment, alors, espérer vaincre *trois* adversaires quasiment invulnérables ?

L'un des hommes de la table voisine se leva et se traîna à pas lents jusqu'au comptoir pour payer son dû. De toute évidence, l'heure du départ avait sonné pour lui. En rage, Andrej se tourna vers Sergué. « Tu es vraiment ivre ou tu as un sens bizarre de l'humour ? » cracha-t-il.

Sergué soutint son regard avec calme. « J'aime savoir à qui j'ai affaire, répondit-il sans se démonter. Vous n'allez pas à Constanta pour rendre visite à votre sœur. Qui sont ces types ?

— Des gens qu'il vaut mieux éviter », répondit Andrej.

D'un regard, il fit signe à Frederic et commença à se lever, mais Sergué tendit la main au-dessus de la table et le retint par le bras. Andrej regarda la main posée sur lui en fronçant les sourcils, et le saltimbanque le lâcha au bout d'une seconde, comme à regret, tout en poursuivant d'une voix tranquille et avec un grand sourire : « Pas si vite, mon ami. Nous allons peut-être quand même pouvoir faire affaire.

— Je ne crois pas, répondit Andrej. Nous ferions mieux de partir. »

Le regard de Sergué se durcit, puis se détendit presque aussitôt. Andrej sentit que son vis-à-vis était tout sauf un lâche, mais il semblait savoir d'instinct qu'il valait mieux éviter toute querelle avec cet étrange inconnu. Il se contenta de hausser les épaules et reprit son sourire de faux ivrogne. Andrej quitta la table et, d'un geste de la main, invita Frederic à le suivre.

Entre-temps, l'homme qui s'était levé avant eux avait atteint la porte et essayait de l'ouvrir.

En vain.

Andrej, qui suivait ses gestes du coin de l'œil, en fut soudain alarmé, sans vraiment savoir pourquoi. Il se redressa de toute sa hauteur, rabattit de la main gauche la couverture convertie en manteau et posa la droite sur la poignée en ivoire sculpté de son épée sarrasine. Sergué écarquilla les yeux en découvrant l'arme de grande valeur à sa ceinture, puis il suivit son regard et prit à son tour un air inquiet.

L'homme, loin d'être à jeun, mais pas encore complètement ivre, actionna une fois de plus la poignée de la porte et se tourna vers l'aubergiste en titubant légèrement. « Elle... ne s'ouvre pas.

— Tu as trop bu, mon gars, répondit celui-ci avec un sourire moqueur. Il n'y a même pas de verrou à la porte.

— Mais je veux… sortir », ânonna l'homme.

Sergué repoussa sa chope de bière et se leva lentement. Il glissa la main droite sous son manteau où il portait sans doute une arme. « Il y a un problème », murmura-t-il. La menace de danger était si forte qu'elle en devenait presque tangible.

« Mais je veux sortir », répéta l'homme. L'aubergiste haussa les épaules et l'ivrogne, se tournant une fois de plus vers la sortie, se mit à secouer le volet jouxtant la porte.

« Si c'est comme ça, je passe par la fenêtre, marmonna-t-il.

— Non », murmura Andrej. Puis il cria : *« Non ! Pas la fenêtre ! »*

Trop tard. L'homme avait déjà repoussé le verrou et ouvert le volet. À peine les battants s'étaient-ils écartés qu'une flèche enflammée se ficha en sifflant dans sa poitrine.

L'impact fut tel que l'homme se trouva propulsé en arrière. Faisant de grands moulinets avec les bras, il percuta une table qu'il fracassa sous son poids en tombant. De sa poitrine sortaient des flammèches.

D'une seconde à l'autre, l'auberge fut livrée au chaos. Les convives, épouvantés, se levèrent en criant et se mirent à courir en tous sens. Pichets et chopes se renversèrent et se brisèrent, l'homme blessé hurla d'une voix aiguë, inhumaine. Une deuxième flèche enflammée passa par la fenêtre et alla se ficher dans le mur à une largeur de main de l'aubergiste. Soudain, les volets des autres fenêtres furent secoués par une série de coups sourds. La lueur du feu, rouge et palpitante, éclaira l'obscurité. Un petit objet de couleur sombre vola par la fenêtre restée ouverte, rebondit sur le comptoir et éclata. Une odeur âcre, caractéristique, se répandit dans la salle.

« Pétrole ! haleta Ansbert. Pour l'amour du ciel, *éteignez le feu* ! »

Bien sûr, son avertissement arrivait trop tard. Une troisième flèche de feu venait de se planter dans le comptoir. En un clin d'œil, l'espace autour de la porte se transforma en un brasier rougeoyant et vorace. Depuis que l'homme aviné avait ouvert la fenêtre, il ne s'était pas passé plus de quelques secondes.

À l'intérieur de l'auberge, la panique régnait. Les clients épouvantés reculaient devant l'incendie en hurlant. L'aubergiste quitta son comptoir en feu et se dirigea en gesticulant vers une porte basse, dans le fond de la salle. « Par derrière ! Vite !

— Non, hurla Sergué. Ne fais pas ça ! »

L'aubergiste ne l'entendit sans doute pas. Criant, il ouvrit la porte à toute volée, entra dans la pièce adjacente, probablement la cuisine, pour reculer aussitôt en titubant. De son cou sortait la hampe d'une flèche enflammée.

Les tirs, de plus en plus rapprochés, atteignaient les volets ou fusaient par la fenêtre ouverte. Le comptoir était désormais la proie des flammes et un feu jaune s'insinuait déjà par les interstices des volets fermés. L'air brûlant était empli d'une fumée étouffante. Le feu s'était étendu au toit de chaume avec une rapidité déconcertante. Escarbilles et brandons de paille pleuvaient sur Andrej, qui ne respirait plus qu'avec peine. La chaleur était si forte que la douleur lui fit monter les larmes aux yeux.

Toussant, il chercha Frederic du regard. Il ne s'était pas écoulé une minute depuis la première flèche, mais l'issue de cette attaque sournoise ne faisait déjà plus aucun doute. Un bon tiers de la salle et une large partie du toit étaient en flammes, et le feu s'étendait à une vitesse surnaturelle. Ceux qui échapperaient à l'asphyxie périraient carbonisés dans les plus grandes souffrances.

Il découvrit enfin Frederic. Le petit s'était accroupi dans un angle, près de la cheminée, et s'était abrité sous sa couverture. Des étincelles pleuvaient sur lui et les premières flammèches léchaient déjà le bas de son abri précaire. Andrej repoussa une silhouette hurlante, se précipita vers lui et le souleva d'un seul geste. Tapant la couverture de sa main libre, il éteignit les flammes qui en sortaient.

Frederic eut une quinte de toux douloureuse. Ses yeux larmoyaient tant qu'il n'y voyait sans doute plus rien. Son pourpoint, déjà en piètre état, présentait de nombreuses traces de brûlures.

« Ne respire pas, haleta Andrej. Tâche de ne pas respirer la fumée, compris ? »

La réponse de l'enfant se perdit dans une nouvelle quinte de toux et les cris de terreur de leurs compagnons d'infortune. Andrej serra le garçon contre lui d'un geste protecteur lorsqu'un large morceau du toit s'affaissa sur eux. Il repoussa du bras la paille enflammée et chercha désespérément une issue à cet enfer.

Deux autres hommes avaient essayé de fuir par la cuisine l'auberge transformée en piège mortel et avaient payé cette tentative de leur vie. Un troisième, assez terrorisé pour se frayer un chemin à travers les flammes jusqu'à la porte, s'était lui-même transformé en torche vivante. La chaleur, qui avait depuis longtemps atteint les limites du supportable, ne cessait pourtant d'augmenter. Chaque respiration calcinait un peu plus les poumons d'Andrej, qui sentait ses cheveux se tordre sur sa tête, tandis que ses cils et ses sourcils se consumaient. Frederic gémissait de peur et de douleur. D'une manière ou d'une autre, il devait réussir à le sortir de là. S'il ne provoquait pas un miracle dans les secondes qui suivaient, ils mourraient tous les deux !

Andrej poussa Frederic sous une table, bondit dessus et dégaina son épée. La lame traversa sans résistance la paille enflammée du toit, fendit l'un des chevrons et rebondit sur le suivant. Il abaissa l'épée, saisit la paille à mains nues et l'arracha à pleines poignées. Sa couverture avait pris feu à son tour, les flammes lui brûlaient les mains, sa peau se couvrait de cloques qui crevaient aussi vite qu'elles se formaient. L'air s'engouffra par le trou qu'il s'évertuait à ouvrir dans le toit et ranima l'incendie, dont la chaleur se fit encore plus intense. L'auberge n'était plus qu'une fournaise. La table sur laquelle il se tenait se consumait sous ses pieds, tandis qu'un baldaquin de flammes s'élevait au-dessus de sa tête.

Andrej avait cessé de crier depuis longtemps. Ses poumons étaient calcinés, ses lèvres n'étaient plus qu'une plaie sanglante. Pourtant, il continuait d'arracher la paille du toit avec l'énergie du désespoir. Il fracassa un deuxième chevron à la main et se hissa, à bout de forces, sur le toit en flammes.

Une flèche surgit du néant et, même si elle manqua Andrej, il comprit qu'il était loin d'être en sécurité. Les assaillants se dissimulaient dans l'obscurité, tandis que sa silhouette éclairée par les flammes formait une cible parfaite. Si l'incendie ne le tuait pas, les archers ne lui laisseraient pas le temps de hisser Frederic jusqu'à lui.

Il esquiva une deuxième flèche et se laissa tomber à genoux pour avancer sur le toit. Ses vêtements étaient en feu. Il tenta de les éteindre de la main tout en rampant, hurlant de douleur et toussant sans interruption, cherchant à s'orienter à travers la fumée. Plus de la moitié du toit était la proie du feu. Des flammes orangées, hurlantes, jaillissaient des fenêtres ouvertes. La nuit reculait devant les lances tressaillantes de lumière rouge et jaune de l'incendie. Il aperçut des silhouettes, hommes et femmes réveillés par l'incendie et accourus des maisons voisines, mais aussi des hommes armés d'arcs et d'épées qui allaient et venaient apparemment sans but à la lisière du cercle lumineux, comme des insectes attirés par le feu.

Combien de temps Frederic pourrait-il encore tenir ? La chaleur, en bas, devait être intolérable et l'air irrespirable. Delãny se redressa, tituba entre les flammes et fut fauché par un coup violent à la hanche. Il tomba, roula sur le toit et atterrit, deux mètres plus bas, sur la terre dure.

Le choc faillit lui faire perdre conscience. Il se serait évanoui sans la douleur atroce de la flèche, qui s'enfonça plus profondément encore dans sa hanche avant de se briser… et s'il n'avait pas pensé à Frederic, le seul être au monde qui lui restait, la seule chose qui donnait encore un sens à sa vie. Gémissant, il se mit à quatre pattes, arracha la pointe de la flèche de sa jambe et continua de ramper à travers les flammes.

Il trouva quelque part en lui la force de se remettre debout et de continuer d'avancer. Son épaule frottait contre le mur incandescent qui aurait brûlé sa peau si elle n'avait pas déjà été calcinée. Il ne reconnaissait presque plus rien. Tout était flou, trop lumineux, tout était… douleur. Il vacilla, tomba sur les genoux et s'écroula lorsque le mur contre lequel il s'appuyait disparut soudain.

Cette fois, il perdit conscience un court instant, et, lorsqu'il revint à lui, il n'était plus seul. Devant lui, quelque chose, quelqu'un bougeait. Il entendit des cris, des bruits de combat, le bruissement de mouvements rapides. Le hurlement perçant d'un enfant… Frederic.

Cette pensée lui fit trouver une nouvelle énergie. Une fois de plus il se redressa et avança en chancelant, à demi aveugle, vers les mouvements flous devant lui. Il perçut la danse de deux fantômes, l'éclat du métal. Andrej se passa la main sur les yeux, essuyant larmes, sang et lambeaux de peau, pour y voir un peu mieux. Il se trouvait du côté le moins large de la bâtisse, non loin de la porte par laquelle l'aubergiste avait vainement tenté de s'enfuir. À seulement quelques pas de lui se tenaient deux hommes vêtus de manteaux sombres sous lesquels scintillait le métal de volumineuses cuirasses d'écailles. L'un d'eux avait mis genou à terre, l'autre se tenait debout à un pas derrière lui. Armés d'arcs longs, ils avaient planté une série de flèches dans le sol devant eux, et se tenaient prêts à abattre quiconque essaierait de se sauver du bâtiment en flammes par la porte arrière.

Andrej dégaina son épée et attaqua sans hésiter… mais aucun des deux hommes n'esquissa le moindre geste de défense.

L'homme agenouillé avait bandé son arc. Il aurait pu tirer, Andrej était convaincu qu'il le ferait et il se contracta en prévision de l'impact et de la douleur, mais son adversaire resta immobile, tétanisé à la vue de ce démon qui se précipitait vers lui en hurlant, comme enveloppé d'un manteau de flammes. À cet instant précis, aux yeux des deux archers, Andrej ressemblait vraiment à un diable sorti de l'enfer pour les emporter.

Ce fut la dernière chose qu'ils virent. Andrej les abattit tous les deux, vite, impitoyablement, sans hésiter une seconde.

Une terrible sensation de froid s'empara de lui. Il ne ressentit rien en tuant les deux hommes, ni triomphe, ni soulagement. Il n'avait pas l'impression d'avoir ôté des vies, il s'était contenté d'éliminer un obstacle, rien de plus. Toute émotion semblait l'avoir quitté, comme si la peur et la douleur avaient dissous son humanité. Il n'était plus qu'une… chose avec une mission à accomplir quel qu'en soit le prix.

Son regard glissa sur la maison en flammes et la zone derrière elle, où lumière et obscurité se livraient un combat acharné. Il aperçut trois, quatre, peut-être cinq silhouettes, l'une d'elles au moins drapée dans la couleur de l'or fondu. Plus tard.

Andrej reporta toute son attention sur l'auberge. La partie gauche du bâtiment était la proie des flammes et une fumée grasse et noire s'échappait de tous côtés. Des langues de feu rageuses jaillissaient des fenêtres dont les volets étaient depuis longtemps réduits en cendres. À l'intérieur, la chaleur était maintenant suffisante pour faire fondre le fer. Normalement, aucun des occupants ne pouvait plus être en vie. Pourtant, il lui sembla percevoir des cris, sous le grondement de l'incendie, et soudain une silhouette en flammes surgit par la porte, s'écroula et se contorsionna en hurlant sur le sol.

Andrej glissa son épée dans sa ceinture, enjamba le mourant et se lança dans le brasier, bras croisés devant le visage pour se protéger. Une lumière aveuglante et une chaleur insoutenable l'accueillirent, l'empêchant de respirer. Sa peau, déjà recouverte de cloques, éclata, mais il entendit vraiment des cris. Il n'aurait su dire s'il s'agissait de Frederic, mais le son d'une voix humaine dans cette géhenne lui redonna courage.

Il traversa la petite cuisine en flammes, se précipita dans la grande salle et trébucha sur le cadavre de l'aubergiste. Il réussit à ne pas tomber, mais son élan l'emporta quelques pas plus loin et il perdit tout sens de l'orientation. Autour de lui ce n'était qu'incandescence, clarté aveuglante, fournaise, mouvement. Impossible d'y rien voir et encore moins de déterminer à quel endroit de la maison il se trouvait.

Soudain, il *sentit* où se trouvait Frederic. Pendant un instant, il eut la sensation de disposer d'un nouveau sens, inconnu de lui : Frederic était en vie. Il était juste devant lui, en proie à une terreur indicible et à une douleur intolérable. Andrej fit un bond en avant, sentit une étoffe en flammes sous ses mains et l'agrippa. Il était désormais complètement aveugle et ne ressentait plus que la chaleur intense. La souffrance avait depuis longtemps dépassé la limite de l'imaginable et continuait pourtant de le torturer. C'est ce supplice insupportable qui lui donna le courage de presser Frederic contre lui et de se traîner vers l'emplacement présumé de la porte. La douleur ne cesserait pas. Il n'aurait pas droit à la miséricorde qui met un terme à toute souffrance. Il se cogna contre les restes calcinés du comptoir, effleura du pied un obstacle mou et immobile et sut qu'il allait dans la bonne direction. Asphyxié, aveuglé, il poursuivit sa pénible progression, heurta le chambranle de la porte, tituba dans la cuisine et réussit à sortir du piège infernal.

À deux pas de la porte, ses forces l'abandonnèrent définitivement. Il s'effondra sur les genoux, laissa tomber Frederic et s'efforça de le rouler pour étouffer les flammes qui dévoraient ses vêtements, mais il n'était pas sûr de réussir. Impuissant, il se laissa tomber sur le flanc, éteignit à mains nues ses cheveux en feu et mobilisa ses dernières parcelles d'énergie pour ne pas sombrer dans l'inconscience. Il ne savait pas ce qui allait se passer. Jamais encore il n'avait été aussi grièvement blessé. Il lui faudrait peut-être des heures, des jours, avant de se réveiller, et peut-être serait-il mort dans quelques minutes. Cela n'empêcherait pas les hommes aux armures dorées d'achever Frederic. Il devait résister, ne serait-ce que pour mettre le petit en sécurité.

Une fois de plus, Andrej réussit à ouvrir les yeux et à se relever. Sa vision restait approximative, mais il se rendit compte que Frederic était allongé à ses pieds et qu'il n'avait pas perdu conscience. Le garçon se tordait de douleur en poussant des gémissements rauques et hachés. Andrej se réjouissait presque d'être incapable de voir véritablement son visage.

Il rampa vers Frederic et tendit le bras pour le retourner, mais reçut au même instant un coup de pied brutal dans le flanc qui l'envoya rouler sur le côté.

« Malthus m'a parlé de toi, Delãny, et des retrouvailles qu'il t'a promises. Je n'aurais pas cru ça possible, surtout pas aussi vite. »

Andrej ne connaissait pas cette voix, mais elle avait le même accent inhabituel que celle du colosse qui avait failli l'abattre de son épée à deux mains. La silhouette dorée dressée devant lui devint floue à ses yeux et la perte de conscience contre laquelle il luttait si péniblement le menaça de plus belle. Il ne devait pas céder. S'il se laissait aller, le guerrier d'or l'achèverait. D'abord lui, ensuite Frederic.

Sa main tâtonna vers sa ceinture, à la recherche de son épée. L'homme ricana, repoussa la main d'Andrej d'un coup de pied et dégaina son arme.

« Tu es vraiment coriace, Delãny, cracha-t-il. C'est presque dommage que tu ne puisses pas vivre assez longtemps pour devenir un adversaire digne de nous. »

Soudain, le regard d'Andrej se clarifia et il ressentit le début de la guérison de ses blessures atroces, mais il sentit également ses forces s'amenuiser. Le pouvoir mystérieux qui l'empêchait de mourir ici et maintenant réclamait son tribut. Il allait s'évanouir dans quelques secondes.

La pointe de l'épée du chevalier se posa sur sa gorge puis descendit jusqu'à son cœur, sans encore le transpercer. L'homme contempla Andrej, les yeux réduits à de minces fentes, et pencha la tête sur le côté.

« Tu n'as encore jamais vu la mort en face, hein ? Ce qui t'arrive te surprend et tu as même un peu peur. » Il hocha la tête comme si Andrej lui avait répondu. « Ça n'apporte rien de tuer un débutant comme toi, lança-t-il avec un rire sarcastique, mais ça rapporterait encore moins de te laisser en vie. »

Il empoigna à deux mains l'épée d'un mètre et demi de long, écarta les jambes à la recherche d'un meilleur appui et brandit son arme au-dessus de sa tête… Soudain une silhouette surgit de l'obscurité et le bouscula violemment.

Andrej n'eut même pas la force de tourner la tête pour suivre le combat. Il entendit le chevalier crier, d'un ton surpris et rageur plutôt qu'effrayé, puis une deuxième silhouette aux vêtements brûlés et au visage noirci de suie passa près de lui en vacillant. Il crut reconnaître Sergué, sans en être complètement sûr.

La lame d'une épée scintilla. On entendit un bruit à la fois grinçant et sourd, comme l'acier quand il pénètre le métal et la chair. Aucune importance. Plus rien n'avait d'importance.

Andrej sombra dans l'inconscience.

6

Cette fois, il avait dû rester inconscient assez longtemps. Avant même d'ouvrir les yeux, il sentit qu'il s'était passé beaucoup de temps… Des heures. Il eut soudain très faim et encore plus soif.

Il entrouvrit les yeux, mais ne reconnut que l'obscurité de la nuit et un ciel étoilé, ainsi que les silhouettes de branches maigres et effeuillées. Quelque part près de lui une voix inintelligible marmonnait sans relâche.

Andrej se mit à l'écoute de son corps. Il ne souffrait plus et, lorsqu'il testa avec précaution les muscles de ses jambes puis ceux de ses bras, il constata avec soulagement qu'ils lui obéissaient. Il n'était pas ligoté, ce qui, ajouté au fait qu'il pouvait se faire cette réflexion, prouvant qu'il était encore en vie, le portait à supposer qu'il n'était pas le prisonnier de Domenicus et de ses trois guerriers d'or.

Il tourna doucement la tête et découvrit deux silhouettes fantomatiques assises auprès d'un feu de camp presque éteint. Il ne reconnut pas leurs visages. Pendant quelques secondes, il tenta en vain de suivre leur conversation murmurée, puis il abandonna et tourna la tête de l'autre côté.

Frederic, allongé sur le dos à deux pas de lui, semblait dormir, à moins qu'il ait, lui aussi, perdu conscience. Mais il était vivant. Andrej voyait sa poitrine se soulever régulièrement à chaque inspiration.

Il se redressa, se traîna à quatre pattes jusqu'à l'enfant et rabattit la couverture à moitié calcinée dont quelqu'un l'avait recouvert. Ce qu'il découvrit le fit sursauter. Les vêtements de Frederic étaient carbonisés. Ses cheveux avaient brûlé jusqu'au cuir chevelu, ses cils et ses sourcils avaient disparu. Mais son visage et ce qu'Andrej apercevait de sa poitrine sous le pourpoint semblaient indemnes.

Il tendit la main, effleura la tempe de Frederic en hésitant et sentit son pouls galopant. Son front était brûlant.

« Ne t'inquiète pas, Delãny, dit une voix derrière lui. Il a de la fièvre, rien d'autre. »

Andrej leva les yeux et se retrouva face à un visage défiguré par le feu. L'œil gauche de Sergué était gonflé et à demi fermé, la chair de la joue rouge et suintante jusqu'au menton. Ses lèvres étaient si bouffies qu'il avait de la peine à articuler.

« Le petit doit avoir le meilleur ange gardien de ce côté de la mer Noire, continua Sergué. Comme toi, d'ailleurs. »

Quelque chose dans sa voix alerta Andrej. L'œil valide de Sergué était plein de méfiance. Sa main gauche était enveloppée dans un lambeau de tissu imprégné de sang, mais la droite reposait sur la poignée de l'épée qui sortait de sa ceinture, prête à dégainer.

« Laissons-le dormir, alors », répondit Andrej, qui se leva. Frederic gémit et bougea les mains, mais ne se réveilla pas.

Reculant d'un demi-pas, Sergué fit un geste d'invitation de sa main blessée, sans éloigner l'autre de son épée. Elle y resta tout le temps qu'Andrej le suivit jusqu'au feu de camp.

Ses yeux s'étaient habitués à la faible luminosité et il avait reconnu Krusha avant même que Sergué ne l'invite, ou plutôt, ne lui ordonne de les rejoindre auprès du feu. Krusha était blessé, lui aussi, mais moins sévèrement que son frère.

Son visage et ses mains étaient constellés d'une multitude de petites brûlures rouges et il avait une coupure profonde à l'avant-bras droit.

« C'est vous qui m'avez amené ici ? » demanda Andrej.

La question était superflue, bien sûr, mais il se sentait étrangement mal à l'aise. Il n'avait pas l'habitude d'être l'obligé de quelqu'un.

« Ils ont éteint l'incendie, déclara Krusha sans répondre directement à sa question. Avant que les autres bâtiments ne prennent feu. Il y a eu beaucoup de morts. Les gens sont en colère. »

Andrej les regarda attentivement à tour de rôle. Le visage de Krusha était figé, tandis que Sergué se maîtrisait visiblement avec peine. Il souffrait sûrement beaucoup.

« Où… sont vos frères ? » hasarda Andrej.

Krusha fit un signe vers l'arrière, sans tourner la tête. « Vranjevc ne s'en est pas sorti », répondit-il d'une voix atone.

Andrej suivit le geste du regard. La faible lumière du feu mourant n'éclairait que sur quelques pas alentour et il n'avait pas encore remarqué la silhouette immobile allongée sur le sol. Il se leva, hésita un instant et fit lentement le tour du feu. Ni Sergué ni Krusha ne s'y opposèrent.

Nul besoin de s'y connaître en médecine pour savoir qu'Ansbert ne passerait pas la nuit. Son visage et ses épaules avaient été épargnés, mais le reste de son corps était affreusement brûlé. Ses frères l'avaient dévêtu, sans doute pour éviter le frottement des vêtements sur les plaies et lui épargner de nouvelles souffrances, mais le soulagement était illusoire. Andrej pensa aux moments terrifiants dans l'auberge en flammes et souhaita à Ansbert de se trouver dans un état au-delà de toute douleur. Mais il doutait que cela fût possible.

« Il serait plus charitable de le délivrer de ses tourments, lança Krusha, mais je ne le peux pas. Il n'est pas vraiment mon frère, mais je l'aime comme s'il l'était. »

Sans réagir à la demande à peine voilée contenue dans ces paroles, Andrej se détourna en frissonnant et revint près du feu. Sergué le suivit du regard avec méfiance – ou hostilité ? – tandis que Krusha continuait de scruter les braises d'un air morne.

« Je vous remercie, commença-t-il avec difficulté. Vous nous avez probablement sauvé la vie, à Frederic et à moi.

— Pas probablement, rétorqua Sergué sèchement. Tu avais la pointe d'une épée sur la gorge.

— Tu as attaqué l'homme ? demanda Andrej.

— Ne va rien t'imaginer, répondit Sergué. Je ne l'ai pas fait pour toi. » Il lui jeta un regard qu'on ne pouvait qualifier autrement que de haineux.

« Je te remercie quand même, murmura Andrej.

— Je l'ai tué, reprit Sergué avec dureté. Peut-être te tuerai-je aussi. Je l'aurais sûrement déjà fait, mais Krusha n'était pas d'accord. »

La main d'Andrej glissa, presque sans le vouloir, vers sa ceinture, mais ce qu'elle cherchait ne s'y trouvait pas.

Sergué eut un petit rire, tendit le bras et leva l'épée sarrasine qui se trouvait à côté de lui. « C'est ça que tu cherches, Delãny ? Une arme intéressante. Qui doit valoir cher. Je n'ai encore jamais vu sa pareille. » Il sortit l'épée de son fourreau en cuir avec précaution et laissa courir son regard le long de la lame aussi acérée qu'un rasoir. « Surtout pas chez un bouseux de Transylvanie », ajouta-t-il. Par deux fois, il fendit l'air de la lame, comme pour jouer, se concentrant sur le bruissement qu'elle faisait. Puis, d'un geste lent, il la pointa sur Delãny.

Voir son arme entre les mains de Sergué lui déplut. Il n'aurait jamais autorisé quiconque en dehors de Raqi à toucher à sa sacro-sainte épée sarrasine. Malgré sa faiblesse, il n'aurait eu aucun mal à l'arracher à Sergué, mais il se contrôla et se contenta de dire d'un ton tranquille : « Sois prudent. La lame est très coupante.

— Donne-moi une raison valable pour ne pas la tester sur ta gorge, Andrej Delãny, lança Sergué.

— Ce serait stupide. Et tu ne me fais pas l'impression d'un idiot.

— Comment ça ? »

Andrej esquissa un haussement d'épaules. « Vous nous avez amenés ici à grand-peine, Frederic et moi. Pourquoi vous donner tout ce mal, si c'est pour m'abattre maintenant ? »

Pendant un court instant, Sergué le fixa sans répondre. Puis ses lèvres s'étirèrent en une grimace qui aurait pu être un sourire, ou le contraire. « Peut-être que je voulais te poser quelques questions d'abord, Delãny.

— Lesquelles ?

— Les étrangers. Les hommes qui ont mis le feu à l'auberge et qui ont tué mes frères. Qui sont-ils ?

— Et comment le saurais-je ? esquiva Andrej.

— Parce qu'ils sont venus pour toi, Delãny, répondit Sergué avec colère. Tu le savais. »

Andrej voulut le contredire, mais il n'y parvint pas. Il se tut longtemps puis, levant la main, il abaissa la lame que Sergué pointait toujours vers son visage. « Je savais qu'ils nous cherchaient, Frederic et moi, avoua-t-il. C'est vrai. Mais je ne savais pas qu'ils iraient aussi loin, je te le jure.

— Je te crois, Delãny, répondit Sergué. Mais je me demande ce que tu as de si dangereux qu'ils préfèrent incendier toute une auberge et provoquer la mort d'une douzaine d'hommes plutôt que de t'affronter en face comme ils auraient aisément pu le faire. Qui es-tu Delãny ? Un sorcier ? Le diable ?

— Ni l'un ni l'autre. Je comprends aussi peu que toi. Peut-être éprouvent-ils simplement du plaisir à tuer. » Andrej fit un signe vers Frederic. « Ils ont massacré toute sa famille. Sans aucune raison.

— Qui sont-ils ? » demanda Sergué. Il brandit de nouveau l'épée sarrasine et, cette fois, Andrej eut vraiment toutes les peines du monde à ne pas la lui arracher des mains.

« Pourquoi veux-tu le savoir ?

— Parce que je vais les tuer, répliqua Sergué. J'ai enfoncé mon poignard dans le cœur de l'un d'eux, mais ils étaient trois. Je les chercherai et je les tuerai, avec ou sans ton aide. Mais avec ton aide, ça irait plus vite. »

Krusha leva la main et pesa sur le bras de Sergué qui tenait l'épée. « Pardonnez à mon frère, Delãny, dit-il à voix basse. La douleur l'égare. »

Sergué lui jeta un regard furieux. « Il nous le doit bien !

— Ferme-la, Sergué », répondit Krusha d'un ton las. Il secoua la tête, soupira profondément et ôta l'épée des mains de son frère. Il la rengaina dans son fourreau de cuir et la tendit à Andrej.

« Vous ne nous devez rien, Delãny, murmura-t-il. Pardonnez à mon frère. Prenez le petit et allez-vous-en si c'est ce que vous souhaitez. Nous ne vous retiendrons pas. »

Andrej reprit possession de son épée et jeta un long regard à Frederic avant de répondre. « Je suis vraiment navré. J'aimerais pouvoir changer ce qui a été fait, mais nul ne le peut.

— Et tu ne peux pas non plus nous aider à retrouver ces hommes, laissa tomber Sergué, méprisant.

— Peut-être que si », répliqua Andrej. Puis il se corrigea : « Je le pourrais. Mais je vous rendrais un mauvais service.

— Pire que celui que tu nous a déjà rendu ? ironisa Sergué. Vranjevc et Ansbert sont morts. Et moi, je me souviendrai de cette nuit jusqu'à la fin de mes jours, dit-il en indiquant son visage. Qu'est-ce qui pourrait être encore pire ?

— Vous pourriez mourir, vous aussi. Crois-moi, Sergué, ces hommes sont à prendre au sérieux.

— Moi aussi, répondit Sergué en colère. J'en ai déjà tué un. Et les deux autres mourront aussi, avec ou sans ton aide ! »

Andrej s'abstint de répondre. Sergué n'était pas en état de mener une conversation sensée. La douleur et la tristesse d'avoir perdu son frère l'avaient mené au bord de la folie et il avait de toute façon tendance à perdre facilement le contrôle de lui-même, contrairement à son frère Krusha. Pourtant, Andrej ne savait pas lequel des deux était le plus digne de confiance.

« Le jour se lève bientôt, annonça Krusha dans le silence qui se prolongeait inconfortablement. Nous ne pouvons pas rester ici. La famille de l'aubergiste a envoyé chercher de l'aide en ville. Ils vont passer la forêt au peigne fin à la recherche des meurtriers. Peut-être vaut-il mieux ne pas croiser les soldats.

— Avez-vous une raison pour ne pas vouloir les rencontrer ? interrogea Andrej.

— En quoi est-ce que ça te regarde ? » demanda Sergué, agressif.

Une fois encore, Andrej ne répondit pas tout de suite. Il se sentait coupable. Peu importait que Frederic et lui aient également été victimes de l'attentat, Vranjevc et les autres étaient morts parce que le hasard les avait conduits à cette auberge… et parce qu'Andrej avait été assez arrogant et naïf pour penser qu'il pourrait abuser les trois chevaliers d'or. Comment avait-il pu croire cela, même une seconde ? Tout au long de leur vie, ces hommes avaient dû rencontrer des faux-semblants, des tromperies et des intrigues de toutes sortes. Aucune chance qu'un lourdaud de Transylvanie leur fasse avaler des couleuvres, même si son beau-père l'avait formé pour en faire un bretteur remarquable.

« Vous êtes vraiment déterminés à rechercher ces hommes ? reprit-il.

— Oui, même si c'est la dernière chose que je ferai de ma vie », affirma Sergué.

Krusha, le regard toujours fixé sur les braises, hocha la tête.

« Encore une chose, ajouta Andrej. Pourquoi nous avoir invités à votre table ? Vous n'êtes pas des forains. En tout cas, pas de ceux qui pourraient avoir besoin d'un homme et d'un enfant pour charger leur charrette et aller leur chercher du pain et du vin.

— Et alors ? le défia Sergué.

— Vous êtes des voleurs, poursuivit Andrej. Vous nous auriez emmenés, Frederic et moi, vous nous auriez nourris et logés, et au bout de deux ou trois jours, quelqu'un aurait pillé la salle du trésor de Constanta ou cambriolé la maison d'un riche marchand…

— Alors on aurait retrouvé une part du butin chez vous et on vous aurait pendus », termina Sergué. Il eut un rire amer. « C'est bien ce que tu voulais dire, non ?

— À peu près. J'aurais eu raison ?

— Qui sait ? Tu n'es pas si bête, Andrej Delãny, pour un péquenaud, en tout cas. » Il souriait, mais Andrej vit que sa main se rapprochait subrepticement de son poignard. « Et que vas-tu faire, maintenant ? Courir voir les soldats et leur raconter ce que tu as découvert ?

— Non, je voulais juste savoir à quoi m'en tenir.

— Alors on est dans le même cas, tous les deux. Pendant qu'on y est, Delãny, pourquoi ne pas nous raconter qui tu es vraiment et ton rapport avec les hommes qui ont incendié l'auberge ? »

Andrej observa longuement Frederic. Le garçon dormait, mais son sommeil était toujours agité. Ses mains bougeaient sans cesse et il gémissait parfois à voix basse. Si Frederic et lui avaient été les seuls en cause, il se serait levé maintenant et aurait quitté les deux prétendus frères. Mais ce n'était pas le cas. Aussi désagréable que cela fût, il avait besoin d'aide.

Il détourna péniblement son regard de l'enfant endormi, dévisagea un instant Sergué et beaucoup plus longuement Krusha… puis il se mit à parler d'une voix basse mais ferme.

7

Andrej nageait vigoureusement, mais sans précipitation. L'eau était si froide qu'il en tremblait et, au lieu de le rafraîchir, la froidure semblait absorber encore plus ses forces. Il ne fit pourtant pas demi-tour vers le rivage, mais s'éloigna vers le large d'une douzaine de brasses décidées.

Il veillait à ne jamais rester plus d'une minute sous l'eau avant de venir reprendre son souffle à la surface. Il ne faisait pas vraiment confiance aux deux frères et voulait rester prêt à toute éventualité. Et il ne voulait pas laisser Frederic seul avec Sergué. Le petit barbotait loin derrière lui dans les vagues, au bord de la plage, pendant que Sergué attendait le retour de son frère. Andrej était sûr que le prétendu forain l'observait avec attention.

Deux nuits et un jour s'étaient écoulés depuis qu'ils avaient conclu leur fragile alliance autour du feu de camp. Sergué n'avait fait aucune remarque, mais il ne fallait pas être un grand connaisseur de l'âme humaine pour deviner qu'il était devenu méfiant. Deux de ses frères étaient morts et lui-même était gravement blessé, tandis que, sous ses yeux, Andrej avait traversé les flammes sans y perdre plus que les cheveux et les sourcils. La légendaire résistance des Delãny avait souvent suscité des interrogations, mais aucune aussi justifiée que maintenant. Andrej ne comprenait pas lui-même pourquoi l'enfant et lui s'étaient remis aussi vite de leurs brûlures. La rapidité avec laquelle leur chair carbonisée s'était régénérée, laissant place à une peau neuve et rosée, avait quelque chose d'inquiétant.

Delãny creva la surface, prit une profonde inspiration et se maintint sur place pendant un instant. Il constata avec stupéfaction qu'il s'était beaucoup éloigné de la plage. Il était temps de faire demi-tour.

Il scrutait la grève du regard, tout en cherchant à accorder son rythme à celui de la houle pour qu'elle l'aide à revenir plus vite sur la terre ferme, au lieu d'avoir à lutter contre elle. C'était loin d'être facile. Son corps était toujours si affaibli qu'il n'était pas en état de faire de grandes prouesses. Il était déjà plus qu'étonnant qu'il soit de nouveau capable de se mouvoir et de nager. Il pouvait comprendre la méfiance de Sergué devant sa guérison accélérée. Jusqu'alors, il avait toujours considéré comme un cadeau de Dieu la fascinante capacité de son organisme à se remettre de toutes ses blessures. Aujourd'hui, il ne savait plus vraiment *qui* il devait en remercier.

Il retrouva Frederic sur la plage, là où il l'avait laissé. Le garçon s'était montré captivé par la mer, mais il ne savait pas nager… tout comme Andrej au même âge, d'ailleurs.

Sergué, pour sa part, avait disparu. Andrej explora la plage du regard à sa recherche, mais il ne le trouva pas. Une inquiétude ténue s'empara de lui. Les blessures du pseudo-forain étaient plus graves qu'il ne l'avait cru au premier abord. L'homme avait une forte fièvre et, même s'il était trop fier pour l'admettre, il devait souffrir le martyre. Il était clair pour Andrej qu'il pouvait aussi peu faire confiance à Sergué qu'à Krusha. Ils avaient conclu une alliance de convenance, qui tiendrait aussi longtemps qu'ils y trouveraient tous trois avantage, mais pas une seconde de plus. Il ne pouvait pourtant s'empêcher de se sentir responsable de ce qui était arrivé aux deux frères. Si l'un d'eux mourait, Andrej aurait l'impression de l'avoir tué de ses propres mains.

Pourquoi tout était-il aussi compliqué ? Mikhaïl Nadasdy lui avait tant appris, mais chaque minute qui passait lui prouvait un peu plus qu'il ne savait pas grand-chose, ou même rien, de la vie ! Le temps passé avec Raqi dans sa solitude volontaire avait sans doute été la période la plus heureuse de son existence, mais cet isolement était aujourd'hui une véritable malédiction. Il ne connaissait rien du monde, rien de la vie, rien des autres. En dehors de sa femme, il avait limité ses contacts avec autrui au strict minimum pour acheter de la viande, un sac de farine ou un morceau d'étoffe dans lequel Raqi se confectionnait une robe. Il était incapable de savoir s'il pouvait faire confiance à Sergué et à son frère, et, si oui, jusqu'à quel point.

Il atteignit enfin le rivage, se redressa et fit les premiers pas en vacillant. Son cœur battait à tout rompre. L'eau l'avait refroidi jusqu'aux os et il tremblait de tout son corps. Il lui faudrait probablement des jours avant de retrouver tout son allant.

Des jours dont il ne disposait pas.

« Andrej ! » Frederic courut vers lui à grands pas. Il faisait gicler l'eau sous ses pieds nus et Andrej le vit rire pour la première fois depuis l'incendie. Sans son crâne presque chauve, ses cils et ses sourcils brûlés, on aurait pu oublier les minutes de terreur dans l'auberge en flammes. Le gamin faisait de grands moulinets des bras et il parcourut les derniers mètres en sautillant comiquement. Un enfant détendu qui profitait du bonheur du moment présent sans penser au suivant. Pendant un bref instant, Andrej ressentit une jalousie absurde devant cette insouciance enfantine qu'il avait perdue à jamais.

« Je m'inquiétais déjà pour toi, lança Frédéric en riant lorsqu'il se fut rapproché. Tu es parti longtemps.

— Et tu as cru que je m'étais noyé ? » Andrej s'accroupit et éclaboussa Frederic en riant à son tour. « Tu t'es réjoui trop tôt, je suis un excellent nageur ! »

Frederic recula en gloussant et leva les mains devant son visage, tandis qu'Andrej l'aspergeait de plus belle. Il fit deux pas maladroits à reculons et tomba dans le sable en s'esclaffant.

Pendant un bref instant, Andrej se sentit heureux. Bras ouverts, il se jeta sur Frederic, le bouscula et roula avec lui dans les vagues en riant. Tous ses soucis s'envolèrent. En chahutant dans le sable avec Frederic il lui sembla qu'une partie de la force et de l'énergie du garçon passait en lui. Il savait que ce n'était qu'une illusion, mais c'était un doux mensonge, un court et précieux moment de bonheur qu'il n'avait peut-être pas mérité, mais qui lui faisait pourtant beaucoup de bien.

Ils cessèrent enfin de se rouler dans les flots et restèrent allongés sur le sable, essoufflés et souriants. Andrej cligna des yeux dans la lumière éblouissante du soleil matinal et, malgré la douleur occasionnée par les flèches de lumière acérées dans ses pupilles, il se sentait empli d'un sentiment de contentement. La douleur signifiait qu'il était en vie. La douleur était peut-être même la seule chose qui séparait vraiment la vie de la mort.

« Pourquoi est-ce que je n'arrive pas à nager comme toi ? » demanda Frederic en riant.

Andrej se redressa sur les coudes et essuya l'eau de mer dans ses yeux du revers de la main. « Sans doute parce que tu n'as jamais appris, répondit-il. L'explication te semble plausible ?

— Et toi, quand as-tu appris ? » l'interrogea Frederic.

Le moment de bonheur innocent s'évapora. Il se revit soudain jeune homme, tremblant de peur dans une barque au milieu d'un lac, Mikhaïl Nadasdy, assis à deux pas de lui, un sourire aux lèvres, en train de secouer rythmiquement l'embarcation de droite et de gauche dans le but de lui faire perdre l'équilibre.

« Un... de mes amis me l'a enseigné », répondit-il d'une voix hésitante. Sa jalousie absurde envers Frederic se transforma en une animosité tout aussi absurde, parce que le garçon avait brisé ce moment d'innocence avec sa question pourtant inoffensive. La seconde d'après, il se sentit coupable et sa mauvaise conscience refit surface. Un cercle vicieux. Stupide, inutile, mais douloureux.

« Et alors ? demanda Frederic, tu m'apprends à moi aussi ? J'aimerais bien savoir nager.

— J'ai bien peur que ce ne soit pas possible », répondit Andrej. C'était une douche froide, bien plus glacée que l'eau de la mer ne le serait jamais. Il s'assit, passa les bras autour de ses genoux et dut lutter de toutes ses forces pour que son inexplicable animosité envers Frederic ne se transforme pas en haine.

Il n'eut pas besoin de regarder le garçon pour se rendre compte que son humeur avait changé. Tout comme chez lui, l'innocence et la joie de vivre venaient de s'évaporer et une sourde tristesse s'était emparée de Frederic.

« Tu m'as sauvé, Andrej, dit-il à voix basse. J'aurais brûlé vif si tu n'étais pas venu me sortir de là.

— Tu aurais fait la même chose pour moi, si tu avais pu. » Les mots sonnaient creux. Ils *étaient* creux.

« Je dois te dire quelque chose, Andrej », annonça Frederic d'une voix hésitante. Les mots ne lui venaient que difficilement. Andrej sentit à quel point il avait du mal à les prononcer. Et il savait déjà ce que le gamin allait lui dire. Il n'avait pas envie de l'entendre.

« Non, ne me dis rien. » Il lui en coûta de tourner la tête et de regarder Frederic en face. Il vit exactement ce à quoi il s'attendait. Une expression torturée. L'enfant avait peur de ce qu'il voulait dire et plus encore de la réponse qu'il allait peut-être recevoir.

« Mais tu...

— Je sais ce que tu veux dire, l'interrompit Andrej. Je ne veux pas l'entendre. Nous allons libérer ta mère et les autres villageois. Je t'en donne ma parole. Je ne peux rien faire de plus. J'aimerais pouvoir, mais c'est impossible. »

La manière dont Frederic le regarda alors lui déplut, voire l'inquiéta, mais il se refusa à analyser ce sentiment. L'eût-il fait, il lui aurait peut-être fallu s'avouer une fois pour toutes qu'il était responsable du malheur qui s'était abattu sur Borsa. Il ne pouvait pas supporter cette idée. Pas maintenant.

Andrej se leva, fit un tour sur lui-même et constata avec soulagement que Sergué était de retour. Il arrivait d'une direction inattendue et semblait plutôt pressé. Il ne courait pas encore, mais n'en était plus loin. Quelques secondes plus tard, Krusha jaillit à son tour des dunes. Presque allongé sur l'encolure de son cheval, il l'éperonnait de toutes ses forces.

« On dirait des problèmes », marmonna Andrej.

Il ne vit la réaction de Frederic que du coin de l'œil, mais il en fut tout de même frappé : le garçon s'était levé et regardait les deux hommes s'approcher avec sur le visage une expression de sérieux en contradiction avec son âge. Ce n'était pas la première fois, depuis qu'il avait rencontré Frederic, qu'Andrej constatait à quel point il pouvait être adulte. Parfois, il montrait une maturité qui l'attristait. Peut-être était-ce même la raison pour laquelle ils étaient là. Le père Domenicus et ses compagnons ne s'étaient pas contentés d'anéantir Borsa et de tuer ceux qu'ils aimaient, ils n'avaient pas seulement volé la jeunesse de Marius, mais aussi celle de Frederic, le bien le plus précieux de tout être humain.

Le deux frères arrivèrent presque simultanément auprès d'eux. Krusha semblait épuisé. Une bave mousseuse et blanche gouttait de la bouche de son cheval et lui-même était couvert de sueur. Il avait dû galoper de Constanta jusqu'ici.

« Que se passe-t-il ? demanda Frederic avant même qu'il ait mis pied à terre. On t'a suivi ?

— Non. » Krusha se laissa lourdement glisser jusqu'au sol et tourna les yeux dans la direction d'où il était venu. « En tout cas, je ne crois pas, ajouta-t-il à voix basse.

— Alors pourquoi galopais-tu si vite ? » insista Andrej. Il saisit les rênes du cheval, attira sa tête à lui et lui flatta doucement les naseaux. L'animal, tremblant de fatigue, était incapable de se calmer. *Un peu plus,* pensa Delãny avec colère, *et Krusha l'aurait tué sous lui.*

« Parce que j'ai des nouvelles intéressantes », répondit celui-ci avec irritation. Sans chercher à s'expliquer, il s'avança vers la mer d'une démarche raide, s'accroupit et puisa de l'eau de ses deux mains pour se rafraîchir le visage.

Andrej lui emboîta le pas. Il ne se contrôlait qu'avec peine. Il était clair, désormais, qu'il n'aurait jamais dû s'associer aux deux frères. Mais il n'avait pas eu d'autre choix.

Krusha s'aspergea une nouvelle fois le visage, se redressa et lissa ses cheveux mouillés vers l'arrière, avant de se tourner vers eux. « C'était une bonne idée de ne pas aller à Constanta, déclara-t-il. La ville est en ébullition à cause de l'incendie. On nous recherche.

— Nous ? demanda Frederic, effrayé.

— Pourquoi nous ? ajouta Sergué, déconcerté.

— Pas directement nous, répondit son frère. Pas toi ni moi, ni ces deux-là précisément. Je veux dire, ils ne savent pas qui ils sont, mais ils recherchent les hommes qui sont sortis du bâtiment après l'incendie et qui ont disparu dans la forêt. L'un d'eux ressemblait à un paysan de Transylvanie et il avait les cheveux longs.

— Mais pourquoi ? » demanda Sergué.

Son frère eut un sourire sans joie. « Huit morts, c'est difficile à ignorer, expliqua-t-il. Même si ce ne sont que quelques fermiers idiots et un aubergiste obèse. Les gens paient des impôts et ils exigent des résultats.

— Attends, lança Sergué. Tu veux dire que c'est… *nous* qu'on accuse d'avoir mis le feu ? »

Krusha haussa les épaules. « Quoi qu'il en soit, le duc a envoyé sa garde personnelle à la recherche des hommes qu'on lui a décrits.

— Mais nous n'avons rien fait ! protesta son frère.

— Alors mets-toi en selle et va voir le duc pour le lui dire ! » ironisa Andrej.

Sergué s'apprêtait à lui répondre vertement, mais Krusha le fit taire d'un signe autoritaire. « Nous ne sommes pas en danger, dit-il. En tout cas, je ne crois pas. Nous nous trouvons quand même à près de dix lieues de la ville. » Se tournant vers Andrej, il ajouta : « J'ai trouvé les hommes que tu cherches.

— Où sont-ils ?

— Pas si vite, Delãny. Je les ai trouvés et je crois même savoir où l'on détient les gens de ton village. Mais avant que je ne te le dise, on a une chose à régler. »

Andrej vit la colère monter en Frederic et tenta de le calmer d'un signe de la main. « Nous avons un accord, dit-il. Je ne vois pas ce qu'il faudrait encore régler.

— Les accords sont faits pour être modifiés en cas de besoin, répliqua sereinement Krusha. Tu ne nous as pas dit la vérité, Delãny.

— Comment cela ? » Bien sûr, il n'avait pas *tout* dit à Krusha et à Sergué lorsqu'il leur avait parlé des événements de Borsa, mais ses omissions étaient légères et il s'en était tenu à la vérité autant que possible.

« Tu ne nous as pas dit qu'on avait affaire à l'Inquisition », expliqua Krusha en le fixant du regard comme s'il attendait une réaction précise, ou peut-être une absence de réaction.

« L'Inquisition… romaine ? murmura Sergué. Ici ? Sur la mer Noire ? C'est impossible. »

Son frère ne lâchait pas Delãny des yeux.

« C'est pourtant vrai, reprit-il. Je me suis renseigné, j'ai payé quelques tournées, lâché un peu d'argent contre des informations… » Il haussa les épaules. « Ce n'était pas particulièrement difficile. Le père Domenicus n'est pas un pillard déguisé en religieux. Il est ici sur ordre de l'Église. Il paraît qu'ils sont venus en Transylvanie à la recherche d'un sorcier qui se livre à ses sombres pratiques dans la solitude de la vallée de Borsa.

— Et tu crois maintenant que je suis ce sorcier », lança Andrej en riant. Un bref sourire tordit la bouche de Krusha, mais ses yeux restèrent froids.

« Je pourrais, en effet, me demander comment tu as réussi à entrer dans une maison en flammes et à en ressortir sans blessures sérieuses, mais ce serait très ingrat de ma part, non ? Après tout, tu nous as sauvés, Sergué et moi. Si tu n'avais pas abattu les deux arbalétriers, ils nous auraient tués.

— Et ce ne serait pas très malin non plus, ajouta Frederic. Si nous étions vraiment des sorciers, ce serait même complètement idiot de nous provoquer.

— Non, ce ne serait pas intelligent », concéda Krusha. Mais il prononça ces paroles d'une manière que Delãny ne put interpréter.

« Que veux-tu, Krusha ? Tu veux nous expliquer que la situation est trop dangereuse pour toi ? Ne viens pas me dire que tu as peur de l'Église.

— Non, répondit Krusha. Je me demande seulement ce que tu as encore oublié de nous dire.

— Je n'étais pas au courant pour l'Inquisition. Mais ça n'aurait rien changé !

— Pour nous, si. Tu n'as pas l'air de comprendre, Delãny, il ne suffit pas de trouver et de libérer vos gens. Le père Domenicus et ses hommes sont ici en mission officielle. Ils sont accueillis au château.

— Je comprends maintenant, murmura Sergué. C'est pourquoi personne ne demande qui a vraiment mis le feu à l'auberge.

— Et les villageois ? » fit Andrej.

Krusha fit un geste de la main difficile à interpréter. « Je ne sais pas exactement, mais je suppose qu'ils sont dans les cachots du château. J'ai rendez-vous ce soir avec un homme qui a des informations à me vendre à ce sujet.

— Et qu'attends-tu de moi ? » interrogea Andrej. Il se doutait de ce que Krusha allait lui dire et ne fut pas déçu.

« C'est une chose d'avoir affaire à des bandits de grand chemin, c'en est une autre de devoir affronter le duc et toute son armée.

— Peu importe, gronda Sergué. Je les tuerai tous, même s'ils vont se cacher au fin fond du Vatican !

— Ne fais pas l'imbécile, Sergué, tenta de le raisonner Andrej. Ton frère a raison. Aussi longtemps que ces hommes se trouvent dans le château…

— … ils n'y sont pas plus en sécurité qu'ailleurs, l'interrompit Krusha. Ils ne vivront pas jusqu'au matin, mais j'ai peur de ne rien pouvoir faire pour vos gens.

— Vous êtes des lâches ! cracha Frederic.

— Ce n'est pas du courage qu'il faut pour attaquer un cachot gardé par vingt soldats, mon garçon, répondit Krusha sans se départir de son calme. C'est de la bêtise.

— Vous êtes des lâches ! répéta Frederic, la mine sombre. Allez-vous-en ! Andrej et moi, nous les délivrerons sans vous !

— Mais bien sûr. Et ensuite vous les ferez sortir de la ville, vous trouverez à boire et à manger pour cinquante personnes et vous retournerez tranquillement dans votre village. Peut-être même le duc viendra-t-il vous dire au revoir au bord de la route. » Il eut un rire méprisant. « J'ai peut-être une autre solution.

— Laquelle ? » demanda Andrej.

Krusha eut un mince sourire. « Tout dépend à combien tu évalues mes conseils, Delãny. »

8

Constanta était de loin la plus grande ville que Delãny eût jamais connue. Mikhaïl Nadasdy lui avait parlé de cités cent fois plus étendues et mille fois plus belles, dont les rues étaient, paraît-il, pavées d'or et les tours si grandes que leur sommet semblait toucher le ciel. Mais il n'avait jamais vu de ville plus grande que Rotthurn de ses yeux et la plus grande foule qu'il lui eût été donné de voir ne dépassait sûrement pas cinq cents personnes.

Constanta lui coupa littéralement le souffle. Le mur d'enceinte lui parut plus haut encore que les pyramides immenses qu'il connaissait d'après les récits de Mikhaïl Nadasdy, et la place du marché qu'ils découvrirent après avoir passé la porte monumentale était assez vaste pour accueillir tout Borsa et une partie de sa forteresse.

Elle était noire de monde.

Andrej n'essaya pas de compter les gens, ni même d'évaluer leur nombre. Des douzaines d'étals et de carrioles s'alignaient pour former un réseau étroit mais ingénieux de ruelles entre lesquelles les gens se pressaient en grappes si denses qu'Andrej se demanda comment ils faisaient pour ne pas étouffer, ni se faire écraser par le nombre. Le vacarme était indescriptible. Un mélange d'odeurs inconnues, agréables ou parfois repoussantes, assaillaient ses narines tout comme les couleurs vives et le mouvement incessant assaillaient ses yeux.

« Je ne savais pas qu'il y avait autant de monde sur terre ! » s'exclama Frederic. Sa voix tremblait de surprise et de crainte. Même Andrej se sentit envahi par une sourde inquiétude à la vue de ces rues bondées.

Avant leur arrivée en ville, Andrej avait fini par s'avouer qu'il avait eu tort de vivre en ermite pendant des années. Il avait longtemps cru que la vie retirée qu'il avait choisi de mener avec Raqi lui apporterait tout ce dont il aurait besoin, mais, aussi heureuse qu'ait été cette époque, c'était une erreur. Raqi avait vécu à ses côtés, puis elle était morte au moment où un nouveau chapitre s'ouvrait pour eux. Après la naissance de leur deuxième enfant, ils avaient eu l'intention de quitter la montagne et de chercher leur bonheur ailleurs, avant de reprendre Marius avec eux. Pour être franc, il ne connaissait rien de la vie sans sa compagne et ses enfants. C'est peut-être ce que Mikhaïl Nadasdy avait voulu dire en le mettant en garde de ne pas s'engager trop sérieusement avec une femme.

Delãny repoussa cette pensée. La ville lui faisait peur. Le nombre inconcevable de ses habitants provoquait en lui un véritable malaise, mais, pour le moment, ils avaient un problème beaucoup plus urgent à résoudre. Et même plusieurs…

« Je savais, moi, qu'il y avait autant de monde, répliqua-t-il avec un temps de retard, mais je ne savais pas qu'ils seraient tous là ce soir. »

Il rit de sa propre plaisanterie, mais soit Frederic n'entendit pas à cause du vacarme environnant, soit il ne comprit pas son humour car il se contenta de jeter à Andrej un regard perplexe tout en se serrant davantage contre lui.

Son attention s'était un instant relâchée lorsqu'il fut bousculé si soudainement qu'il faillit en perdre l'équilibre. Il se retourna, aussi surpris que fâché, prêt à affronter le désagréable individu qui avait cherché à le pousser de son chemin. À son grand étonnement, il se retrouva nez à nez avec une belle jeune femme dont les boucles brunes ondulaient sur les épaules, encadrant un séduisant visage aux yeux noirs et aux lèvres pleines.

« Oui ? fit la jeune femme en haussant les sourcils avec un étonnement feint.

— Je, je… » bredouilla Andrej. La remarque cinglante qu'il s'apprêtait à lancer mourut sur ses lèvres et des milliers d'autres choses à dire lui traversèrent l'esprit, si seulement il avait été en mesure d'articuler un mot.

Elle hésita, elle aussi, un court instant, puis leurs regards se croisèrent et se mêlèrent inexplicablement. Cela ne dura qu'une ou deux secondes, mais pour Andrej ce fut comme une éternité. Il ne comprit pas ce qui se passait, ni pourquoi la vue de cette jeune personne lui coupait ainsi le souffle… comme s'il n'avait jamais vu de belle femme auparavant.

Elle lui sourit timidement et lança un bref « Pardonnez-moi, s'il vous plaît », avant d'être emportée par le flot humain et de disparaître.

Frederic, qui avait continué son chemin avant de s'apercevoir qu'Andrej n'était plus à ses côtés, se retourna, de la panique dans les yeux, et le dévisagea d'un air de surprise et de reproche.

« Que fais-tu ? On dirait que tu as rencontré un fantôme », s'exclama-t-il.

Andrej suivait la femme du regard en secouant la tête. Après s'être de nouveau fait bousculer, il se décida à prendre Frederic par la main et à se réfugier sur le bord de la rue.

Ils s'étaient arrêtés avec étonnement après avoir franchi la porte de la ville, observant la rue en proie à un va-et-vient affairé. Malgré le nombre incalculable de personnes qui ne cessaient de passer par la porte, leur immobilité risquait d'attirer l'attention. Au début, l'avertissement de Krusha concernant les recherches à leur sujet lui avait paru ridicule. Qui aurait pu retrouver une seule personne dans une telle cohue ? Mais cet argument n'était sans doute valable qu'aussi longtemps qu'ils se comporteraient comme le reste de la foule.

« Tu crois qu'on va trouver l'auberge ? » questionna Frederic. Il lui fallut presque crier pour se faire entendre malgré le vacarme. Andrej haussa les épaules pour toute réponse.

Parler d'auberge au singulier était, de toute évidence, une erreur. Andrej parcourut du regard le désordre multicolore des étals, des parasols ouverts et des auvents entassés devant les maisons bordant la place du marché. Aucune d'elles ne comptait moins de trois étages. De nombreuses façades étaient ornées de sculptures artistement ouvragées, les toits étaient couverts de bardeaux de bois réguliers ou encore de tuiles d'ardoise ou de terre cuite. Constanta devait être incroyablement riche. Elle était surtout incroyablement *grande*. Elle n'abritait sûrement pas moins d'une douzaine d'auberges.

« Tentons notre chance, dit-il.

— Et comment ? »

Andrej haussa de nouveau les épaules. Ils devraient demander leur chemin, mais il n'était même pas certain de pouvoir traverser la place tant elle était bondée. Et ils n'avaient pas beaucoup de temps. Ce matin, la proposition de Krusha de se rendre séparément en ville et de ne se retrouver qu'une fois sur place lui avait semblé raisonnable.

Il se demandait maintenant s'ils n'avaient pas eu tort. S'ils arrivaient trop tard au rendez-vous fixé ou s'ils ne trouvaient pas l'auberge, les survivants de Borsa étaient pratiquement perdus. Krusha n'avait pas voulu lui révéler toutes ses informations, mais il lui avait certifié que les prisonniers seraient transférés cette nuit même.

Désorienté, il regarda en arrière, fit signe à Frederic de ne pas bouger et retourna à la porte. Tout à l'heure, lorsqu'ils étaient arrivés, le garde les avait ignorés. Sans doute l'homme ne se donnait-il pas la peine de mémoriser un seul des innombrables visages qui passaient chaque jour à côté de lui.

Il ne semblait d'ailleurs pas prendre sa tâche très au sérieux. Nonchalamment appuyé sur sa lance, il fit comprendre à Delãny qu'il le dérangeait lorsque ce dernier s'arrêta devant lui. Avec sa tunique rouge orangé à rayures blanches, il inspirait la moquerie plutôt que le respect, aux yeux d'Andrej en tout cas.

« Veuillez me pardonner le dérangement », commença celui-ci.

Le garde se redressa légèrement sans toutefois se donner la peine de répondre et lança un regard méprisant à l'étranger.

« Mon neveu et moi venons d'arriver pour la première fois en ville, poursuivit Andrej. Nous avions rendez-vous avec mes frères, mais j'ai bien peur… »

Il laissa sciemment sa phrase en suspens et haussa les épaules avec une expression d'impuissance sur le visage. Le garde réagit comme il l'avait prévu : le mépris dans ses yeux grandit encore, et il répondit avec dans la voix cette ironie qui va souvent de pair avec l'arrogance.

« Et comme c'est la première fois de ta vie que tu vois une ville avec un mur d'enceinte et plus de dix maisons, t'en pisserais bien de trouille dans ton haut-de-chausses, hein ? » lança-t-il d'un ton sarcastique.

Andrej haussa de nouveau les épaules et prit un air embarrassé. « C'est vrai qu'elle est grande, admit-il. Je ne m'attendais pas à autant de gens. Et il ne nous reste plus qu'une heure pour trouver l'auberge.

— Oui, oui. » L'homme se redressa en s'aidant de sa lance et lança un regard inutile et pensif vers l'intérieur de la ville. Peut-être cherchait-il le neveu évoqué par Andrej. C'était probablement une erreur d'en avoir parlé.

« Tu connais au moins le nom de l'auberge où tu as rendez-vous, mon ami ?

— À l'Ours borgne, répondit Andrej.

— Une gargote, lança le garde. Même pour quelqu'un comme toi, ce n'est pas un établissement convenable. Tu as de l'argent ?

— Pas grand-chose, pourquoi ?

— Oh ! ne crains rien, je n'en veux pas. Je voulais juste te conseiller de bien y faire attention. L'endroit où tu vas est loin d'être recommandable. Si tes frères fréquentent le coin, tu devrais te poser des questions à leur sujet. » Le garde soupira. « Enfin, ce ne sont pas mes affaires… C'est facile à trouver. Il faut traverser la place du marché et suivre la rue jusqu'au château. Ensuite, tourne à droite et continue jusqu'au port. Une fois là, tout le monde pourra t'indiquer l'Ours borgne. Mais débrouille-toi pour avoir quitté le quartier avant la tombée de la nuit. »

Andrej était troublé. En dépit du ton sarcastique, il sentait chez l'homme une bonhomie à laquelle il ne se serait jamais attendu, surtout de la part d'un soldat au service du duc. Au moment où il allait le remercier, le garde subit une étonnante transformation. Il se raidit et abandonna son air de profond ennui. Les yeux rétrécis, sur le qui-vive, son visage reflétait maintenant un mélange de crainte et de fureur contenue. Tout d'abord, Andrej crut que le soldat l'avait reconnu, mais il se rendit vite compte que son regard était braqué derrière lui. Andrej se retourna et sursauta violemment.

Un groupe de dix à douze cavaliers venait de surgir derrière eux. Les hommes filaient à vive allure sans se soucier des gens qui leur barraient la route. La plupart portaient la même tunique orange et blanc que le garde devant lui, mais l'un d'eux était enveloppé dans une cape de velours rouge sombre et arborait un grand chapeau à bord large. Les deux cavaliers qui le flanquaient étaient revêtus de manteaux noirs dont les pans s'écartaient parfois pour laisser entrevoir un éclat doré.

Andrej n'eut pas besoin de voir leurs visages pour savoir qui ils étaient. Sergué ayant poignardé à mort l'un des trois cavaliers d'or après l'incendie de l'auberge, et trois moins un égalant deux, le géant contre lequel il avait livré son premier vrai combat était vraisemblablement l'un d'eux. Il était bien sûr possible que d'autres chevaliers d'or fussent stationnés à Constanta et que la garde de l'inquisiteur fût constituée d'hommes qu'il ne connaissait pas. Si tel était le cas, il lui faudrait redoubler de prudence.

Sans hésiter il leur tourna le dos et fixa le sol du regard. Cette réaction était absurde car l'inquisiteur et ses sbires ne remarqueraient sûrement pas un homme seul, perdu au milieu de cette marée humaine. En revanche, son comportement risquait d'éveiller l'intérêt du garde avec qui il parlait. Il corrigea hâtivement son erreur, trop hâtivement, se sermonna-t-il intérieurement, et redressa la tête, mais pas trop, adoptant l'attitude humble de celui qui ne voulait pas d'ennuis.

Le miracle eut lieu. Les cavaliers passèrent devant lui sans ralentir leur allure et la sensation du danger s'atténua à chaque seconde qui les éloignait de lui.

Andrej résista à la tentation de se retourner pour les suivre du regard lorsqu'ils passèrent la porte de la ville, mais il vit, du coin de l'œil, que l'un des cavaliers d'or avait levé la tête et jetait un regard à la ronde. Peut-être espérait-il le découvrir, quelque part au milieu de la foule, ou peut-être ses années de combat l'avaient-elles simplement rendu prudent. Sans doute Andrej devait-il plus prosaïquement son salut au fait que l'incendie de l'auberge avait brûlé ses longs cheveux et l'avait privé de la plupart de ses vêtements. Avec son crâne presque chauve et son habit d'allure orientale, prêté par Krusha, même Frederic aurait eu quelque peine à le reconnaître de loin. Surtout de dos et entouré de gens.

Il se contraignit à ne pas soupirer de soulagement lorsque la troupe plongea dans la foule à une allure certes moins véloce qu'avant, mais toujours bien trop rapide dans ces rues bondées. Avant que les cavaliers n'atteignent leur destination, il y aurait quelques hématomes et des côtés cassées, sinon pire.

« Qui… qui était-ce ? » demanda-t-il au garde d'un ton hésitant.

Avant de répondre, l'homme garda quelques secondes encore les yeux plissés et tournés vers l'endroit où les cavaliers avaient disparu. « La garde personnelle du duc, répondit-il, avec ce satané cureton ! »

Andrej regarda l'homme d'un air à la fois surpris et interrogateur. Le cavalier en velours rouge était le père Domenicus ? Il se l'était représenté beaucoup plus âgé et très différent, d'après le récit que Frederic lui avait fait des événements de Borsa. Il s'était attendu à un vieux et cruel prince de l'Église, mais le compagnon des deux cavaliers d'or n'avait pas plus de trente-cinq ans. Il était mince, d'allure athlétique et avait le visage d'un guerrier : dur, mais, à sa manière, agréable à regarder.

« Vous... n'aimez pas l'Église ? » hasarda-t-il. Encore une erreur qu'il regretta au moment même où il prononçait ces mots, car le garde le dévisagea d'un air soudain méfiant.

Cela ne dura qu'un instant, puis il secoua la tête et dit : « Si. Mais je ferai trois fois le signe de croix lorsque ce satané inquisiteur sera retourné d'où il est venu. Depuis qu'il est en ville avec ses trois curieux compagnons... » Il s'interrompit comme s'il venait de se rendre compte à qui il se confiait ainsi, un parfait étranger dont il ne pouvait pas savoir s'il était vraiment ce dont il avait l'air, ni à qui il irait rapporter ses paroles.

« Disparais maintenant, lança-t-il. Je suis occupé. Et tu devrais te dépêcher si tu veux arriver à l'heure à l'Ours borgne. »

Andrej le remercia d'un signe de tête et se hâta de retourner auprès de Frederic, mais le garçon n'était plus là. Les cavaliers avaient laissé des traces de leur passage. Andrej vit plusieurs hommes et femmes se frotter les côtes, pâles de peur. Là où il avait laissé Frederic, un vieillard accroupi, le visage tordu de douleur, se tenait la cheville, visiblement brisée.

Le visage d'Andrej se crispa de fureur. Pour lui, une cheville cassée aurait été handicapante, mais la blessure aurait fini par guérir. Pour le vieux, elle pouvait signifier la fin. Même si l'os cicatrisait sans qu'il devienne infirme, il était fort possible qu'il meure de faim ou de froid l'hiver venu, parce qu'il n'aurait pas pu travailler. Qui pouvait faire si peu de cas de la vie d'autrui ?

Andrej apporta lui-même la réponse à sa question : les mêmes qui mettaient le feu à une maison remplie de monde pour tuer ou capturer un homme seul et un jeune garçon.

Il chercha Frederic du regard. Il lui avait ordonné de ne pas bouger, mais l'enfant s'était manifestement empressé de lui désobéir. Alors qu'Andrej sentait la colère monter en lui, Frederic émergea d'une ruelle située à quelques pas. Il était d'une pâleur mortelle et s'approcha de lui en gesticulant.

« Andrej, haleta-t-il, je les ai vus ! Ils étaient là et…

— Je sais, l'interrompit Delãny avec un regard presque implorant. Pas si fort !

— Non, tu ne comprends pas ! » Frederic baissa la voix mais poursuivit avec le même débit. « Je ne parle pas des deux chevaliers d'or. Mais l'homme avec eux, c'était…

— Le père Domenicus, jeta Andrej. L'homme qui a torturé Barak et le frère Toros. »

Frederic était dérouté. « Comment le sais-tu ?

— Le garde à l'entrée de la ville me l'a dit. Mais je crois que j'aurais pu le deviner tout seul. » D'un geste, il intima le silence à Frederic qui était sur le point de répondre. « Il m'a aussi indiqué le chemin de l'Ours borgne. C'est assez loin et on devrait se dépêcher. Krusha ne sera pas content si on arrive en retard. »

La réaction de Frederic l'effraya. Son visage se ferma et fut traversé par une brève mais violente expression de haine dirigée sur nul autre qu'Andrej.

« C'est tout ce qui t'intéresse ? cracha-t-il. Ces deux bandits de grand chemin ? Je t'ai dit que j'ai vu l'homme qui a tué mon père et les autres ! Il n'est sûrement pas loin ! On peut le rattraper ! »

Andrej jeta un rapide regard à la ronde avant de répondre. Frederic avait parlé assez fort pour être entendu à quelques pas. Grâce au ciel, nul ne parut prêter attention à ses paroles. Gardant le silence, il saisit durement l'enfant par les épaules, le fit pivoter et le poussa devant lui.

« Oui, c'est tout ce qui m'intéresse, siffla-t-il. Pour le moment, ces deux bandits, comme tu dis, sont notre seul moyen d'apprendre où se trouvent ta mère et les autres survivants. Alors que veux-tu ? La vengeance ou la vie de ta famille ? »

Frederic se dégagea et le fusilla du regard.

« Je voudrais avoir une épée ! répondit-il. Je voudrais être grand et ne pas avoir à t'obéir ! »

La patience d'Andrej était à bout. Saisissant de nouveau le garçon par les épaules, il le secoua si fermement que ses dents s'entrechoquèrent.

« Maintenant tu vas m'écouter ! gronda-t-il d'un ton furieux. Si tu crois qu'il est facile de prendre une vie, tu te trompes ! Tu veux une épée ? Je t'en prie ! Prends la mienne. Vas-y si tu veux et essaie de tuer cet homme ! Peut-être réussiras-tu. Il ne s'attendra sûrement pas à se faire attaquer par un enfant ! Et ensuite ?

— Qu'est-ce que… tu veux dire ? interrogea Frederic, déconcerté.

— Même si tu réussis, et même si tu parviens à t'enfuir, que se passera-t-il, à ton avis ? Tu crois qu'il suffit d'enfoncer son épée dans le cœur de quelqu'un ? Eh bien, tu as tort ! Parce qu'il ne mourra pas, il continuera de vivre en toi ! » Andrej leva l'index et le majeur et en frappa si durement le front de Frederic qu'il dut lui faire mal. « Tu verras son visage chaque fois que tu fermeras les yeux. Il viendra hanter ton sommeil et tes rêves, et te demandera pourquoi tu lui as pris la vie ! Et ça durera longtemps. Très longtemps. Peut-être toute ta vie ! »

Frederic le dévisageait avec de grands yeux et Andrej y vit une chose qui le choqua plus encore que le bref accès de haine de tout à l'heure. Frederic ne comprenait pas ce qu'il s'efforçait de lui expliquer. Pire encore, cela lui était parfaitement égal. Andrej se montrait sans doute injuste à son égard. Frederic était probablement trop jeune pour comprendre l'énorme différence entre tuer quelqu'un pour sa défense et le tuer de sang-froid. Pourtant, pendant un court instant, Andrej ne put décider s'il devait avoir peur *pour* ou *de* Frederic. Tout ce qu'il lui disait arrivait peut-être trop tard. L'horreur dont le garçon avait été le témoin forcé avait peut-être déjà détruit son âme et il ne pouvait plus s'empêcher d'être aussi dur et impitoyable que ses tortionnaires.

Après tout, c'était peut-être une raison suffisante pour tuer le père Domenicus et les deux guerriers d'or qui l'avaient accompagné dans la vallée de Borsa, ainsi que tout autre chevalier d'or que le destin placerait sur son chemin.

« Voilà vraiment une méthode inhabituelle pour apprendre le respect de la vie à un enfant », fit remarquer une voix derrière lui.

Furieux, Andrej se redressa et se retourna. « Mêlez-vous de ce qui vous.... »

Il ne termina pas sa phrase. Il ignorait à quoi il s'était attendu, mais derrière lui se tenait la jeune femme brune qui l'avait bousculé plus tôt, dans la foule. Elle aurait dû paraître perdue au milieu de cette humanité grouillante, mais c'était exactement le contraire. À peine plus grande que Frederic, elle portait une robe en velours vert foncé qui accentuait la finesse de sa silhouette, mais elle était loin d'avoir l'air vulnérable. C'était difficile à décrire, mais une sorte de *force* émanait d'elle. Peut-être venait-elle de ses yeux qui le dévisageaient gaiement, sans aucune timidité, alors même qu'ils semblaient trop âgés et trop mûrs pour son visage encore enfantin. Ou bien était-ce l'assurance avec laquelle elle portait ses cheveux bruns qui tombaient en lourdes boucles sur ses épaules. Ou encore le mince poignard serti de pierres précieuses qu'elle portait à la ceinture.

Andrej prit conscience qu'il fixait la jeune femme d'une manière qui pouvait être considérée comme inconvenante ou, à tout le moins, impolie. Il lui adressa un sourire embarrassé. « Pardonnez-moi, je ne voulais pas…

— C'est *moi* qui devrais m'excuser, l'interrompit la brune. Je n'ai aucun droit de me mêler de vos affaires… mais vous ne connaissez pas grand-chose aux enfants, n'est-ce pas ? Est-ce votre fils ?

— Non, répondit Andrej, déconcerté.

— Non, ce n'est pas votre fils ou, non, vous ne comprenez pas grand-chose aux enfants ? » lança l'inconnue en riant.

La confusion d'Andrej était à son comble. Ce n'était pas tant les paroles de la jeune femme que sa seule présence qui le troublait. Et s'il ne parvenait pas à formuler une seule phrase cohérente, ce n'était pas uniquement dû à son allure inhabituelle ou à son aplomb encore plus déroutant. Incapable de détacher les yeux de sa silhouette fragile, il ressentait le désir incompréhensible de ne pas la laisser partir, pas une deuxième fois. L'envie qu'il ressentait de la prendre dans ses bras et de la retenir pour toujours l'effrayait au plus haut point. Elle lui semblait à la fois déplacée et déloyale vis-à-vis de Raqi.

Sa poitrine, qui se soulevait et retombait au gré de sa respiration rapide et irrégulière, et la légère rougeur de ses joues indiquaient à Andrej qu'elle ressentait la même chose que lui… ou alors, elle était en colère contre ce malotru qui la dévisageait avec autant d'insolence. Elle retournait son regard si ouvertement et si librement qu'il ne pouvait que se perdre dans ses yeux noirs, semblables à deux lacs de montagne, aussi profonds que purs.

« Les deux, finit-il par répondre d'une voix altérée, brisant le silence qui s'éternisait. Mais…

— Alors laissez-moi vous dire qu'on ne doit pas élever un enfant dans la crainte, poursuivit-elle, sans parvenir à cacher son trouble. La peur est un mauvais maître. » Elle chuchota presque ses derniers mots.

« Je n'ai pas peur, lança Frederic d'un ton buté.

— Bien sûr que non. » Elle eut un rire léger. « Un garçon qui se respecte n'a peur de rien. Comment t'appelles-tu, petit héros ?

— Frederic, répondit-il avec méfiance. Mais ça fait longtemps que je ne suis plus *petit.* » Ses yeux se rétrécirent. « Et pourquoi ça vous intéresse, d'abord ?

— Oh, pardonne-moi, je ne voulais pas t'offenser. J'aime bien savoir avec qui je discute, c'est tout. Je m'appelle Maria. Et vous, quel est votre nom ? demanda-t-elle en se tournant vers Delãny.

— Andrej, répondit-il. Frederic est mon… mon neveu. » Sa réponse était loin d'être convaincante, même à ses propres oreilles. Que lui arrivait-il ? La dernière fois qu'il s'était senti si troublé, c'était lorsqu'il avait fait la connaissance de Raqi.

Cette pensée lui infligea une douleur soudaine. Comparer quelqu'un, peu importait qui, à son adorée Raqi était une trahison de leur amour.

« Je… suis désolé, poursuivit-il, embarrassé. Nous sommes pressés. Nous avons rendez-vous et le chemin est encore long.

— Et sans doute votre mère vous a-t-elle conseillé de ne pas vous laisser aborder par des inconnues dans la rue », ajouta Maria avec un sérieux exagéré. Puis elle éclata de rire. Sa voix était aussi claire et cristalline que le verre. Elle tendit la main à Frederic. « As-tu encore le temps de me laisser t'offrir un sucre d'orge, Frederic ? »

Le garçon était complètement dérouté et Andrej pas moins. Ils ne vivaient pas à une époque où une femme adressait la parole à un inconnu dans la rue, même une femme aussi exceptionnelle que cette Maria. Mais ce n'était pas tout. Quelque chose en elle le bouleversait tant qu'il aurait préféré prendre ses jambes à son cou et s'enfuir.

Sans doute l'aurait-il fait s'il n'y avait eu cette étrange expression sur le visage de Frederic. Le garçon semblait toujours méfiant et déconcerté, mais il s'y ajoutait autre chose.

« Désolé, tenta Andrej, mais nous...

— Je veux bien », le coupa Frederic, comme s'il n'avait pas entendu les paroles de Delãny.

Maria fit de nouveau entendre son rire cristallin, auquel se mêlait maintenant un soupçon de moquerie bienveillante. Ses yeux scintillaient.

« Frederic ! lança Andrej d'un ton sévère.

— Andrej, vous ne pouvez pas être sans cœur au point de refuser un sucre d'orge à un enfant qui vient pour la première fois en ville et qui n'a encore jamais vu de vrai marché, dit-elle pour l'infléchir.

— Comment le savez-vous ? » demanda Delãny, méfiant.

Maria rit de nouveau. « C'est écrit sur vos figures. » Tendant une main à Frederic, elle les invita à la suivre.

Frederic leva le bras pour lui donner la main, puis il se tourna à demi vers Andrej pour implorer son autorisation. Son expression se figea soudain.

Immobile, il fixait un point au-dessus de la foule. Andrej crut tout d'abord que Domenicus et sa suite étaient revenus et que le garçon allait commettre une bêtise, qu'il allait se lancer en criant sur le meurtrier de sa famille sans réfléchir aux conséquences. Il s'efforça de ne pas céder à la panique et tourna très légèrement la tête pour identifier, du coin de l'œil, ce qui semblait tant effrayer l'enfant.

Il n'y avait là que deux cavaliers dirigeant leurs montures au pas à travers la foule. Andrej fut tout d'abord soulagé… avant de les reconnaître. Son cœur fit un bond dans sa poitrine et se mit à cogner douloureusement. C'étaient les deux chevaliers d'or qui l'avaient identifié à l'auberge et il ne s'imaginait que trop bien ce qu'ils feraient s'ils le repéraient maintenant. Ils chevauchaient très lentement, comme s'ils étaient à la recherche de quelqu'un, et il ressentait presque physiquement la menace qu'ils représentaient pour lui.

Tout en s'efforçant de les garder dans son champ de vision, Andrej se tourna vers Maria.

« Je ne voudrais pas jouer les rabat-joie, dit-il rapidement, sans réussir à dissimuler complètement la consternation sur ses traits, mais nous n'avons vraiment pas le temps aujourd'hui. Une autre fois peut-être ? »

Il lut la déception sur le visage de Maria devant le tour inattendu de la conversation. Elle ne comprenait pas sa réaction, mais il ne pouvait vraiment rien y faire. Continuer de discuter avec elle était trop dangereux : les chevaliers balayaient la foule du regard, à la recherche d'un homme et d'un enfant. Ils ne s'attendaient sûrement pas à les trouver en pleine discussion avec une jeune beauté, mais cela ne les empêcherait pas de les arrêter.

« Oh non ! Vous ne pouvez pas me faire ça ! » s'exclama Maria, désappointée. Elle n'avait pas l'air de vouloir les laisser partir aussi facilement. « Vous avez vraiment le cœur de me planter là ? »

Andrej grimaça un sourire. Il ne manquait plus qu'il mette la jeune femme en danger pour avoir été vue avec lui.

« Je suis sincèrement désolé, mais nous devons vraiment partir. Le destin nous réunira peut-être en de meilleures circonstances ? »

Il n'attendit pas la réponse, attrapa Frederic par le bras et recula en l'entraînant derrière lui. Maria n'eut d'autre solution que de lâcher le garçon qu'elle tenait toujours par la main. Son expression montrait clairement qu'elle était mécontente et ne comprenait pas la soudaine réaction de Delãny. Elle leur lança encore quelques mots qui se noyèrent dans le brouhaha du marché et qu'Andrej ne saisit pas.

Il était plus que temps. Du coin de l'œil, Andrej capta l'éclat d'un plastron doré. Il accéléra le pas sans se soucier de Frederic qu'il traînait littéralement derrière lui. Un nouveau coup d'œil lui confirma ses craintes. Les chevaliers d'or traversaient maintenant la place du marché en diagonale et se dirigeaient vers eux sans égard pour les piétons.

« Ils nous ont vus, souffla-t-il à l'intention de Frederic. Dépêche-toi, sinon nous sommes perdus. » À ces mots, le garçon cessa toute résistance et Andrej eut même du mal à rester à sa hauteur. Frederic se faufilait entre les gens comme une anguille.

Ils atteignirent sans encombre l'extrémité opposée du marché et s'engagèrent dans une ruelle étroite jonchée de détritus. Ils purent aller un peu plus vite, même si passants et colporteurs ne cessaient de les freiner. Andrej posa la main sur le pommeau de son épée et accéléra encore le pas. Parvenus au bout de la ruelle, ils s'arrêtèrent un court instant puis tournèrent sans hésiter vers la gauche, se dirigeant à pas rapides vers une deuxième ruelle. Ils changèrent ainsi deux ou trois fois de direction, au hasard, puis ralentirent progressivement pour adapter leur rythme à leur environnement.

Le bruit des sabots des chevaux de leurs poursuivants s'était évanoui depuis longtemps, mais Andrej était conscient que les chevaliers ne s'avoueraient pas vaincus aussi vite. Sans doute vérifiaient-ils chaque ruelle l'une après l'autre pour tenter de mettre la main sur lui. Il espérait qu'ils n'étaient pas certains de l'avoir repéré et qu'ils ne s'étaient lancés à sa poursuite que pour la forme. Dans le cas contraire, la ville ne tarderait pas à grouiller de soldats qui contrôleraient chaque maison et chaque ruelle jusqu'à ce qu'ils l'aient retrouvé.

Andrej ne voulait prendre aucun risque. À une douzaine de pas de distance, il aperçut une étroite porte cochère entrebâillée, balaya discrètement les environs du regard et se dirigea vers elle.

Ils l'atteignirent sans mal. D'un coup d'œil, Andrej constata qu'elle ouvrait sur une cour intérieure, fermée des quatre côtés par de hauts murs, dans laquelle s'amoncelaient des ordures et des tas de vieux bois. Une rapide inspection visuelle confirma sa première impression. La cour crasseuse et la maison délabrée étaient abandonnées. Une seule porte, assemblage grossier de planches vermoulues, permettait de pénétrer dans le bâtiment. Les cinq ou six fenêtres visibles d'en bas étaient murées par des planches.

Andrej s'approcha de la porte, ferma les yeux quelques instants et tendit l'oreille. Il entendait toujours distinctement le brouhaha de la place du marché et le bruit de la rue, mais aucun son ne lui parvenait de l'intérieur de la maison. Elle devait être déserte.

D'un geste décidé, il passa la main par un espace entre les lattes de la porte, pesa sur elle de tout son poids et faillit perdre l'équilibre lorsque le bois céda sous la pression. Sans hésiter, il ouvrit la porte en grand et entra en entraînant Frederic à sa suite.

Une pénombre poussiéreuse les accueillit, un vide fantomatique traversé par des odeurs désagréables de décomposition. Une puanteur douceâtre et étouffante trahissait la mort récente de quelqu'un qui n'avait pas été enterré à temps. Voilà peut-être pourquoi la maison était abandonnée.

Andrej referma la porte branlante, s'approcha d'une fenêtre dans le mur opposé et regarda par les interstices entre les planches qui la condamnaient. Il apercevait la ruelle où ils se trouvaient encore quelques minutes plus tôt. Elle était toujours pleine de monde, mais nul ne semblait avoir remarqué la disparition des deux étranges inconnus par la porte cochère. Constanta était sans doute trop grande pour que les habitants témoignent un quelconque intérêt à deux passants isolés, quelle que soit la bizarrerie de leur comportement.

Frederic devait se sentir épuisé ; il inspecta brièvement la pièce du regard avant de s'asseoir en tailleur sur le sol. Andrej suivit son exemple en prenant soin de dégainer son épée et de la placer à portée de main. « Repose-toi un peu, dit-il, nous allons rester ici jusqu'à la tombée de la nuit. »

Pourtant il n'était pas sûr d'avoir choisi le meilleur refuge possible. Si on les débusquait ici, ils n'auraient aucun moyen de s'enfuir rapidement. Sa seule chance serait alors d'affronter ses poursuivants. Et même s'il réussissait à les vaincre, où pourraient-ils se cacher ensuite, dans cette ville maudite, lorsque ses portes auraient été refermées et que des douzaines voire des centaines de soldats seraient sur leurs talons ?

Ses pires craintes semblèrent se confirmer quelques minutes plus tard. Un bruit de sabots résonna, menaçant, dans la ruelle, annonçant des cavaliers qui s'approchaient. Andrej bondit sur ses pieds. Une sueur froide perlait à son front et la main qui tenait l'épée sarrasine tremblait légèrement. Il s'approcha d'une fenêtre, mais ne put rien distinguer par les interstices entre les planches.

« Tu vois quelqu'un ? demanda Frederic d'une voix tremblante.

— Tais-toi, souffla Andrej. Les voilà. »

Par l'étroite ouverture que les planches découpaient sur la réalité, il aperçut un bout de crinière, le pommeau d'une selle, la jambe cuirassée d'un chevalier, le fourreau d'une épée battant légèrement au rythme du cheval… Sa main se referma automatiquement sur sa propre épée. Les deux hommes en armure dorée chevauchaient très lentement, fouillant du regard les moindres recoins. Andrej s'attendait à tout instant à entendre l'ordre de faire halte ou le piétinement de sabots indiquant que l'un des cavaliers venait de s'arrêter.

Rien de tout cela n'arriva. Au bout de secondes qui durèrent une éternité, ils passèrent enfin – enfin ! – leur chemin. Andrej resta encore longtemps en position, pour le cas où les deux cavaliers décideraient de faire demi-tour afin de mieux examiner la maison abandonnée. Mais le bruit des sabots finit par s'évanouir, les laissant momentanément sains et saufs dans un refuge qui pouvait néanmoins se transformer à tout moment en piège mortel.

9

L'auberge de l'Ours borgne correspondait si bien à la description que le garde en avait faite qu'Andrej l'aurait trouvée et reconnue même sans l'enseigne maladroitement peinte au-dessus de la porte. Les deux Delãny avaient mis plus d'une heure pour parvenir jusqu'au port et dans la rue de l'auberge, car Andrej avait soigneusement évité les patrouilles qui sortaient toujours plus nombreuses du château pour sillonner les rues de la ville.

Malgré tout, il s'arrêta à quelques pas de distance de la maison basse à colombages et observa attentivement les environs. La rue était aussi crasseuse et inhospitalière qu'il s'y était attendu d'après la description du garde. Dans le quartier du port, les maisons étaient toutes plus petites, plus anciennes et surtout plus miteuses que dans l'ouest de la ville. Les habitants étaient plus pauvres et semblaient peu dignes de confiance à Andrej.

Après un dernier regard à la ronde, il mit la dérangeante sensation d'être épié dans l'ombre sur le compte de son inexplicable manque d'assurance et entra dans la gargote.

L'intérieur de l'Ours borgne rappelait étrangement l'auberge où Ansbert et Vranjevc avaient perdu la vie deux jours plus tôt. La grande salle carrée au sol en terre battue, recouvert de paille piétinée, n'avait que peu de fenêtres. Le comptoir était constitué d'une rangée de fûts vides sur lesquels on avait cloué quelques madriers, avec plus d'enthousiasme que de savoir-faire. Les quelques tables et chaises auraient pu, elles aussi, provenir de l'auberge incendiée.

Toutes les tavernes se ressemblent peut-être dans la région, se dit Andrej. Simples, mais assez robustes pour résister aux rixes amicales qui s'y déroulaient de temps à autre. En tout cas, aussi longtemps qu'on n'utilisait pas de flèches enflammées et de pichets remplis d'huile.

Toutes les tables de l'Ours borgne étaient occupées, mais Andrej découvrit immédiatement les deux frères, plus particulièrement Krusha. Le visage de la silhouette tassée à ses côtés était dissimulé par un pan d'étoffe qui sortait d'une espèce de turban maladroit ressemblant à celui des musulmans. Au regard de l'actuelle soif d'expansion des Turcs et de la réaction croissante de résistance contre tous les musulmans, il n'était pas sans danger de se promener en ville coiffé d'un turban. Au moins son manteau et l'écharpe multicolore qui le retenait correspondaient-ils aux coutumes vestimentaires locales.

En s'approchant, Andrej vit que son pressentiment se confirmait. Ce n'était pas l'informateur avec lequel Krusha et lui avaient rendez-vous, mais Sergué. Son déguisement lui paraissait quelque peu outrancier, mais il fallait reconnaître qu'il avait de bonnes raisons de le porter. Les gardes de la ville recherchaient des incendiaires et un homme aux brûlures récentes n'échapperait sûrement pas à leur vigilance.

Les Delãny se dirigèrent vers la table des soi-disant forains, sur laquelle se trouvaient deux cruches de bière. Krusha les regarda approcher d'un regard dénué de toute expression, tandis que l'œil encore intact de Sergué – c'était la seule chose qu'on pouvait reconnaître de son visage derrière le foulard grossier – le dévisagea tout d'abord d'un air incrédule, puis soudain furieux.

Andrej et Frederic se laissèrent tomber sans un salut sur les deux dernières chaises libres de l'établissement. « Nous voilà ! lança Andrej d'un ton provocant. Je croyais qu'on avait rendez-vous avec un informateur. Où est-il ? »

Les frères le fixaient d'un air sombre.

« Nous pensions que vous ne viendriez plus, qu'on vous avait arrêtés ou que vous aviez changé d'avis. Pourquoi arrivez-vous aussi tard ? »

Sergué, dont l'étoffe avait glissé du visage pendant qu'il parlait, les regardait avec reproche. D'un geste théâtral, il rajusta son voile, laissant apparaître seulement son œil valide.

« Parce que nous avons dû éviter les patrouilles du duc. Nous avons croisé le chemin des chevaliers d'or ce matin et cela a malheureusement éveillé leurs soupçons. Mais je ne crois pas qu'ils nous aient reconnus, ajouta-t-il aussitôt devant l'expression inquiète de Sergué, sinon ils auraient réagi autrement. Ils ont gardé de moi l'image de mes cheveux longs et de mes vêtements de Transylvanie. C'est un avantage.

— Bel avantage, gronda Sergué, si ça ne les empêche pas de te poursuivre !

— Ils nous ont peut-être pris pour des voleurs, allez savoir.

— De mieux en mieux. Qu'est-ce que vous aviez fait ?

— Rien », se hâta de répondre Andrej, mais, pour une raison qu'il ignorait, le visage de Maria lui vint soudain à l'esprit. Il allait en parler à Sergué, puis en décida autrement. Cela ne regardait vraiment pas les deux frères.

« Il est possible que l'agitation en ville n'ait pas tant à voir avec nous, poursuivit-il.

— Pas tant ? C'est l'un ou l'autre, pourtant ! »

Andrej haussa les épaules. « J'ai surpris quelques bribes de conversations au marché. Les citadins craignent que Constanta ne figure sur la liste des prochaines cibles des Turcs. C'est peut-être la raison pour laquelle le duc a fait renforcer les patrouilles. »

Sergué porta machinalement la main à la tête et ajusta son turban d'un air malheureux. « J'espère qu'ils ne me prendront pas pour un de ces satanés musulmans. »

Andrej lui lança un regard méprisant. « Ça m'étonnerait, dit-il. Tu ressembles plutôt à un voleur très ordinaire. »

Sergué le fusilla de son œil valide mais s'abstint de répondre.

« Mon informateur m'en a parlé, lui aussi, intervint Krusha. Il paraît que les Turcs se rassemblent à quelques journées de cheval vers le sud. C'est aussi pourquoi il a dû repousser à demain l'opération prévue.

— Et pourquoi ? interrogea Andrej, surpris. Je croyais qu'on voulait en finir aussi vite que possible.

— Oui, répondit Krusha d'un ton posé, mais rien n'est jamais sûr dans la vie. Ne t'inquiète pas, ajouta-t-il précipitamment en voyant le mécontentement d'Andrej, rien n'a changé sur le principe. J'ai quand même réussi à apprendre que les prisonniers seront évacués dans la nuit de demain.

— Et alors ? jeta Frederic. On pourrait quand même les libérer aujourd'hui.

— Tu n'y connais rien, blanc-bec, lança Sergué, méprisant. Tu crois peut-être que c'est une promenade de santé ? Une opération de ce genre doit être planifiée avec soin. À quoi nous servirait de trouver les prisonniers, si on ne peut pas sortir de la ville avec eux ? Alors, petit, tiens-toi tranquille quand les grandes personnes discutent.

— Ça veut dire qu'en plus on pourrait se retrouver pris entre deux fronts dans un combat contre les Turcs, constata Andrej, atterré.

— Non, répondit Krusha d'un ton ferme en secouant la tête. On n'a pas l'intention de prendre racine ici. On fait ce qu'il y a à faire et on disparaît avant que les premiers brandisseurs de cimeterres n'arrivent aux portes de la ville.

— Ne pourrait-on pas au moins prendre contact ce soir avec ma famille ? insista Frederic. Comme ça, on saurait comment ils vont et…

— Non ! siffla Krusha. Il faut attendre demain. On ne peut rien faire sans mon informateur.

— Il ne manquait plus que ça, gronda Andrej à qui il déplaisait profondément de dépendre d'un inconnu. Le mieux est de ne pas être vus ensemble jusque là. Frederic et moi, nous allons nous terrer quelque part en attendant. Quelle heure, le rendez-vous, demain ?

— Comme aujourd'hui, chuchota Krusha par-dessus la table. Essayez de ne pas arriver en retard, cette fois ! »

L'aubergiste choisit ce moment pour venir prendre leur commande. Sergué le renvoya d'un signe en lui disant que ses amis ne pouvaient rester plus longtemps. Andrej et Frederic n'attendirent pas sa réponse pour se lever et quittèrent aussitôt la taverne. Pour le retour à leur cachette, ils empruntèrent le même chemin alambiqué qu'à l'aller. Delãny ne cessait de se retourner subrepticement avec l'impression que des milliers d'yeux l'épiaient dans l'obscurité pour tenter de découvrir ce qu'il avait l'intention de faire. Qu'il le veuille ou non, dans cette ville, il se sentait nettement plus oppressé et moins sûr de lui qu'à ciel ouvert.

Et il avait de bonnes raisons pour cela. Tout Constanta semblait la proie d'une étrange agitation. Seules de rares personnes étaient encore dehors et la plupart de ceux qu'ils rencontraient avaient l'air nerveux et tendus. Ils les croisaient à pas rapides sans leur accorder un regard. Andrej ne s'en plaignait pas. Pourtant, il sursautait chaque fois qu'il entendait des pas ou croyait percevoir un mouvement dans la pénombre. Ses sens étaient aiguisés, tendus à l'extrême pour leur éviter une mauvaise rencontre. Par deux fois, ils durent se réfugier dans une ruelle latérale pour échapper à des patrouilles vêtues de l'uniforme orange et blanc de la garde ducale. Chaque fois, il repoussa de la main l'étoffe qu'il avait placée sur la poignée de son épée sarrasine pour la dissimuler aux regards sans que cela ne l'empêche de la dégainer à sa guise.

Andrej ne se détendit que lorsqu'ils atteignirent la maison abandonnée sans avoir été repérés par la garde. « Tout cela bouleverse nos plans, dit-il une fois à l'abri, mais, pour cette nuit, nous devrions être en sécurité ici. Installe-toi confortablement, je vais refaire un tour pour écouter ce qui se dit. J'apprendrai peut-être quelque chose d'important. Et puis je vais essayer de trouver à manger. »

Il agita sous le nez de Frederic le vieux récipient ébréché en terre cuite qu'il avait trouvé sous l'escalier étroit. « Et avec ça, j'irai te chercher de l'eau, je ne voudrais pas que tu meures de soif !

— Je ne vais pas attendre que tu me fasses la grâce de m'apporter de l'eau, se récria Frederic. Il n'est pas question que je reste seul ici. » Andrej allait lui répondre, mais il poursuivit en haussant la voix : « Je viens avec toi. Je me suis déjà reposé tout à l'heure. Tu fais comme si j'étais encore un petit garçon ! »

Andrej soupira. Il comprenait le malaise de Frederic à l'idée de rester seul dans cette vieille bâtisse. Pour un fils de paysan transylvanien, cet environnement à la fois étranger et menaçant était déjà suffisamment inquiétant sans y ajouter la garde ducale et les mystérieux chevaliers d'or qui les poursuivaient.

« Il faut éviter les risques inutiles, répondit-il néanmoins. Sortir à deux à cette heure nous fera davantage remarquer que si je suis seul. »

Frederic ne voulut rien entendre, mais finalement, à court de patience, Andrej interrompit ses objections d'un geste contrarié. « Tu restes ici et c'est tout, décida-t-il. Et je te donne un bon conseil : ne t'avise pas de me désobéir. Tu risquerais de faire échouer la libération de ta famille.

— Tu me menaces ? répliqua Frederic aussi outré qu'obstiné.

— Oui, exactement. Et je veux te faire comprendre que ce n'est pas toi qui décides les règles du jeu : c'est le duc avec les chevaliers d'or, le père Domenicus et les deux acolytes qui nous servent d'associés. Nous n'arrivons qu'en dernier sur la liste. »

Il pivota sur lui-même sans un mot de plus et quitta la maison délabrée par le même chemin qu'à l'aller. En parcourant l'étroite ruelle qui le mènerait aux rues plus importantes *via* différentes bifurcations, il s'efforça de se calmer. Les manières de Frederic lui portaient de plus en plus sur les nerfs. Aucune décision, aucune initiative n'échappait à ses critiques ou à ses commentaires. Pourtant, il n'était pas sans danger de se disputer dans les rues de Constanta. Un mot déplacé, une voix trop sonore pouvaient alerter la garde et anéantir définitivement leurs chances de retrouver vivants les prisonniers de Borsa.

Andrej s'était inconsciemment dirigé vers la place du marché. Il aurait été incapable de dire pourquoi il avait pris justement ce chemin. Il appréciait en tout cas de pouvoir être seul, sans la compagnie du jeune récalcitrant qui ne manquait pas une occasion de le mettre en rage. Dès qu'il aurait rempli le vieux pichet à l'une des fontaines publiques de la ville, il retournerait à la maison pour lui en vider le contenu sur la tête à la prochaine insolence.

Il cheminait par les rues peu animées, toujours à l'affût d'un uniforme ou du cliquetis d'une épée, lorsqu'il se retrouva soudain à l'endroit où il avait rencontré la jeune femme, plus tôt dans la journée. À cette heure tardive, la place du marché lui apparaissait très différente. L'odeur qui planait là était un mélange désagréable d'ordures, de crottin et de restes de fruits et légumes, lesquels pouvaient bien être encore mangeables. Cependant, dans un premier temps, cette combinaison lui souleva le cœur.

Le soleil était déjà presque couché, mais il régnait encore une intense activité sur la place. Quelques bonimenteurs étaient occupés à mettre en sécurité les marchandises restantes pour le lendemain, d'autres se mettaient en route vers leur logis pour la nuit. Certains s'étaient installés aussi confortablement que possible sur les pavés, près de leurs marchandises, sans doute pour ne pas rater les premières ventes de bon matin. Andrej supposa que bon nombre d'entre eux auraient préféré une couchette, même étroite, dans une auberge s'ils avaient pu se permettre ce luxe.

Qu'il le veuille ou non, devant les étals vides du marché, son estomac commença à se manifester bruyamment. Aussi discrètement que possible, il se mit à la recherche de comestibles. S'il lui avait encore été possible d'acheter quelque chose, il aurait sacrifié la plus grande partie des pièces qui tintaient dans sa poche pour un morceau de pain et un peu de fromage. En l'occurrence, il lui fallait donc se procurer un repas gratuit, ce dont il avait l'habitude lorsqu'il était en chemin dans la forêt ou à travers champs, mais, en ville, ce n'était sans doute pas si courant. Ici, les champignons, les baies et les herbes aromatiques ne poussaient pas dans le sol.

Il eut toutefois de la chance. Au milieu d'une allée étroite bordée de carrioles en bois vides, il trébucha littéralement sur quelques carottes et un chou-rave qu'on avait balayés sur le côté avec des copeaux de bois. Ils n'étaient plus très appétissants, mais du moins étaient-ils encore mangeables. Il enveloppa ses trésors dans un vieux chiffon en lin trouvé par terre, puis il se dirigea vers une petite place ronde repérée le matin même, non loin du marché. Son isolement lui avait semblé offrir un abri convenable, d'autant qu'en son milieu se trouvait un puits.

Le besoin d'étancher sa soif se fit impérieux. Oubliant toute prudence, Andrej se hâta vers la place déserte et s'approcha du puits pour y descendre le seau attaché à une chaîne et puiser de l'eau. Après s'être longuement désaltéré, il remplit le broc en terre et s'apprêta à retourner auprès de Frederic et ses éternelles jérémiades. *Pas mauvais comme repas du soir*, pensa-t-il, *cela mettra peut-être le gamin de meilleure humeur*. Tandis qu'il réfléchissait ainsi, une main se posa avec légèreté sur son épaule.

Pivotant sur lui-même à la vitesse de l'éclair, Andrej dégaina son épée sarrasine, prêt à affronter n'importe quel danger… ou presque. Mais lorsqu'il se retrouva face à son « adversaire », il se sentit ridicule.

C'était Maria, enveloppée dans une ample cape, la capuche rabattue si bas sur le visage qu'il ne la reconnut qu'à la lueur de gaieté qui dansait dans ses yeux. « Je me rends, lança-t-elle d'un ton joueur. Croyez-moi, s'il vous plaît, je n'ai rien ici avec quoi me battre. »

Andrej était profondément gêné. Remettant maladroitement son épée au fourreau, il se sentit rougir, ce qui ne fit rien pour améliorer son embarras. « D'où venez-vous donc ? demanda-t-il d'une voix incertaine.

— À vous entendre, on ne dirait pas que vous êtes content de me revoir », répondit Maria. D'un geste vif, elle fit glisser sa capuche, libérant ses boucles brunes qui cascadèrent sur ses épaules. Ses yeux brillaient de malice. « Vous vous êtes véritablement enfui devant moi ce matin.

— Ça… ça n'avait rien à voir avec vous, balbutia Andrej.

— Bien, bien ! Vous avez donc des secrets. Laissez-moi deviner : il s'agit d'une femme, n'est-ce pas ?

— Non. » Il secoua fermement la tête comme pour la convaincre durablement. « Ça n'avait rien à voir avec une femme. En tout cas, pas dans le sens où vous l'entendez.

— Voyons, ironisa Maria en plissant le front, ce qui accentua encore l'expression malicieuse de son visage, comment l'ai-je donc entendu ?

— Euh… je ne sais pas ! » bégaya Andrej. Il se sentit devenir aussi rouge qu'une tomate. « Ce matin, en tout cas, il était question de la famille de Frederic.

— Sa famille devrait aussi être la vôtre, si je ne me trompe pas, remarqua Maria avec un sourire suave.

— Mais… oui, bien sûr. » Andrej sentait son visage lui chauffer de plus en plus. « Mais je ne les ai pas vus depuis longtemps.

— D'accord. Et que voyez-vous maintenant ? » Maria s'approcha d'un pas et se mit sur la pointe des pieds.

« Je… croassa Andrej, le cœur battant à tout rompre, je vois…

— Oui ? le provoqua Maria d'une voix rauque. Que voyez-vous ? »

Les pensées d'Andrej, ou ce qui semblait lui en rester, se bousculèrent dans son esprit. « Vous vous promenez donc seule à pareille heure ? » finit-il par ânonner.

Maria pencha la tête et son sourire plein d'espoir perdit un peu de sa chaleur.

« Vous parlez comme mon frère que j'ai laissé à la maison, sinon je n'aurais jamais pu m'approcher ainsi de vous pour vous surprendre. J'ai supposé, non, je savais que je vous reverrais ici. Où avez-vous laissé votre neveu ?

— Il est en sécurité chez des amis », répondit Andrej, qui sentit une goutte de sueur couler le long de son front.

Maria ouvrit les boutons de sa cape et s'assit sur la margelle du puits. Posant ses mains à plat de part et d'autre de ses cuisses, elle se pencha légèrement, ce qui eut pour effet d'accentuer son décolleté. Sa poitrine se soulevait et s'abaissait à chaque respiration. Même avec la meilleure volonté du monde, Andrej ne pouvait plus croire que son comportement était fortuit. Avant Raqi, il avait eu deux ou trois occasions de disparaître dans la paille avec de robustes filles de ferme qui lui avaient fait les yeux doux, mais ce qui se passait maintenant était différent.

C'était de la folie.

Comme hypnotisé, Andrej s'approcha de plus en plus et dit d'une voix enrouée : « Vous ne devriez pas faire cela.

— Qu'est-ce que je ne devrais pas faire, étranger ? fit Maria d'un air innocent. Est-il donc mauvais de suivre son sentiment le plus profond ? Est-il donc mauvais d'aider un peu le destin ?

— Je… Non. » Andrej eut une pensée pour les gardes de la ville qui patrouillaient peut-être quelque part, non loin. Il songea au danger si on le trouvait, lui, le *sorcier*, même si pour le moment c'était plutôt lui qui se sentait ensorcelé.

« Eh bien, je ne suis qu'un homme banal d'un village perdu en pleine Transylvanie.

— Et alors ? lança Maria en souriant et en se penchant encore un peu plus. Les hommes de Transylvanie ne sont pas de vrais hommes, c'est ce que vous voulez me dire ?

— Mais si, naturellement », répondit Andrej de plus en plus perdu.

Pendant un instant, il eut la tentation de s'enfuir devant cette provocante séductrice, comme si elle était un adversaire trop fort pour lui. Puis la vérité tomba de ses lèvres sans qu'il puisse la retenir. « Il se pourrait… que je sois en train… de tomber amoureux de vous.

— Et quel est le problème si deux personnes s'aiment ou sont sur le point de tomber amoureuses ? N'est-ce pas la chose la plus normale du monde ? Tu… vous me plaisez vraiment, mais je pense que vous le saviez déjà. » Maria fit entendre son rire cristallin.

Andrej se sentit succomber à une sorte d'excitation qui lui parut une trahison envers Raqi, mais qui balaya en même temps toute raison, toute timidité et toute prudence. Il savait qu'il avait tort de céder au jeu à la fois séducteur et diabolique de Maria, il savait qu'il n'était peut-être rien d'autre pour elle qu'une passade, le piment avec lequel elle cherchait à relever une vie par ailleurs confortable et bien rangée.

Mais cela lui était égal.

Un dernier pas et il fut contre elle. Ses mains trouvèrent leur chemin d'elles-mêmes et glissèrent sur son dos tout en l'attirant à lui. Il attendait à tout instant qu'elle le repousse, qu'elle se mettre à crier à l'aide jusqu'à ce que les gardes viennent s'emparer du vil séducteur et le remettent au père Domenicus en se rendant compte de la valeur de leur prise. Alors qu'il serrait déjà contre lui le corps frémissant et provocant de la jeune femme, l'idée qu'elle ne jouait avec lui qu'un jeu sournois, destiné à l'attirer dans le piège des chevaliers d'or, lui traversa l'esprit.

Mais il n'en était rien.

Comme affamé, il la pressa contre lui et fit pleuvoir sur son visage des baisers aussi maladroits qu'insatiables. À sa grande surprise, elle répondit à son désir avec la même intensité. Prenant son visage entre ses mains, elle l'attira doucement à elle et leurs lèvres se joignirent en un baiser interminable. Tout se précipita alors. Il y avait, dans leur manière de se toucher, une évidence qui leva tous ses blocages et le laissa sans défense devant ce brusque accès de passion.

Leurs corps semblèrent s'unir, se fondre l'un dans l'autre. Il lui caressa l'épaule de la main et s'aventura, lentement, mais sûrement, vers sa poitrine. *Trop vite, trop vite, trop vite*... Maria tout entière tremblait sous ses caresses et c'était cette résonance qui lui interdisait d'interrompre ce qu'il avait commencé. Il avait oublié depuis longtemps où il se trouvait, oublié que quelqu'un pouvait passer et surprendre leurs ébats passionnés.

Sa bouche glissa le long de son cou gracile, tandis qu'elle l'aidait à baisser le haut de sa robe. Les lèvres exigeantes d'Andrej se posèrent finalement sur ses seins et caressèrent leur rondeur avant de s'enhardir jusqu'aux mamelons désormais libérés du décolleté. Il passa la langue sur les pointes roses qui jaillirent, durcies et tendues, à sa rencontre. Les mains de Maria coururent dans ses cheveux, caressèrent son cou et se posèrent sur son dos. Inextricablement enlacés, ils se laissèrent lentement glisser de la margelle du puits sur le sol. Le monde autour d'eux s'effaça entièrement. Quelle importance, le monde, devant ce qui leur arrivait ?

« Je t'ai cherché, murmura Maria à son oreille avec tendresse. Dès que je t'ai vu, j'ai su que je te voulais. Je sais que la bienséance m'interdit de te le dire, mais… »

Elle ne put aller plus loin, Andrej lui ferma les lèvres d'un baiser et chuchota à son tour : « C'est pareil pour moi. Quelque chose nous est arrivé… J'ai l'impression que tu m'as ensorcelé. »

Un léger bruit de pas se fit entendre, le figeant de terreur. Il reprit conscience de l'endroit où il se trouvait, repoussa Maria en un sursaut désespéré et bondit sur ses pieds. Sa main se porta d'elle-même sur la poignée de son épée. Il était prêt à faire face : au piège que Maria lui avait peut-être tendu, à une patrouille de la garde ducale attirée par leurs gémissements passionnés, ou à quelques ruffians de passage, désireux de ne pas perdre une miette de ce spectacle amoureux.

Ce n'était rien de tout cela.

« Frederic », grogna Andrej, aussi surpris qu'indigné, tandis qu'il balayait la place du regard pour s'assurer que le garçon n'avait pas été suivi. « Que fais-tu ici, au nom du ciel ?

— J'ai… entendu du bruit, bégaya Frederic.

— On t'a suivi ? demanda Andrej d'un ton sévère.

— Non. » Le petit secoua la tête d'un air malheureux. « Je ne crois pas.

— Quelqu'un a trouvé notre cachette ? »

De nouveau, le garçon secoua la tête. « J'avais seulement… *peur.* »

Andrej inspira profondément. S'il avait pu, il aurait attrapé les oreilles de ce pitoyable Delãny pour les lui arracher. « Attends-moi là-bas, dans l'ombre de la maison à l'angle, lui ordonna-t-il. J'arrive tout de suite. Et gare à toi si tu t'avises cette fois de désobéir ! »

Frederic garda le silence. Il se rendait sans doute compte qu'il était allé trop loin. D'un hochement de tête silencieux, il fit signe qu'il avait compris et qu'il ferait ce qu'Andrej voulait. Il tourna les talons et s'éloigna aussitôt, sans un bruit.

Delãny se retourna vers le puits pour expliquer la situation à Maria, mais là où ils s'étaient enlacés quelques minutes plus tôt, il n'y avait plus que son baluchon de légumes et le pichet d'eau renversé. Elle avait disparu.

« Malédiction ! » jura Andrej, en proie à un trouble profond. Le désir impérieux qu'il ressentait jusqu'alors avait cédé la place à un sentiment poignant de perte et de regret. À l'instant encore, son corps prometteur se tendait vers ses mains avides, et maintenant il ne la reverrait peut-être plus jamais. En outre, il ignorait ce qu'elle avait entendu de sa conversation avec Frederic. À sa place, il se poserait maintenant beaucoup de questions. Par exemple, quelle était cette cachette dont il avait parlé et pourquoi il avait peur que quelqu'un ait suivi son neveu.

Peut-être s'était-elle enfuie, apeurée, dès l'apparition soudaine de Frederic, sans prêter attention au bref interrogatoire d'Andrej. Il ne lui restait plus qu'à l'espérer. Dans le cas contraire, la jeune femme qui lui avait si bien tourné les sens pouvait représenter un danger. Qu'elle laisse échapper un seul indice auprès de son frère, indubitablement une personnalité, et les Delãny pourraient se retrouver victimes d'une chasse à l'homme, soit qu'on les tienne pour les incendiaires, soit qu'on les prenne pour des éclaireurs des Turcs.

10

Andrej resta longtemps sans trouver le sommeil. Sans cesse, ses pensées le ramenaient auprès de Maria. Il sentait le parfum de sa peau et des frissons de bien-être lui parcouraient le dos tandis qu'il imaginait ses mains sur lui et ses ongles s'enfonçant doucement dans sa peau. Mais d'autres images venaient se glisser au milieu de ses fantasmes. Des images de souffrance et de mort, de l'auberge en feu dans laquelle six innocents avaient trouvé la mort parce que les chevaliers d'or voulaient le tuer. Ces souvenirs s'entremêlèrent et, à la lisière fragile entre la veille et le sommeil, Andrej fut submergé par la sensation incompréhensible que les deux événements étaient, en effet, liés.

Comment était-ce possible ?

Il ne s'endormit qu'aux premières lueurs de l'aube, pour se réveiller peu après, exténué et en nage. Il lui fallut quelques secondes avant de se souvenir où il était. Il se leva sans faire de bruit, s'approcha de la fenêtre et observa longuement la ruelle à travers les planches. Malgré l'heure matinale, elle était déjà très animée. Quelques marins, sac au dos, se dirigeaient là où il ne s'était pas encore rendu. Un raccourci vers le port se trouvait sans doute derrière les maisons voisines. Andrej savait que Constanta devait sa richesse à sa seule position privilégiée sur la mer Noire. Cette Venise de l'Est avait une importance capitale pour la région et entretenait des relations étroites avec les autres villes portuaires de la mer intérieure, ainsi que celles de la Méditerranée toute proche.

Les marins n'étaient pas seuls dans la rue. Un marchand poussait devant lui une carriole de légumes, se frayant un chemin entre des femmes jacassantes et pauvrement vêtues. Il se rendait probablement au marché avec des produits frais. Non loin derrière lui, une nuée criarde d'enfants courait en se bousculant. À leur vue, Andrej eut un douloureux pincement au cœur. Son fils Marius aurait pu se trouver parmi eux, ou encore Frederic, dont l'enfance s'était achevée au moment où le père Domenicus et ses guerriers d'or étaient entrés dans Borsa. Son regard se posa sur le garçon endormi. Dans le sommeil, au moins, il restait un enfant. Il gisait recroquevillé sur le flanc, les genoux remontés jusqu'au menton, les mains jointes sous le visage comme pour la prière.

Soudain Frederic ouvrit les yeux, regarda Andrej d'un air étonné et s'assit vivement. « Oh, là, là ! Je me réveille en retard ?

— Non, répondit Andrej. Aucune raison de s'énerver. Nous n'avons rien à faire, sinon attendre. Nous n'avons pas besoin d'aller à l'Ours borgne avant ce soir.

— Et qu'allons-nous faire d'ici là ?

— Nous allons visiter la ville, lança Delãny. Mais avec prudence et sans nous faire repérer.

— Pourquoi ne pas rester ici ? »

Andrej secoua la tête. Il avait longuement réfléchi à cette question. « Nous garderons ce refuge pour les cas d'urgence. Il est fort probable que les soldats inspectent chaque maison de la ville. S'ils viennent ici, je préfère être aussi loin que possible. »

Ils furent bientôt prêts à partir et attendirent le moment propice pour quitter la maison sans éveiller l'attention. Les sens d'Andrej étaient tendus à l'extrême. Il dévisageait discrètement tous ceux qu'ils croisaient, prêt à fuir rapidement avec Frederic à l'apparition du premier uniforme rouge et blanc. Cela ne l'empêcha pas de décider de prendre le taureau par les cornes. Les chevaliers d'or et les soldats de la garde ne s'attendaient sans doute pas à ce qu'il déambule ouvertement dans les avenues de Constanta. S'ils le cherchaient vraiment, ils passeraient plutôt au peigne fin les repaires potentiels de la ville. C'est pourquoi il avait effacé toute trace de leur passage dans la maison. Si les soldats l'inspectaient en leur absence, ils ne trouveraient aucun indice de leur séjour. C'était la garantie pour Andrej et Frederic de pouvoir recourir à cette cachette en cas de danger ou pour une nuit supplémentaire.

Andrej ne choisit pas le chemin du palais par hasard. Quel que soit le plan pour la libération des prisonniers, le palais jouerait un rôle central et il pouvait être vital de savoir s'orienter dans le dédale de ruelles qui y menait. Il était donc logique d'explorer tout le voisinage. Andrej mémorisa aussi précisément que possible le tracé des rues et leurs particularités architecturales, et s'évertua à prendre un air dégagé lorsqu'ils croisaient des soldats de la garde.

Ils ne rencontrèrent ni les chevaliers aux armures dorées, ni les sbires de l'inquisiteur.

« Je me demande vraiment comment notre informateur pense me faire entrer à l'intérieur », chuchota Andrej à Frederic avant de bifurquer vers le port.

Il n'était pas si facile, au milieu de toute cette animation, de feindre d'en faire partie. « Retournons plutôt au marché, il y a plus de monde, on nous remarquera moins », suggérat-il lorsque la position du soleil dans le ciel et la brûlure de ses yeux sensibles lui révélèrent qu'il devait être midi.

Comme la veille, ils peinèrent à fendre la foule sans se perdre. Ils se faisaient sans cesse bousculer. Un attroupement se forma quand l'un des étals de légumes se mit à vaciller puis s'effondra dans un grand fracas. Chacun cherchait à s'approprier les précieuses denrées qui avaient roulé par terre. Andrej et Frederic se penchèrent eux aussi, mais lorsqu'ils virent arriver les soldats du duc, dépêchés pour remettre de l'ordre, ils se hâtèrent dans la direction opposée. À bonne distance, ils observèrent l'incident, qui culmina dans la dispute entre le maraîcher et le plus insolent des badauds. Nul n'aurait pu dire de quel côté les soldats, l'arme au clair, allaient se ranger.

« Disparaissons avant d'être impliqués dans l'affaire », souffla Andrej. Il pivota pour quitter la place du marché aussi vite que possible et se figea en plein mouvement.

Maria se tenait juste devant eux.

« Comment… Que faites-vous ici ? » balbutia-t-il. Les images se bousculèrent dans sa tête. Les événements de la nuit dernière lui apparurent comme un rêve lointain qu'aucune magie, aussi puissante soit-elle, ne ferait revenir. Peu importait ce qui s'était passé entre eux, pour cette jeune dame de bonne maison, il n'était sans doute rien de plus qu'un jouet. Il ne s'imaginait que trop bien ce qui avait pu la pousser à sa scène de séduction. Après s'être divertie avec son garçon d'écurie et son valet de chambre, elle s'en prenait maintenant à des étrangers naïfs à qui elle tournait la tête.

« Je vous ai aperçus là-bas, dit-elle en faisant un geste dans la direction de la route menant au palais. Ou plutôt, j'espérais que c'était bien vous. N'oublions pas que j'ai une dette envers ce jeune homme et j'aimerais m'en acquitter. Surtout quand il s'agit d'un sucre d'orge ! »

Dérouté, Frederic se tourna de l'un à l'autre.

« Je comprends, dit Andrej, mais nous n'avons vraiment…

— … pas beaucoup de temps, je sais, l'interrompit Maria. Moi non plus, d'ailleurs. Mon frère m'attend sûrement déjà. Alors venez. »

Elle saisit la main de Frederic et se mit en route si vite qu'elle dut tirer le garçon derrière elle sur les premiers pas, avant qu'il ne trouve son rythme. Andrej se joignit à eux, balayant sans cesse les rues du regard. Hormis la masse de gens toujours inquiétante qui les environnait, il ne remarqua rien d'inhabituel. Il se demanda pourtant s'il n'avait pas perdu l'esprit. Il n'y avait sans doute aucune raison de se méfier de Maria, mais il ne pouvait se défaire du sentiment étrange qu'elle lui cachait une chose très importante. Se pouvait-il qu'on l'ait envoyée à lui pour gagner sa confiance et découvrir ses intentions les plus secrètes ?

Il savait lui-même que ses réflexions n'avaient aucun sens, mais il n'y pouvait rien. Ses sentiments vis-à-vis de la jeune femme étaient parfaitement ambigus. D'un côté, il était attiré par elle à un point qui le laissait démuni et les mains tremblantes à la seule idée de la toucher de nouveau. De l'autre, il ne savait que faire de son attitude trop affirmée et sûre d'elle. Elle était… très singulière et d'une franchise effrayante, comme il n'en avait encore jamais rencontré chez aucune femme. Peut-être était-elle la fille d'un riche aristocrate ou l'épouse d'un chevalier séjournant au palais. Dans leur situation, ils ne pouvaient tout simplement se fier à personne, sans compter qu'il leur restait à peine assez de temps pour arriver à l'heure à leur rendez-vous. Mais peut-être était-il redevable à Frederic de ces quelques précieuses minutes.

Ils traversèrent la place du marché ; Maria et Frederic se déplaçaient à une allure si rapide en dépit de la foule qu'Andrej avait peine à les suivre. Ils s'arrêtèrent finalement devant un stand proposant des fruits et des légumes ainsi que des sucres d'orge et d'autres friandises. Maria fit signe à Frederic de prendre ce qu'il voulait et le garçon réfléchit soigneusement avant de faire son choix.

Andrej ne put réprimer un sourire en voyant l'expression de bonheur sur le visage de son protégé. Les mains de Frederic tremblaient très légèrement et il était aussi concentré qu'un orfèvre en train de sélectionner des gemmes pour une parure particulièrement précieuse. Il finit par prendre ce que la jeune femme lui avait proposé dès le début : un sucre d'orge.

Maria se tourna vers Andrej et lui sourit. Elle était incroyablement belle et lui parut soudain plus jeune qu'avant, et si tentatrice qu'il en eut le souffle coupé. Elle semblait si peu à sa place dans cet endroit sale et bruyant. Incapable de détourner le regard de son visage, Andrej constata néanmoins qu'elle ne donnait aucun signe de vouloir payer le sucre d'orge. Le marchand avait l'air de trouver cela normal. Lui, non, mais il refusa d'y penser.

« Alors, Andrej, questionna-t-elle doucement, ce sourire ne vaut-il pas un peu de ton temps ? »

La question sembla tout d'abord ridicule à Delãny. Avec son sourire joyeux et ses cheveux scintillants dans la lumière du soleil, Maria lui paraissait en cet instant à peine plus âgée que Frederic. Son rire insouciant faisait battre son cœur plus fort et sa gaieté ne pouvait qu'être bénéfique au petit. Il y avait pourtant quelque chose en elle qui l'effrayait presque. La sensation qu'un sombre secret l'entourait supplanta tout le reste.

« Oui », admit-il néanmoins en haussant les épaules et en esquivant son regard. Il se sentait emprunté, gêné, et son incapacité à résoudre l'ambiguïté de ses sentiments ne faisait qu'aggraver son embarras.

Maria n'était pas femme à renoncer si facilement. « D'où venez-vous, Andrej ? De l'ouest ? demanda-t-elle.

— Cela se voit donc tant ? rétorqua Andrej, conscient de tout ce qui les séparait.

— Je ne sais pas. Je ne suis jamais allée en Transylvanie, je laisse cela à mon frère, mais on m'a raconté que des tribus barbares vivaient encore dans les montagnes et adoraient des dieux païens. » Elle se tut et une expression gênée apparut fugitivement sur son visage. « Je… je suis désolée, balbutia-t-elle. Je ne voulais pas dire que vous ressembliez à un barbare païen, seulement que… » Elle préféra s'interrompre et s'excusa d'un haussement d'épaules et d'un rire contraint. « Mon frère a raison, conclut-elle. Je parle parfois à tort et à travers, j'en ai peur.

— Seulement tu ne l'admets pas aussi facilement d'ordinaire, lança soudain une voix derrière Delãny. En tout cas, pas en ma présence. »

Andrej voulut se retourner pour saluer le frère de Maria, mais il s'immobilisa devant la réaction de Frederic. Le visage du garçon avait perdu toute couleur. Ses yeux écarquillés semblaient vouloir lui tomber des orbites et ils étaient noirs de peur. Il tremblait de tout son corps.

Andrej pivota sur lui-même et eut le plus grand mal à réprimer à son tour un cri de surprise. Derrière lui se tenait un homme de haute taille, aux épaules larges, aux yeux sombres et aux cheveux noirs coupés court. Maintenant qu'il n'était plus en selle, sa cape rouge semblait plus ostentatoire qu'imposante. Il tenait à la main gauche son singulier chapeau à bord large. Sur sa poitrine pendait une croix en or, sertie de pierres précieuses, qui devait peser au moins une livre.

Le père Domenicus lui lança un bref regard néanmoins attentif, avant de se tourner de nouveau vers Maria en secouant exagérément la tête. « C'est ce que je dis toujours, soupira-t-il. On ne peut pas te laisser une minute sans surveillance. J'espère que ma sœur ne vous a pas importuné. Je dois vous dire qu'elle se montre parfois assez effrontée. »

Andrej garda le silence, certain que Domenicus n'aurait même pas écouté sa réponse. L'inquisiteur n'était pas comme les religieux que connaissait Andrej, ce n'était pas un homme du peuple, mais un homme qui dominait le peuple, et la conscience de cette supériorité formait comme un bouclier invisible qu'il portait devant lui.

Il était surtout le meurtrier de son fils, de Barak et de tous les innocents de la vallée de Borsa.

Cette vérité frappa Andrej avec quelques secondes de retard, mais avec d'autant plus de force. Soudain ses mains se mirent à trembler elles aussi et, pendant un court instant, la silhouette de l'ecclésiastique se brouilla devant ses yeux. Son cœur battait la chamade et il dut se contenir de toutes ses forces pour ne pas dégainer son épée et tuer l'homme sur place. Si Domenicus l'avait regardé à ce moment précis, il aurait certainement pu lire les intentions d'Andrej dans ses yeux.

Mais ce n'est pas lui que l'inquisiteur observait, c'était Frederic, et il lui jetait un regard étrange : pas vraiment inamical, mais néanmoins méfiant et troublé.

« Pourquoi es-tu si effrayé, petit ? demanda-t-il. Nous connaissons-nous ?

— Vous… vous êtes… » bafouilla Frederic.

Domenicus soupira. « Je comprends, dit-il. Oui, mon garçon, tu as raison, je suis le père Domenicus et, avant que tu ne poses la question : oui, je suis l'inquisiteur qui séjourne au palais. Mais quoi qu'on t'ait raconté sur moi, tu n'as aucune raison de me craindre.

— Mais vous…

— Tais-toi, Frederic », lui ordonna Andrej. Même sa voix tremblait. Il se racla la gorge, se contraignit à prendre une expression dégagée et se tourna d'un mouvement raide vers Domenicus.

« Je vous prie d'excuser mon neveu, mon père. C'est un enfant stupide qui croit toutes les bêtises qu'il entend.

— Et quelles bêtises a-t-il donc entendues ? » demanda froidement Domenicus. Il sourit, mais c'était le sourire le plus glacial qu'Andrej eût jamais vu sur les lèvres de quelqu'un. La main du prêtre jouait machinalement avec la croix en or qui pendait sur sa poitrine.

« Je ne sais pas, répondit Andrej. Veuillez nous pardonner de vous avoir importuné. Nous devons vraiment partir. Frederic, viens ! »

Frederic, sourd à ses paroles, continuait de fixer l'inquisiteur. Andrej le saisit par l'épaule et l'attira à lui. Après un bref signe de tête en direction de Maria, il pivota pour s'en aller, mais le père Domenicus lança soudain : « Mais pourquoi êtes-vous donc si pressés ? J'aimerais bavarder encore un peu avec vous, Andrej Delãny. »

Andrej se figea. Ses mains agrippèrent l'épaule de Frederic, tandis que les battements de son cœur ralentissaient et se faisaient si sourds qu'il les sentait jusqu'au bout de ses doigts.

Il lâcha peu à peu l'épaule de Frederic, repoussa discrètement le garçon et se tourna pour faire face à Domenicus. Sa main droite repoussa son manteau déchiré et se posa sur la poignée de l'épée sarrasine.

L'inquisiteur n'était plus seul. Derrière lui se tenaient deux hommes revêtus de sombres cuirasses en cuir et de lourds manteaux en laine tombant jusqu'aux chevilles. Andrej n'eut pas besoin de se retourner pour savoir que, là aussi, des hommes en armes s'étaient rapprochés. Les chevaliers d'or restaient invisibles, mais il supposait qu'eux non plus ne devaient pas être loin.

Ses yeux cherchèrent ceux de Maria. Le regard de la jeune femme allait de l'un à l'autre et elle avait l'air déconcertée. Soit elle ne comprenait pas ce qui se passait, soit elle était la meilleure comédienne qu'il eût jamais rencontrée.

« Domenicus, que…

— Tu ferais mieux de partir, Maria, dit l'ecclésiastique. Cela pourrait devenir dangereux.

— Qu'est-ce que ça veut dire ? » Le ton de Maria était sec, presque agressif. « J'exige une explication ! Tu connais cet homme ?

— Cela veut dire que vous m'avez tendu un piège, dit Andrej. Je suppose que votre frère a attiré votre attention sur nous hier, de façon très discrète, bien sûr. »

Maria blêmit. « Est-ce vrai ? Domenicus ? »

Son frère lui lança un bref regard, haussa le sourcil gauche et se tourna de nouveau vers Andrej, sans répondre à sa question. « Rendez-vous, Delãny ! Vous n'avez aucune chance.

— Nous verrons bien », répliqua Andrej.

Il semblait parfaitement serein, mais en lui-même le chaos se déchaînait. Les deux soldats qui encadraient l'inquisiteur avaient posé la main sur leur arme, même s'ils n'avaient pas encore dégainé. La tension qui les habitait était néanmoins tangible. Ces hommes avaient peur, ce qui les rendait imprévisibles et encore plus dangereux.

« Je sais combien vous êtes efficace, Andrej Delãny, répondit gravement le père Domenicus. Vous réussiriez sans doute à tuer un ou deux de mes hommes avant d'être maîtrisé. Mais je vous demande de tenir compte d'où nous sommes. Des innocents pourraient être blessés. C'est vraiment ce que vous voulez ? »

Andrej sentit littéralement deux hommes, peut-être plus, s'approcher de lui par-derrière. Et l'un des chevaliers d'or était très certainement à proximité.

« Rendez-vous sans résistance et je vous garantis un procès équitable », continua Domenicus devant l'absence de réaction d'Andrej. Il sourit nerveusement.

« Comme celui de Barak ? demanda Delãny après un silence interminable.

— Barak ? » Domenicus dut réfléchir un moment, puis il hocha la tête. « Le vieil obstiné de la vallée de Borsa.

— Vous oubliez vite le nom de ceux que vous avez tués sous la torture, lança Andrej. Ou bien y en a-t-il tant que vous ne pouvez plus vous en souvenir ?

— Barak Delãny était un sorcier, répondit froidement Domenicus. Il a avoué avoir vendu son âme au diable. Êtes-vous aussi un adorateur du Malin ?

— Si je l'étais, vous devriez le savoir, répondit Andrej. *Frederic ! Cours !* »

Il pivota, poussa Frederic, ce qui le fit vaciller en arrière, et enregistra des mouvements fébriles du coin de l'œil. Il s'était trompé, les soldats derrière lui étaient bien plus que deux et un chevalier d'or se trouvait même parmi eux. C'était le géant que Delãny avait déjà affronté et contre lequel il avait failli perdre. Il lui avait promis qu'ils se retrouveraient, mais Andrej n'aurait jamais cru que ce serait en plein cœur de Constanta et en présence de l'inquisiteur.

Deux des hommes, la lame au clair, attaquèrent Delãny. D'un mouvement fluide, il esquiva un coup d'épée assené à deux mains, qui aurait été assez puissant pour le décapiter sur place. Il glissa et se laissa tomber sur le côté. Une deuxième lame s'abattit près de son épaule gauche, faisant jaillir des étincelles du sol en pierre.

Dans un même mouvement, il roula sur lui-même, faucha d'un coup de pied les jambes de son adversaire qui s'était aventuré trop près et, d'un bond, se remit debout. L'homme qui avait tenté de le décapiter l'attaqua de nouveau. Andrej se ramassa sur lui-même devant la lame qui cinglait l'air, balaya les bras de son adversaire et le frappa à la gorge du tranchant de la main. Le coup aurait pu être mortel s'il avait été plus fort et si Andrej avait eu le temps de viser. Le soldat laissa tomber son arme, recula en titubant, se tenant le cou à deux mains, la respiration bloquée, mais il resta miraculeusement debout.

Delãny lança une feinte du pied contre son troisième adversaire et se replia à la vitesse de l'éclair, se ménageant ainsi quelques secondes de répit. Tournoyant sur lui-même, il fit une évaluation rapide de ses chances.

Quelques secondes à peine s'étaient écoulées depuis le premier assaut, mais la situation avait radicalement changé : seuls trois des quatre hommes s'en étaient pris à lui, le quatrième ayant visiblement tenté d'attraper Frederic. Ratant l'enfant, il était lourdement tombé sur les genoux. Son visage se tordait de douleur et il n'était pas en mesure de se relever sans aide. Le chevalier d'or, contre qui Andrej avait lutté dans la forêt, se tenait immobile à quelque distance et l'observait avec un mélange de curiosité et de décontraction amusée. Il ne s'était pas encore donné la peine de dégainer son épée et sans doute n'en avait-il pas l'intention. Andrej sut instinctivement qu'il ne fallait pas attendre un combat à la loyale de la part de cet adversaire. Il se contenterait d'attendre que ses compagnons aient pris le dessus ou l'aient suffisamment fatigué avant d'intervenir.

« Rendez-vous, Delãny ! exigea Domenicus d'une voix tranchante. Ou voulez-vous vraiment mourir, espèce de fou ? »

Les deux hommes qui encadraient l'inquisiteur ne semblaient pas vouloir s'en prendre à Andrej. L'un d'eux s'était saisi de Maria et la retenait sans douceur. Le second avait dégainé son épée et s'était posté entre Andrej et son seigneur, prêt à défendre ce dernier. Pour une raison inconnue, les mercenaires semblaient vouloir éviter de se battre contre lui.

Soudain, Delãny comprit pourquoi.

Ils n'étaient pas seuls. Les gens autour d'eux s'étaient éloignés, pris de panique à la vue des premiers affrontements. Ils formaient maintenant, autour d'Andrej et de ses adversaires, un cercle compact à une dizaine de pas de distance. Il y avait donc des douzaines de témoins, peut-être même des centaines. Ni le chevalier d'or ni le soi-disant inquisiteur ne devaient vouloir qu'Andrej perdît la vie ici et maintenant. Ils voulaient le soumettre à la torture avant de le mener au bûcher.

Delãny n'avait pas dégainé son épée lui non plus. Il n'avait pas besoin d'arme pour se débarrasser d'un ou deux agresseurs ordinaires.

Un cri étouffé se fit entendre derrière lui. Andrej jeta un bref coup d'œil par-dessus son épaule et vit avec effroi que le quatrième soldat s'était relevé et avait fini par se saisir de

Frederic. Le garçon se débattait de toutes ses forces, mais il n'avait aucune chance contre l'adulte. Le géant, quant à lui, s'était avancé en biais derrière eux et avait posé la main sur le pommeau de son épée, un sourire froid aux lèvres. Andrej évalua rapidement la possibilité d'atteindre l'homme en un pas et de libérer Frederic, mais il rejeta aussitôt cette idée. Le soldat serait mort avant d'avoir compris ce qui lui arrivait, mais Andrej ne doutait pas que le guerrier d'or tuerait alors Frederic sans hésiter.

« Rendez-vous, Andrej Delãny ! répéta le père Domenicus. Trop d'innocents ont déjà payé de leur sang. Je vous donne ma parole que vous serez traité équitablement. »

Un bref instant, Andrej joua avec l'idée de prendre le religieux en otage plutôt que d'essayer de libérer Frederic, pour lui apprendre dans sa chair ce que l'équité voulait dire. Il rejeta également ce projet, ne serait-ce que parce qu'il lisait sur le visage de l'inquisiteur qu'il s'attendait à une telle tentative et qu'il était prêt à y répondre. Domenicus n'était pas de ces moines qui passaient leur vie en prières et en pieux exercices. En le regardant dans les yeux, Andrej reconnut en lui un guerrier.

Il vit, et sentit plus encore, les trois hommes s'approcher de différentes directions. Ils étaient tendus, ils avaient peur.

« Maintenant ! » ordonna le chevalier d'or.

Les trois soldats bondirent en avant dans un ensemble parfait. De toute évidence, ils s'étaient longuement entraînés à ce type d'attaque conjointe, une technique peu chevaleresque, mais d'autant plus efficace. Même le meilleur des bretteurs éprouvait des difficultés à contrer trois assauts simultanés, lancés de trois côtés différents.

Andrej ne s'y essaya même pas. Son épée sarrasine jaillit du fourreau en un mouvement fluide et s'immobilisa, une demi-seconde, au bout de son bras tendu. La lame avait tranché si vite à travers le cuir et la chair que pas même une goutte de sang ne maculait l'acier acéré. Le soldat était déjà mort, mais il ne le savait pas encore. Il tituba vers Andrej, l'épée au poing, une expression d'étonnement et de résignation sur le visage, tandis que sa cuirasse béante laissait apercevoir sa poitrine nue, marquée d'une fine ligne de couleur rouge.

Delãny s'avança vers l'homme d'un pas tranquille tout en exécutant un demi-cercle foudroyant avec son épée sarrasine. Comme prévu, il ne toucha aucun des deux autres adversaires, mais les contraignit néanmoins à rompre l'engagement et à se mettre en sécurité. Au moment où l'agonisant parvint à sa hauteur et tomba lentement à genoux, Andrej acheva sa volte et enchaîna par un saut jambes écartées qui le propulsa, manteau au vent, près de Domenicus et de ses gardes du corps.

Autour de lui, des cris perçants s'élevèrent. L'arène au centre de laquelle ils se trouvaient explosa littéralement et les spectateurs, craignant soudain pour leur vie, tentèrent de refluer en désordre.

Quelque part à l'extrémité de son champ de vision, Andrej perçut un éclat doré. Il entendit crier Frederic. Rien de tout cela n'avait d'importance. Andrej ne faisait plus qu'un avec son épée. Se mouvoir ne lui demandait plus aucun effort, il était lui-même mouvement. Sous les yeux des spectateurs effarés, il s'était transformé en une ombre d'une fluidité et d'une rapidité incomparables. L'épée sarrasine déchirait l'air avec un bruit de soie.

Le protecteur de Domenicus ne resta pas sans réagir. Andrej vit avec étonnement que l'homme était réellement prêt à donner sa vie pour celle de l'inquisiteur. Et il était rapide. Étonnamment rapide, même, pour un homme qui n'avait pas passé des années à s'entraîner au combat avec Mikhaïl Nadasdy.

Mais, comparé à Andrej, il eut une réaction ridiculement lente. Et parfaitement inutile. L'épée sarrasine était assez tranchante pour décapiter l'homme et atteindre mortellement l'inquisiteur derrière lui.

Cependant, Andrej n'avait pas l'intention de tuer le père Domenicus. Sa mort aurait inévitablement entraîné celle de Frederic et sans doute aussi celle des captifs de Borsa.

11

Le coup fut modéré par comparaison à ce qu'il aurait pu être, mais assez fort pour faire perdre conscience au soldat et le précipiter contre le religieux.

Andrej enchaîna sans prendre le temps de respirer. L'épée sarrasine précéda son mouvement, comme mue par une volonté propre. L'arme dessina une vague sautillante et fendit brutalement l'air de bas en haut. Elle rencontra une résistance soudaine.

Le soldat qui s'était emparé de Maria sur un signe de Domenicus regarda son ventre d'un air d'incompréhension et tomba lentement à genoux. Il n'avait pas encore touché le sol qu'Andrej était déjà auprès de la sœur de l'inquisiteur. Il l'attira à lui en lui retournant le bras dans le dos. L'épée s'arrêta à un demi-centimètre de sa gorge. Depuis qu'il avait dégainé, moins de dix secondes s'étaient écoulées.

« Ne bouge pas », souffla Andrej à voix basse. Ses paroles n'étaient destinées qu'à Maria. « Je ne te ferai rien, n'aie pas peur. » Puis il cria à voix haute : « Nul ne bouge ou je la tue ! »

La jeune femme se figea entre ses bras et les deux soldats qui s'étaient retournés pour se jeter sur lui, aussi lents et maladroits que des marionnettes aux mains d'un joueur malhabile, s'arrêtèrent, indécis. Seul le chevalier d'or réagit avec célérité. S'avançant vers Andrej, il s'empara de Frederic. Un poignard étincela dans sa main gauche.

« Malthus ! Non ! »

Malthus fit un pas de plus vers Andrej en renversant la tête de Frederic en arrière. Delãny vit que le garçon essayait de crier, mais qu'il manquait d'air. Un éclat froid et cruel apparut dans les yeux du chevalier d'or. Il ne se souciait ni du geste ni des paroles de Domenicus.

Domenicus dressa frénétiquement le bras gauche vers le chevalier pour le stopper, tout en levant l'autre main en direction d'Andrej en un geste implorant. Du sang coulait d'une légère coupure à son front, sans doute reçue quand son garde du corps l'avait entraîné avec lui dans sa chute.

« Malthus, arrêtez ! lança l'inquisiteur d'un ton coupant. Je vous l'ordonne ! »

Le chevalier fit encore un pas avant de s'arrêter et de relâcher un peu sa pression sur la tête de Frederic, lui permettant au moins de respirer normalement.

« Lâchez ma sœur ! » ordonna Domenicus à Andrej. Cet homme avait l'habitude du pouvoir, c'était évident. Et si l'expression torturée de son regard faisait mentir ses paroles, sa voix n'en sonnait pas moins dure et intransigeante.

« Je crains de ne pas pouvoir, mon révérend, rétorqua Andrej, moqueur. Ce serait très bête de ma part. Et je déteste me conduire bêtement.

— Lâche-la ou le garçon meurt ! lança Malthus.

— Si je la lâche, nous laisserez-vous partir ? »

Malthus allait répondre, mais Domenicus l'interrompit d'un geste autoritaire. « Vous savez bien que non, Delãny, dit-il. N'aggravez pas votre cas. Je vous donne ma parole que nous oublierons cet incident si vous libérez Maria. Cela n'aura aucune influence sur votre procès. »

C'était parfaitement grotesque, mais Andrej le crut. Il venait de tuer deux des hommes du prélat sous ses yeux et, malgré tout, il était prêt à oublier cet *incident*. Soit il aimait sa sœur à la folie, soit la vie humaine lui était aussi indifférente que la poussière sous ses semelles. Peut-être les deux.

Les pensées d'Andrej défilaient à toute allure dans son cerveau. La situation relevait de ce que Mikhaïl Nadasdy aurait appelé un « pat classique », mais cela ne durerait pas. À chaque seconde qui passait, le rapport de forces le défavorisait un peu plus. Les spectateurs s'étaient tus pour la plupart et suivaient les événements avec une curiosité morbide. La tension se propageait à la foule comme les cercles concentriques formés par un caillou lancé dans l'eau. Combien de temps encore avant que n'apparaissent les soldats du duc, pour qui le bien-être de Maria était sans doute moins important que pour son frère ?

« Je ne plaisante pas, Domenicus, dit Andrej. Libérez le garçon, laissez-nous partir et il n'arrivera rien à votre sœur. Je n'ai plus rien à perdre. »

Il se détesta pour ce qu'il fit alors, mais, pour donner plus de poids à ses paroles, il entailla très légèrement la peau de Maria d'un léger mouvement de l'épée. Elle ne sentit probablement presque rien, ce qui ne l'empêcha pas d'inspirer fortement et de se raidir entre ses bras. Une goutte de sang rouge coula le long de son cou.

Les yeux de Domenicus s'écarquillèrent et sa main gauche serra convulsivement la croix en or sur sa poitrine.

Du coin de l'œil, Andrej constata que ce qu'il avait craint était en train de se produire. Une sorte de panique silencieuse s'était emparée du marché, les gens s'efforçaient de s'éloigner de la scène alors même que la plupart ignoraient ce qui s'y déroulait. Du palais s'approchaient une demi-douzaine de lances dont les pointes oscillaient en rythme au-dessus de la foule. Sous les lances, on apercevait l'éclat orange et blanc des uniformes de la garde. Il ne lui restait qu'une minute, estima Andrej. Peut-être deux, si la foule retenait les soldats assez longtemps.

Domenicus avait, lui aussi, repéré les soldats, mais Andrej lut dans ses yeux qu'il était loin de triompher. Il semblait assez conscient du danger que représentait l'apparition des hommes en uniforme pour sa sœur. Son cerveau était en ébullition. Il serra le poing droit, ferma les yeux pendant un court instant et hocha la tête.

« Lâchez le petit ! » ordonna-t-il.

Malthus écumait de rage. Au lieu de libérer Frederic, il passa lentement la lame de son poignard sur la gorge de l'enfant. La coupure était à peine plus profonde que celle de Maria, mais elle était plus longue. Un flot de sang, rapidement étanché, jaillit brusquement de la gorge de Frederic et macula ses vêtements.

« Malthus ! » La voix de Domenicus se fit stridente. « Lâchez-le ! *Tout de suite !* »

Pendant quelques interminables secondes, le guerrier d'or resta sans réagir, fixant Andrej du regard avec une haine que ce dernier ne comprenait pas. Le poignard ensanglanté bougea et sa pointe vint mordre dans la chair tendre sous le menton de Frederic. L'enfant rejeta la tête en arrière aussi loin que possible.

Domenicus cria une nouvelle fois : *« Malthus ! »* et enfin le chevalier baissa son arme. D'une bourrade, il poussa Frederic, qui tituba et tomba à genoux devant Andrej.

« Je me réjouis déjà de notre prochaine rencontre, Delãny, lança-t-il, sarcastique. J'espère pour toi que tu auras de nouveau une jeune femme à disposition, pour te cacher derrière elle. »

Le mépris dans sa voix sonnait faux. Andrej ne comprenait pas pourquoi, mais il sentait très distinctement que le sarcasme dissimulait en fait de la peur. Peut-être le chevalier se souvenait-il que, lors de leur dernier affrontement, l'un des guerriers d'or était mort. Malthus ne pouvait pas savoir que Sergué en était responsable. Il supposait sans doute qu'Andrej l'avait tué dans la confusion suivant l'incendie de l'auberge.

« Tiendrez-vous parole, Andrej Delãny ? » interrogea Domenicus.

L'épée d'Andrej resta à un doigt de la gorge de Maria, mais il lâcha son bras et aida Frederic à se relever. Sa coupure à la gorge ne saignait plus, mais entre ses doigts jaillissaient quelques gouttes irréductibles de la couleur du manteau de l'inquisiteur.

« Delãny ! »

Andrej se tourna vers Domenicus. « Il n'arrivera rien à votre sœur, dit-il. Je la libérerai dès que nous serons en sécurité. »

Il recula d'un pas. Le prélat ne tenta pas de l'arrêter. Il était assez intelligent pour évaluer la situation à sa juste valeur. « Vous ne sortirez jamais de la ville, vous en êtes conscient ? dit-il néanmoins.

— Nous verrons bien », répondit Andrej en reculant d'un nouveau pas. À cet instant, Frederic se porta à ses côtés, saisit le petit poignard à la ceinture de Maria et le lança sur le père Domenicus. Il avait agi si vite qu'Andrej n'eut pas l'ombre d'une chance de le retenir.

Le poignard pénétra jusqu'à la garde dans la gorge de l'inquisiteur et ressortit à l'arrière. Domenicus appuya les deux mains contre son cou, émit un gargouillement et cracha du sang. Maria poussa un cri perçant de douleur et se rua si violemment qu'Andrej n'eut que le temps d'écarter son arme pour que la jeune femme ne se décapite pas elle-même. Malthus dégaina son épée avec un grognement de fureur, mais heurta l'un des soldats, dans sa hâte, et tomba avec un cri de rage.

Andrej, surmontant enfin son effroi, tourna les talons et entraîna Frederic à sa suite. Il eut encore le temps de voir Maria s'effondrer près de son frère, puis les deux fugitifs se perdirent dans la foule en pleine débandade. Autour d'eux, un nouveau concert de cris horrifiés s'éleva.

Andrej ne perdit pas de temps à vérifier s'ils étaient poursuivis et se fraya brutalement un chemin à travers la cohue. Lorsqu'ils parvinrent à une ruelle s'ouvrant entre deux maisons blanchies à la chaux, il jeta un coup d'œil par-dessus son épaule. Ils étaient suivis en effet, ni par Malthus, ni par les sbires de l'inquisiteur, mais par une demi-douzaine de soldats du duc de Constanta. Les hommes aux uniformes orange et blanc fendaient la foule encore plus brutalement que Frederic et lui, n'hésitant pas à se servir de leurs armes pour gagner du temps. La distance entre eux se réduisait de seconde en seconde.

Andrej tourna à gauche, courut à grands pas vers un étal de légumes et lui assena trois coups rapides de son épée sarrasine. L'étal s'effondra aussitôt sur lui-même, libérant une avalanche de choux, de poireaux et de navets qu'Andrej et Frederic enjambèrent d'un bond désespéré. Après avoir répété sa manœuvre avec un second éventaire, Andrej vit la moitié de ses poursuivants perdre l'équilibre sous une cascade de pichets et de verres en terre cuite, tandis que l'autre moitié se trouvait ensevelie sous une toile de la taille d'une petite voile. Il tenta alors d'accélérer le rythme, mais la foule compacte ralentissait leur progression.

Ils atteignirent enfin l'autre extrémité de la place du marché et s'engagèrent dans une petite rue. Andrej reconnut les lieux au bout de quelques pas : c'était la ruelle par laquelle ils s'étaient déjà sauvés la veille.

Ils avaient maintenant une chance d'échapper à leurs poursuivants. Ils avançaient vite et nul ne tentait de les retenir. Malgré leurs fréquents changements de direction, Andrej savait exactement où il allait. Il lui suffisait d'attirer leurs poursuivants dans une fausse direction et ils seraient libres, en tout cas pour le moment. Ils ralentirent pour ne pas éveiller l'attention et reprendre leur souffle.

« Où veux-tu aller ? demanda Frederic.

— À ton avis ? siffla Andrej. Crois-tu qu'après ton coup d'éclat nous soyons encore en sécurité quelque part ? »

Les gens qu'ils croisaient leur cédaient le passage et s'évertuaient à ne pas les dévisager ouvertement, mais Andrej pouvait sentir leur méfiance. Il n'y avait rien d'étonnant à cela : l'épée sarrasine était bien visible à sa ceinture et la gorge ensanglantée de Frederic n'était pas non plus un spectacle des plus courants. Seule une bonne cachette pourrait les sauver s'ils ne voulaient pas être dénoncés dans la minute suivante. Il leur fallait également se hâter d'effacer, sur leurs vêtements et le corps de Frederic, les traces les plus évidentes des récents événements.

Avec un peu de chance, ils pourraient se réfugier, une fois encore, dans la maison abandonnée.

Ils percevaient toujours le tumulte des voix et des cris désordonnés provenant de la place du marché et Andrej était certain que la chasse à l'homme s'était déjà organisée. Un étranger presque chauve, à l'épée coûteuse, vêtu d'un habit voyant, et un garçon tout aussi chauve avec une coupure à la gorge… ils ne seraient pas difficiles à trouver, même dans une ville de cette taille.

Andrej faillit passer sans s'arrêter devant la porte cochère menant à la maison délabrée, mais il changea d'avis au dernier moment. Ils n'avaient pas été découverts la nuit dernière et seraient peut-être en sécurité, une fois de plus, derrière ces murs décrépits. Le bruit et les cris derrière eux se rapprochaient, mais personne ici ne semblait encore s'en soucier. Il s'arrêta, inspecta brièvement les lieux et lorsqu'il fut certain de ne pas être observé, il prit Frederic par le bras et l'entraîna à sa suite.

D'un pas rapide, ils se dirigèrent vers la porte vermoulue de la vieille maison. Un dernier regard en arrière le rassura : nul ne s'intéressait à eux. Il entendait toujours distinctement les bruits en provenance de la rue, mais la maison elle-même était silencieuse. Il aurait été surpris que quelqu'un s'y soit installé dans l'intervalle.

Après avoir ouvert la porte, il poussa Frederic sans ménagement à l'intérieur, le faisant trébucher. Comme la dernière fois, ils furent accueillis par une pénombre poussiéreuse et la même puanteur douceâtre qui le prit à la gorge. Mais cela n'avait aucune importance, pour le moment. La ruine lui faisait l'effet d'un vieil ami bienveillant qui les secourait généreusement dans le besoin.

Il referma la porte branlante derrière lui, traversa la pièce vers la fenêtre condamnée donnant vers l'extérieur et observa la rue par un espace entre deux planches. Les passants, peu nombreux, semblaient perdus dans leurs pensées et ne prêtaient guère attention à ce qui les entourait. Andrej ne pouvait qu'espérer qu'aucun d'eux ne se poserait de question au sujet de deux étrangers réfugiés là.

Lentement, il fit face à Frederic. Le garçon avait déchiré un lambeau de l'ourlet de son manteau et tentait maladroitement de bander sa blessure. La coupure superficielle avait cessé de saigner, mais Frederic pensait peut-être, comme lui d'ailleurs, que cette plaie particulière le rendait trop facilement identifiable. Andrej observa longtemps les efforts vains de son protégé pour nouer l'étoffe raide autour de son cou, puis il lui tendit la main.

Lorsque Frederic s'approcha pour se faire aider, il lui assena une gifle qui le fit tomber à terre.

Le garçon n'émit pas un cri mais resta allongé, immobile, pendant deux ou trois secondes, avant de se redresser, étourdi. Il avait laissé tomber le bandage improvisé et appuyait la main droite contre sa joue; Andrej y vit distinctement une marque rouge en dépit du manque de lumière. Il se rendit compte qu'il avait dû frapper plus fort qu'il ne l'avait voulu.

À strictement parler, il n'avait pas voulu frapper l'enfant, c'était arrivé tout seul. Mais il n'en éprouvait aucun regret. Au contraire, il lui fallut soudain se contenir pour ne pas se jeter sur Frederic et le battre comme plâtre.

« Pourquoi… as-tu fait cela ? » marmonna l'enfant. Ses yeux étaient pleins de larmes, mais sa voix était ferme. Son léger tremblement n'exprimait qu'une chose : la rage.

« Remercie le Seigneur de ne pas avoir dix ans de plus, jeta froidement Andrej. Sinon, je te tuerais peut-être. »

Il se figea au son de sa propre voix, effrayé non seulement par ses propos, mais aussi parce qu'il pensait chacune de ses paroles.

Frederic le regardait d'un air de profonde incompréhension. Son larmoiement disparut aussi vite qu'il était venu. Au bout d'un moment, il retira sa main, tâtonna sans regarder, à la recherche de son lambeau d'étoffe, et se releva lorsqu'il l'eut trouvé.

« Vas-tu me dire pourquoi ? demanda-t-il d'un ton laissant entendre que la réponse lui était parfaitement égale.

— Tu le demandes vraiment ? » Andrej dut se maîtriser pour ne pas le frapper de nouveau ou se mettre à hurler. « Tu n'as donc rien compris de ce que je t'ai enseigné ?

— Non. » Frederic serra l'étoffe autour de son cou à se couper la respiration. Il fusilla Andrej du regard. « Je n'ai rien compris et je crois que je n'en ai pas envie. Tu sais, j'ai du mal à croire les paroles de paix et de bienveillance dans la bouche d'un homme qui se bat comme tu le fais !

— Tu n'as vraiment rien compris, répéta Andrej tristement.

— Et comment ? » Andrej enregistra avec une certaine stupeur que c'était maintenant Frederic qui lui criait dessus. « Comment pourrais-je croire tes paroles de paix et de pardon quand tu te bats comme le diable lui-même ? Tu aurais pu les tuer tous les six, n'est-ce pas ? Sans même te fatiguer !

— Non, dit Andrej d'une voix calme. Ils auraient fini par m'avoir. Mais j'en aurais emmené quelques-uns avec moi.

— Combien de temps as-tu mis pour savoir te servir comme ça de ton épée ? le provoqua Frederic. Dix ans ? Vingt ? La moitié de ta vie ? Plus ? Tu as passé la majeure partie de ton existence à apprendre à tuer !

— J'ai appris à me *battre*, répliqua Andrej, pas à tuer. »

Déconcerté, il se rendit soudain compte qu'il avait cessé de répondre pour à présent se justifier. De manière tout à fait inattendue, il était poussé sur la défensive par un enfant !

« Belle différence, lança Frederic, sarcastique. Combien d'hommes as-tu déjà tués dans ta vie, Andrej ? Cent ? Deux cents ?

— Six… et le premier pour te sauver la vie. » *Comme les autres, d'ailleurs,* ajouta-t-il mentalement. Cela n'aurait servi à rien de le dire à voix haute. Frederic n'aurait sûrement pas compris et, si Andrej avait prononcé ces paroles, ses pensées auraient peut-être pris un chemin qu'il ne voulait pas parcourir.

« Je ne te crois pas, déclara le gamin, tout de même un peu moins sûr de lui. Je… j'ai vu de quoi tu étais capable ! »

Andrej ferma les yeux et inspira profondément avant de répondre. Il était bouleversé. Il devait veiller à ne rien dire ni rien penser qu'il pourrait ensuite regretter.

« Je n'ai jamais tué et je ne le ferai jamais, sauf pour sauver la vie de quelqu'un ou la mienne, dit-il avec calme. Tu as raison sur un point, Frederic : j'ai passé de nombreuses années de ma vie à apprendre le combat à l'épée. Et j'ai eu le meilleur professeur qui ait jamais existé au monde, mais il ne m'a pas seulement appris à me servir d'une épée. Il m'a enseigné une chose beaucoup plus importante, encore… le *respect.*

— Quel respect ?

— De la vie, Frederic. Le seul bien de valeur en ce monde. Nul n'a le droit de prendre une vie humaine. Ni toi ni moi.

— Mais le père Domenicus, c'est autre chose, ironisa Frederic. Comment ai-je pu l'oublier ? Il agit au nom de Dieu ! Pourquoi ne pas l'avoir dit à Barak ? Je suis certain qu'il aurait mieux apprécié les deux jours de torture que cette… *charogne* lui a fait subir ! »

Le dégoût dans la voix de Frederic fit frissonner Andrej. Il n'était pas juste qu'un enfant ressente une telle haine.

« Je ne sais pas si Dieu existe, poursuivit le garçon à voix basse, mais, si c'est le cas, des hommes tels que Domenicus n'agissent pas en son nom. Ils le prétendent, mais ce n'est pas vrai… Il avait mérité la mort !

— Il avait ma parole, répondit Andrej. Tu m'as déshonoré en la brisant. »

Frederic leva les yeux au ciel, mais Andrej lui coupa la parole d'un geste impérieux. Il était clair que le gamin ne *voulait* pas comprendre ce qu'il essayait de lui dire. Et il était même possible qu'il ait raison. Peut-être Andrej se trompait-il. Peut-être la réaction de rancune et de vengeance sanglante de Frederic, en droite ligne de l'Ancien Testament, était-elle la seule adéquate après les événements de la vallée de Borsa. Quoi qu'il en soit, Andrej n'avait pas envie d'y réfléchir et changea de tactique.

« Tu n'as visiblement pas conscience de ce que tu as fait, reprit-il.

— J'ai tué un homme qui l'avait mérité, répéta Frederic, buté. Tu étais trop lâche pour le faire toi-même !

— Tu as fait plus que cela, répondit Andrej gravement. Nous n'avons pratiquement plus aucune chance de libérer les habitants de ton village. S'ils sont encore en vie. »

Cette fois, Frederic parut effrayé. « Que… veux-tu dire ? » balbutia-t-il.

Andrej eut un rire sans joie. « Tu ne comprends vraiment rien, murmura-t-il. Et comment le pourrais-tu ? Les choses ne sont pas aussi faciles à expliquer que tu le crois. Tu m'as demandé combien de temps il m'a fallu pour apprendre à me battre : plus longtemps que les chevaliers eux-mêmes n'apprennent à manier leurs armes. Mais il ne suffit pas de savoir se servir d'une épée. »

Il dégaina l'épée sarrasine, la retourna et tendit la poignée en ivoire sculpté à Frederic. « Tu veux apprendre ? demanda-t-il. Alors tiens. Il te faudra un an avant d'être bon, deux avant de pouvoir me défier. Mais ce n'est pas tout. Ce n'est même pas le plus important. Il y a des règles, Frederic : on ne revient jamais sur sa parole, même devant son pire ennemi. Surtout devant son pire ennemi. »

Frederic contempla l'arme d'une manière qui fit frissonner Andrej. Il se demanda une fois de plus si la graine de la violence n'avait pas depuis longtemps germé en lui et, pire encore, si les événements des derniers jours n'avaient pas renforcé une dangereuse prédisposition. Et si le garçon était tout simplement mauvais ? Encore enfant, certes, mais déjà porteur d'un adulte qui serait peut-être aussi cruel et impitoyable que Domenicus ou le guerrier d'or ?

Andrej ne savait littéralement rien de Frederic, hormis son nom. Soucieux d'en révéler aussi peu que possible sur son histoire et ses origines familiales, il s'était prudemment cantonné avec le garçon à des discussions d'ordre général.

Frederic recula sa main et Andrej rengaina son épée avec un léger soupir. Il ne savait pas ce qu'il aurait fait si le garçon avait voulu la prendre.

« Finalement, ce n'est rien d'autre qu'un jeu, reprit-il d'une voix calme et presque résignée. Il y a des règles, Frederic. Quand on a donné sa parole, on doit la tenir en toutes circonstances. En tuant Domenicus, tu as donné à Malthus et aux autres la permission de faire tout ce qu'ils voulaient.

— Mais ils le font déjà, cria Frederic, en colère.

— Pas comme ça », insista Andrej, mais il se sentait incapable de se faire comprendre du garçon. Il poursuivit néanmoins. « Ils vont se venger, Frederic. Peut-être vont-ils tuer quelques-uns des villageois. Peut-être tous. Et la prochaine fois qu'on tombera sur eux, il n'y aura plus aucune négociation possible.

— Dans ce cas-là, je les tuerai aussi ! »

Andrej abandonna. Cela n'avait aucun sens. Frederic ne pouvait ou ne voulait pas comprendre. L'espace d'un instant, Andrej eut peur de l'enfant.

Ne voulant pas qu'il puisse lire ce sentiment dans ses yeux, il lui tourna brutalement le dos et s'approcha de la fenêtre. Il était troublé. Il avait dit la vérité en avouant n'avoir jamais tué personne auparavant et il avait dit plus que la vérité en affirmant que c'était une expérience abominable. Il avait défendu sa vie et celle de Frederic, ce dont il n'avait pas à rougir. Cela ne lavait pas pour autant le sang sur ses mains.

L'activité dans la rue avait changé. Les gens ne se hâtaient plus, mais se tenaient immobiles, par petits groupes, et discutaient avec véhémence de ce qu'ils avaient entendu ou peut-être même vu. Le vacarme en provenance du marché s'était calmé, mais il planait désormais sur la ville une atmosphère de tension presque palpable.

Frederic avait fait beaucoup plus que de tuer un homme. Il avait abattu un inquisiteur, un prince de l'Église et, qui plus était, un hôte du duc. Andrej ne connaissait pas grand-chose au pouvoir et ignorait l'influence que l'Église avait en cette région du monde, mais elle devait être importante pour permettre à Domenicus d'agir avec lui comme il l'avait fait. Qu'il le veuille ou non, le duc devait réagir à la provocation, d'autant plus que les Turcs se préparaient sans doute déjà à attaquer Constanta. Dans une situation aussi précaire, le maître de la ville ne pouvait se permettre aucune faiblesse.

Andrej entendit Frederic s'éloigner de lui et grimper à l'étage par le vieil escalier, mais il ne se retourna pas. Il émit le souhait irrationnel de défaire tout ce qui avait été fait, de remonter le temps jusqu'à ce jour où il était retourné à Borsa après des années d'exil. Avec le recul, il lui semblait que chaque décision prise depuis lors, chaque mot prononcé, avaient été une erreur.

Un mouvement dans la rue attira son attention. Deux soldats aux couleurs du duc s'approchaient de la maison, encadrant une silhouette habillée de velours vert foncé. Les trois personnages avançaient à pas rapides de l'autre côté de la rue et les passants leur cédaient servilement le passage.

Arrivés en face de la cachette d'Andrej, Maria tourna la tête et le regarda.

Le cœur d'Andrej fit un bond dans sa poitrine.

Bien entendu, la jeune femme ne le regardait pas vraiment : il lui était impossible de le voir et même de se douter qu'il était là.

Elle ne ralentit pas son allure et poursuivit sa route sans hésiter. Pourtant Andrej eut l'impression de sentir son regard comme la caresse d'une main invisible sur son visage.

Malgré la distance, il vit la pâleur de Maria. Son visage formait une tache claire, même devant le mur blanchi à la chaux. Elle pressait un mouchoir blanc, maculé de sang, sur sa gorge, et tenait de l'autre main un objet qu'Andrej identifia comme le crucifix en or de Domenicus. Sa robe précieuse était couverte de sombres taches… le sang de son frère mort.

Elle se tourna de nouveau vers la maison d'un air pensif. Andrej était certain qu'elle observait la fenêtre derrière laquelle il se tenait. Elle ne détourna le regard que longtemps après avoir dépassé le bâtiment. Andrej la suivit des yeux jusqu'à ce qu'elle ait disparu et resta encore longtemps immobile, le regard dans le vide.

Il se passa près d'une demi-heure avant que Frederic ne redescende bruyamment. Andrej s'était laissé glisser le long du mur, sous la fenêtre, et appuyait la tête contre la pierre friable.

Le vieil escalier gémit sous le poids de l'enfant. L'une des marches vermoulues céda et un nuage de poussière s'éleva lorsqu'elle se brisa sur le sol. Andrej leva les yeux et constata que Frederic ne revenait pas les mains vides. Il tenait sur son bras plusieurs vêtements froissés. Il avait visiblement de la peine à garder son équilibre sur les marches traîtresses.

Andrej se leva et fit quelques pas à sa rencontre, sans toutefois ébaucher un geste pour lui venir en aide. « Qu'as-tu trouvé là ? demanda-t-il.

— Des vêtements. Les nôtres sont trop faciles à repérer. Ils nous cherchent sûrement déjà.

— D'où viennent-ils ?

— Ils étaient en haut, dans un coffre. »

Sans un mot, Andrej attrapa une longue tunique en lin et la renifla. « Tu mens. Ces habits sentent le propre. »

Frederic pinça les lèvres, puis finit par hausser les épaules et répondit avec une sorte de hochement de tête : « De là-haut, on peut descendre dans la cour de la maison voisine. Les vêtements étaient étendus sur un fil. Personne ne m'a vu. J'en suis sûr ! »

Andrej réprima la réponse acerbe qui lui vint aux lèvres et examina le butin. Il s'agissait d'un simple pantalon, d'écharpes colorées et de tuniques raides, sans doute trop petits pour lui et beaucoup trop grands pour le garçon. Cependant, ils attireraient moins l'attention de leurs poursuivants que leurs vêtements tachés de sang.

« Nous ne pouvons pas rester ici », déclara Andrej dès qu'ils se furent changés.

Frederic retroussa les manches de son habit trop grand et noua l'écharpe autour des hanches, faisant bouffer le tissu. Ainsi arrangé, il était plutôt ridicule. « On ne ferait pas mieux de rester jusqu'à la nuit ? demanda-t-il.

— Sans doute, mais j'ai peur que notre voisine ne soit pas contente lorsqu'elle verra qu'on lui a volé son linge. Et il nous faut encore retrouver Krusha et son frère, maintenant plus que jamais. »

12

Il était étrange de penser qu'ils allaient bientôt passer à l'action. Delãny ne pouvait qu'espérer que l'informateur les attendrait aujourd'hui à l'Ours borgne et que le plan pourrait être mis à exécution sans autre délai. Chaque heure de plus à Constanta augmentait le danger de se retrouver au cachot sans avoir pu tenter de libérer les survivants de Borsa.

Andrej déchira une bande de tissu de la longueur d'un bras dans le manteau prêté par Krusha et y enroula son épée sarrasine. Il se tourna ensuite vers Frederic.

« Laisse-moi t'examiner la gorge. »

Frederic posa la main sur le bandage sale serré autour de son cou et recula d'un pas en secouant la tête. « C'est juste une égratignure.

— Mais ça te fait sûrement mal.

— Pas vraiment. Et je ne suis pas en sucre. »

Andrej soupira mais n'insista pas. Frederic était bien trop fier pour avouer qu'il souffrait, ce qui n'était pas très raisonnable mais compréhensible, eu égard à son âge. Et ce n'était certainement pas le moment d'en débattre.

Il fit un mouvement las de la tête en direction de la porte. « Allons-y. »

Ils firent un grand détour pour éviter les patrouilles du duc et les sbires de l'inquisiteur. Les vêtements volés par

Frederic leur offraient une certaine protection, mais les hommes en uniforme qui étaient à leurs trousses n'hésiteraient pas à les attaquer en reconnaissant les meurtriers du père Domenicus. En outre, plus ils s'approchaient du palais, moins Andrej se sentait à l'aise. Les deux chevaliers d'or s'y trouvaient probablement, à moins qu'ils ne participent à la recherche des assassins de l'inquisiteur, et Maria y était très certainement. Andrej savait qu'il devenait irrationnel, mais il ne pouvait s'empêcher de penser qu'il suffirait d'un regard jeté dehors par la jeune femme pour qu'elle le repère et signale sa présence aux gardes.

Rien de tout cela n'arriva, mais Andrej soupira de soulagement lorsqu'ils eurent enfin passé le palais, plus semblable à une forteresse, et bifurquèrent en direction du port. Il se tança mentalement d'agir comme s'il se trouvait pour la première fois dans une situation dangereuse. Néanmoins, au plus profond de lui-même, il connaissait la raison de son manque d'assurance.

C'était la jeune femme. Il aurait dû garder ses distances. Maria avait réveillé quelque chose en lui qu'il aurait préféré garder enfoui.

Le nombre des patrouilles augmentait au fur et à mesure que Frederic et Andrej se rapprochaient de la zone portuaire. Ils durent changer plusieurs fois de direction et se réfugier dans une ruelle ou une cour en attendant que le danger soit passé. C'est ainsi qu'ils arrivèrent avec deux heures de retard à l'Ours borgne.

Ils attiraient à peine l'attention dans cet environnement, avec leurs vêtements déchirés et mal taillés. Andrej dissimulait son épée sous sa chemise et il n'était pas le seul dans l'auberge à garder ainsi son arme à portée de main. L'avertissement de la sentinelle, aux portes de la ville, se justifiait pleinement. La tension était palpable. Avec le meurtre du père Domenicus, sans doute relié par certains à la menace turque, l'instable mélange d'alcool, de spéculations échevelées et d'agressivité pouvait exploser à tout moment. Si les hommes ici avaient pu croire, ne serait-ce qu'une seconde, que les suspects recherchés s'étaient mêlés à eux, leur vie n'aurait plus valu grand-chose. Andrej n'imaginait que trop bien que le duc et Maria avaient mis une récompense sur leur tête, que d'aucuns ne rechigneraient pas à gagner.

Presque à contrecœur, Andrej et Frederic se frayèrent un chemin entre les tables serrées. La gargote était pleine à craquer. Les mots « meurtriers » et « Turcs » revenaient sans cesse dans les discussions bruyantes et passionnées. Dans l'agitation, leur arrivée eut l'avantage de passer inaperçue.

Comme Andrej s'y attendait, les deux frères avaient de nouveau choisi la petite table au fond de l'établissement. Sergué cachait toujours son visage sous son turban maladroitement noué, tandis que Krusha s'entretenait vivement avec un homme plus âgé, au visage ridé et aux cheveux gris, dont les vêtements simples, mais pas tout à fait assez pauvres, refusaient de se fondre dans la masse.

La conversation s'interrompit net à l'arrivée d'Andrej et de Frederic, et les trois hommes se tournèrent vers eux d'un air furieux. Sans mot dire, ils regardèrent les nouveaux venus s'asseoir sur les chaises libres.

« Tu as un sacré toupet, Delãny, siffla Sergué. Qui es-tu pour oser te montrer ici après ce que tu as fait ? Est-ce de la bêtise ou de l'insolence ?

— J'ai soif avant tout, rétorqua Andrej, sinon pourquoi venir dans une auberge ? »

Krusha eut un rire discret, fit signe à l'aubergiste et leva deux doigts. L'étranger aux cheveux gris resta imperturbable, comme si tout cela ne le regardait pas. Mais ses yeux se posèrent sur Andrej et se firent plus insistants de seconde en seconde.

« Et nous avions rendez-vous, si je me souviens bien, ajouta Andrej après une petite pause.

— C'était avant de tuer le curé et de donner au duc le prétexte de mettre la ville sens dessus dessous ! répliqua Sergué, toujours en colère. Tu es complètement fou de te présenter ici ! »

Andrej le dévisagea pensivement. « Les nouvelles vont vite, on dirait.

— D'autant plus vite qu'elles sont mauvaises, confirma Krusha. Le duc a mis ta tête à prix, Delãny. *Seulement* ta tête, si tu comprends ce que je veux dire. » Il soupira. « Cinquante livres d'or. Et pas de questions.

— C'est... beaucoup d'argent, murmura Andrej, surpris.

— Une fortune, en effet. Assez pour me tenter, mais pas assez pour me faire oublier mes deux frères morts. »

Andrej ne savait que penser de cette dernière remarque. Krusha était incontestablement le plus intelligent des deux frères survivants, mais c'était loin de vouloir dire qu'il était digne de confiance.

« Veux-tu que je m'en aille ? demanda-t-il.

— Non », répondit Krusha. L'aubergiste arriva avec deux pichets à moitié pleins de bière fade, que Krusha paya aussitôt. Ils attendirent que l'homme s'éloigne avant de poursuivre.

« J'avoue que nous ne t'attendions plus, déclara Krusha. D'un autre côté, nous avons passé un accord. Tu veux sûrement toujours libérer tes amis ?

— Sinon, je ne serais pas venu. » Andrej jeta un regard interrogateur à l'homme aux cheveux gris, mais Krusha fit un geste apaisant. « Jak est digne de confiance, dit-il. N'aie crainte, tu peux parler devant lui. »

Andrej avala une gorgée de bière. Elle était encore plus insipide qu'elle en avait l'air, mais c'était sans importance. Il lui fallait avant tout garder les idées nettes. « Je suis désolé de… » Il hésita, puis conclut que Krusha n'avait pas besoin de connaître tous les détails. « … de cet incident au marché.

— Tu appelles ça un *incident*, de tuer l'invité personnel du duc et un haut dignitaire de l'Église par-dessus le marché ? aboya Sergué.

— Déplores-tu sa mort ? s'enquit Andrej d'une voix presque amicale.

— Non, pas du tout, répondit Krusha à la place de son frère. Mais ça complique la situation. Votre coup d'éclat met le duc dans une position inconfortable, surtout maintenant que toutes les alliances peuvent compter, au cas où les Turcs attaqueraient vraiment. Il fera tout ce qui est en son pouvoir pour vous mettre la main dessus, et le risque d'être vu en votre compagnie est maintenant beaucoup plus élevé.

— Ce qui augmente d'autant le prix à payer pour votre aide, devina Frederic.

— Il a doublé, je le crains », confirma Krusha sans sourciller.

Andrej peinait à suivre le raisonnement du soi-disant forain. « Corrige-moi si je me trompe, dit-il, mais, si je me souviens bien, nous n'avons jamais parlé de la somme qu'il te faudrait pour nous aider. »

Krusha eut un sourire matois. « Tu as parfaitement raison, Delãny.

— Dans ce cas, comment peux-tu la doubler ? »

Krusha but sa bière à longs traits avant de répondre. « Ne nous disputons pas pour des broutilles, lâcha-t-il en souriant et en inclinant la tête vers l'homme aux cheveux gris. Jak a des informations fiables concernant l'endroit où vos gens sont retenus et ce qui doit advenir d'eux dans les heures qui viennent.

— Et que veut-il pour ça ? demanda Andrej.

— Seulement une part de ce que nous voulons nous-mêmes », répondit Krusha.

Andrej fit un gros effort sur lui-même pour garder son calme. Krusha prenait un plaisir évident à le mener en bateau. « Et que voulez-vous vous-mêmes ? s'enquit-il d'une voix tendue.

— Pas grand-chose quand on le compare à ce que tu obtiendras et aux risques que nous prenons pour toi. Nous voulons seulement ce qui se trouve dans le coffre du duc.

— Quoi ? » Andrej cligna des yeux, incrédule.

« Le coffre personnel du duc, répéta Krusha. Il paraît qu'il est bien rempli. Mieux encore depuis que l'inquisiteur est hébergé au palais. Mais ne t'inquiète pas, ajouta-t-il avec un sourire dépourvu d'humour, il n'y en a pas plus qu'un type costaud comme toi ne puisse porter.

— Vous avez perdu l'esprit, murmura Andrej.

— Pas du tout. Comme je le disais, nous prenons de gros risques en t'aidant. Nous pouvons dire adieu à la vie si on nous surprend avec vous. Gros risques, grosse récompense. » Il haussa les épaules. « La décision t'appartient, naturellement.

— Mais ne perdez pas trop de temps à réfléchir », ajouta Jak. C'étaient ses premières paroles depuis qu'Andrej s'était assis à la table. Il avait la voix profonde mais très claire, en complet désaccord avec son visage buriné. « Les captifs seront transférés cette nuit même.

— Où ça ? » demanda Andrej.

Jak sourit et garda le silence.

« Alors ? Tu t'es décidé ? lança Krusha.

— Je n'ai guère le choix, répondit Andrej d'une voix lasse.

— Non. Nous te dirons tout ce qu'il faut savoir dès que nous serons en possession du trésor. Nous ne demandons pas l'impossible. Jak travaille au palais et t'aidera à t'y introduire dès que la nuit sera tombée. Il te montrera le chemin des appartements du duc. Tout ce que tu auras à faire, c'est de neutraliser les gardes et de transférer le contenu du coffre dans deux ou trois bourses en cuir que tu jetteras par la fenêtre. Sergué et moi nous tiendrons dessous à l'heure décidée pour les recevoir.

— Nous ne sommes pas des voleurs, protesta Frederic, mais Andrej le fit taire d'un geste.

— Si c'est aussi simple, pourquoi ne pas le faire vous-mêmes ? demanda-t-il.

— Personne n'a dit que c'était simple, répondit Krusha avec calme. Ensuite, pourquoi prendre des risques inutiles quand on peut confier la besogne à quelqu'un d'autre ? »

Les idées d'Andrej se bousculaient dans son cerveau sans le mener nulle part. La proposition de Krusha lui déplaisait foncièrement, elle puait le piège. Mais si l'homme aux cheveux gris avait dit vrai, il n'avait pas d'autre solution.

« Et qui me dit que je peux vous faire confiance ? demanda-t-il en dévisageant tour à tour Krusha et Sergué.

— Personne. Mais nous aurions pu nous faciliter la vie en te dénonçant pour toucher la récompense. Comme je te l'ai dit : la décision t'appartient. Les prisonniers quitteront leur prison à une heure du matin. Il ne reste donc pas beaucoup de temps pour réfléchir à notre offre.

— Disons jusqu'à ce que j'aie terminé ma bière », ajouta Sergué méchamment.

Krusha leva les yeux au ciel mais garda le silence.

« Vous vous êtes vite remis de la mort de vos frères, remarqua Andrej avec amertume.

— Pas du tout. » Le regard de Krusha se durcit. « L'un des trois meurtriers est déjà mort et les deux autres ne quitteront pas la ville vivants. Mais les deux affaires n'ont aucun rapport.

— Et si tu n'avais pas tué le curé, c'est moi qui l'aurais fait », conclut Sergué. Il leva son pichet, le vida d'un trait et l'abattit si violemment sur la table que quelques convives se tournèrent vers eux, sourcils froncés. « Alors ? »

Andrej se tourna vers l'homme aux cheveux gris. « Comment pénètre-t-on dans le palais ? »

13

Après la tombée de la nuit, le palais évoquait moins que jamais un palais et ne ressemblait même plus à une forteresse. La colossale silhouette rappelait plutôt à Andrej une sombre montagne habitée par des démons, dont les crêtes et les sommets se fondaient au loin dans la noirceur du ciel et dont les flancs étaient constellés de petits yeux maléfiques qui l'observaient.

Ce n'était qu'une illusion d'optique ou l'interprétation que ses nerfs tendus à l'extrême faisaient de ce désordre d'ombres et d'obscurité. Il n'en restait pas moins que le monumental édifice avait quelque chose de mystérieux et de menaçant.

La voix de Krusha interrompit le courant morbide de ses pensées et ramena brutalement Andrej à une réalité guère plus agréable. « La fenêtre, là-haut. »

Son compagnon désignait l'une des fenêtres illuminées dans la tour. « La chambre à coucher du duc. Les sentinelles patrouillent à intervalles irréguliers sur le chemin de ronde. Tu dois donc veiller à ce que personne ne te voie.

— Et où serez-vous ? s'inquiéta Andrej.

— Ne t'en fais pas pour ça. » Krusha plongea la main sous son manteau et en sortit trois bourses en cuir vides, plus grandes qu'Andrej n'avait pensé. Il les inspecta brièvement et constata qu'elles étaient remplies à moitié de petits morceaux de liège.

« Pour l'eau ?

— Nous serons dans une barque au pied du mur, confirma Krusha. Dès que tu auras jeté les sacs par la fenêtre, tu disparais. Nous nous retrouverons à l'Ours borgne. Sergué et moi t'y attendrons jusqu'à minuit. »

Cela faisait un peu plus de trois heures. C'était peu, considérant ce qu'il avait à faire, mais trois heures pouvaient également être une éternité. Leur plan réussirait vite ou pas du tout.

Il enfouit les bourses en cuir dans la tunique orange rayée de blanc que Jak lui avait apportée une demi-heure plus tôt et contempla le résultat d'un œil critique. Il poussa, aplatit et tassa les sacs jusqu'à ce qu'ils se fassent plus discrets sous l'étoffe grossière. La tunique rembourrée restait néanmoins ridicule et c'est ainsi qu'il se sentait, lui aussi : ridicule et parfaitement désarmé. Cette entreprise était une folie. Son déguisement ne passerait pas la plus désinvolte des inspections, sans parler d'un regard plus inquisiteur.

Andrej ressemblait peut-être à un homme de la garde du duc, mais il ne savait ni se déplacer ni se comporter comme tel. Et si on lui adressait la parole, c'en était fait de leur plan.

« Va, maintenant, l'encouragea Krusha. Jak t'attend près du portail. »

Andrej le dévisagea sans mot dire puis se tourna vers Sergué et Frederic. Le cœur lourd, il tendit au garçon son épée sarrasine enveloppée dans des lambeaux d'étoffe.

« Fais-y bien attention », dit-il. Prononcer ces quelques mots lui demanda un réel effort. Andrej était lui-même surpris de constater à quel point se séparer de son arme lui était difficile. L'épée sarrasine était plus pour lui qu'une simple épée. Depuis la mort de Mikhaïl Nadasdy, il l'avait presque toujours eue sur lui et elle n'avait jamais été hors de sa portée. Mais il était impossible de la garder. À sa ceinture battait maintenant l'épée grossière, mal ouvragée, de l'uniforme de la garde. À son sens, ce n'était qu'un morceau de ferraille qui ne valait même pas le métal dans lequel il était forgé.

« C'est promis, dit Frederic solennellement.

— Et si je ne reviens pas, pense à ce que je t'ai dit au sujet de cette arme.

— Comme c'est touchant, ironisa Sergué. Ne t'inquiète pas, Delãny. S'il t'arrive quelque chose, nous nous occuperons de ton frère. Et de ton épée. »

Quel intérêt de poursuivre cette conversation ? Andrej n'ajouta pas un mot, tourna les talons, coiffa le casque ridicule, semblable à une écuelle de barbier, et se mit rapidement en route.

Il ne ralentit pas son allure, mais son angoisse croissait à chaque pas qui le rapprochait du palais. Il n'avait plus l'impression de commettre une terrible erreur, il le *savait*. Il n'était pas un voleur et pourtant, à son corps défendant, il était de nouveau impliqué dans un cambriolage. Comme si le pillage de l'église de Rotthurn n'avait pas assez bouleversé sa vie. Il se demanda pendant une seconde pourquoi il n'avait pas choisi la solution la plus simple et n'avait pas recouru à la force pour obtenir les réponses qu'il voulait de Jak et des deux prétendus frères.

Il parvint au portail, qui était ouvert mais flanqué de quatre gardes armés dont on voyait de loin qu'ils prenaient leur tâche bien plus à cœur que l'homme à qui Andrej avait parlé aux portes de la ville. De Jak, nulle trace.

Andrej baissa la tête, pas au point d'attirer l'attention, mais suffisamment pour cacher la plus grande partie de son visage sous le bord large du casque. Il accéléra légèrement l'allure et laissa tomber les épaules. Il espérait donner ainsi l'impression d'un homme qui revenait après une longue journée de recherches infructueuses, et n'avait même plus la force d'échanger quelques mots, voire un regard amical, avec ses camarades. Jak lui avait appris qu'en raison de la menace turque le palais abritait quelque cinq cents soldats. C'était beaucoup, mais peut-être pas assez pour laisser passer un visage inconnu.

Trois des quatre hommes l'ignorèrent ou ne lui lancèrent qu'un regard indifférent. La tension qui avait plané toute la journée sur la ville était tangible, ici aussi. Peut-être le palais connaissait-il de telles allées et venues que les gardes étaient tout simplement fatigués de contrôler chaque uniforme orange et blanc qui se présentait.

Les trois hommes entraient incontestablement dans cette catégorie. À son grand effroi, le quatrième lui lança un regard plus appuyé, se redressa soudain et lui barra la route dans un mouvement rapide. Au dernier moment, Andrej réussit à réprimer son instinct de saisir son arme. Il s'immobilisa et regarda la sentinelle droit dans les yeux.

Avant que lui ou quiconque ait eu le temps de dire un mot, un appel assourdi retentit du logis de garde et, lorsque Andrej leva la tête, il vit Jak arriver en toute hâte. Il portait un manteau simple mais taillé avec goût, assorti d'un bonnet en velours rouge foncé.

Devant la réaction des gardes, Andrej comprit que Jak était plus qu'un courtisan de second rang ou qu'un simple domestique à la solde du duc.

« Andrej ! lança-t-il. Où étiez-vous ? Croyez-vous vraiment faire bonne impression en arrivant en retard dès le premier jour ? » Il fit signe à la sentinelle. « Laissez-le passer ! »

Il s'abstint de toute formule de politesse. Sa voix ne priait pas. Elle commandait et avait l'habitude d'être obéie. Le garde, zélé, recula et baissa le regard. Jak fit un nouveau geste impatient de la main.

Andrej se hâta d'obéir à l'injonction. Les yeux humblement baissés, il passa à côté du soldat et pénétra dans le logis de garde, qui était beaucoup plus grand et bien plus ancien qu'il ne s'y était attendu.

L'air était imprégné de l'odeur des pierres humides et des moisissures. Les poutres massives qui supportaient le plafond à cinq mètres au-dessus de sa tête étaient noircies par la suie et la poussière accumulées pendant des décennies ou même des siècles. Le bois du portail monumental à double battant semblait s'être transformé en pierre, mais Andrej remarqua en passant que les charnières étaient soigneusement entretenues et huilées. Il pensait avoir compris pourquoi cette forteresse se trouvait à l'intérieur des murs d'enceinte. En dehors du port, elle était la construction la plus ancienne de la ville et Constanta ne s'était édifiée autour d'elle qu'au fil du temps, comme les rejets qui poussent autour du tronc d'un vieil arbre.

Ce qu'Andrej comprenait moins, c'était pourquoi la forteresse donnait l'impression d'être déjà en état de siège. Le duc de Constanta ne devait pas être très aimé des habitants de la ville. Ou alors il s'attendait à une attaque imminente des Turcs.

« Vous arrivez tard », marmonna Jak lorsque Andrej arriva à sa hauteur. Ils se dirigèrent aussitôt vers le deuxième portail intérieur.

« Il faut faire vite, maintenant.

— Pourquoi ? » Andrej évitait le regard de son compagnon. Il savait moins que jamais qui était cet homme aux cheveux gris, mais la réaction des sentinelles lui avait permis de comprendre que les simples soldats du duc n'avaient pas le droit de regarder les membres de l'aristocratie dans les yeux. Ou peut-être avaient-ils seulement peur.

« Parce que j'ai fait certains préparatifs », répondit Jak. Bien qu'il parlât maintenant très bas, sa voix était toujours si claire et pénétrante qu'Andrej craignit qu'on ne l'entendît à travers tout le palais. Parler était certainement l'une des tâches de Jak à la cour. « Le palais est en ébullition ! Si je m'étais douté des conséquences de votre attentat contre le père Domenicus, je ne me serais jamais laissé entraîner dans cette affaire !

— Pourquoi l'avoir fait, d'ailleurs ? » demanda Andrej. Voyant que Jak ne répondait pas, se contentant de lui lancer un regard mi-ironique, mi-interrogateur, il ajouta : « Vous êtes un noble, n'est-ce pas ? Pas un simple domestique comme vous voulez le faire croire à Krusha et à son frère, mais un membre de la cour. Peut-être même un proche du duc.

— Vous êtes observateur, Delãny.

— Pourquoi voler votre maître ? Si vous êtes pris, vous serez pendu.

— Pendu ? Oh non, notre seigneur n'est pas si magnanime. » Jak eut un petit rire. « Pour répondre à votre question : les nobles doivent manger eux aussi, entretenir leurs terres et payer leurs serviteurs. Pour certains, l'honneur de travailler pour le duc est un salaire suffisant. Malheureusement, l'honneur ne remplit pas l'estomac. Et notre maître n'est pas particulièrement généreux. De plus, ajouta-t-il en haussant les épaules, une grande partie des pièces d'or qui se trouvent dans son coffre proviennent de ma bourse. Et maintenant taisez-vous. Les murs ont des oreilles ici. »

Ils avaient traversé la moitié de la cour et Andrej jeta un regard discret autour de lui. Le plan de la forteresse était simple mais efficace : à la gauche du corps de garde s'élevait un bâtiment moitié en pierre, moitié en bois, qui abritait probablement les écuries ainsi que l'armurerie et le magasin des vivres. Il était flanqué de plusieurs maisons plus petites, sans doute réservées aux serviteurs et à l'intendance, qui semblaient toutes dater de siècles différents. Face au portail s'étendait le palais, un édifice de trois étages, d'allure presque engageante, doté de grandes fenêtres, d'un escalier extérieur et d'un certain nombre de tourelles et d'encorbellements.

L'ensemble était dominé par un donjon monumental, d'au moins cent pieds de haut, dont le style architectural et les matériaux étaient visiblement plus vieux que le reste de la forteresse. L'entrée se situait à vingt pieds de haut, à l'extrémité d'un escalier étroit, facile à défendre. La façade n'était percée que de quelques ouvertures semblables à des meurtrières. La tour était une forteresse en soi, pratiquement inexpugnable.

« Impressionnant, n'est-ce pas ? » lança Jak. Le regard évaluateur d'Andrej ne lui avait pas échappé. « La tour a été assiégée une douzaine de fois au cours de son histoire, mais elle n'a jamais été prise. »

Andrej leva les yeux vers la seule fenêtre éclairée, juste sous le sommet crénelé de la tour. « Je me demande quel genre d'homme préfère vivre dans un décor aussi lugubre plutôt que dans une maison. » Il indiqua le palais d'un geste.

« Peut-être quelqu'un qui préfère la sécurité au luxe et au ramollissement, répondit Jak avec un rire ironique. Le monde est mauvais, Andrej. Constanta fait beaucoup d'envieux. » Il eut un geste sec. « Silence, maintenant ! »

Ils avaient traversé la cour et s'approchaient de la tour. Pour l'atteindre il leur fallait faire un crochet aussi inutile que visible, ou bien continuer le long de l'escalier extérieur qui menait au palais… Et, bien entendu, au moment précis où Jak et Andrej entreprenaient de le longer, la porte s'ouvrit en haut de l'escalier.

Une demi-douzaine de soldats en armes, l'un des guerriers d'or et la sœur de l'inquisiteur en sortirent. Andrej baissa immédiatement les yeux et se contraignit à ne pas hâter le pas. Pendant un court instant qui lui parut durer une éternité, il crut que le chevalier l'avait reconnu ou qu'il le reconnaîtrait s'il tournait la tête vers lui. Mais il descendit l'escalier sans lever une seule fois les yeux. Maria et les hommes du duc le suivirent un peu plus tard. La sœur de Domenicus avait relevé ses cheveux en un chignon serré. Elle avait changé sa robe tachée de sang contre une simple tunique noire et son visage se cachait derrière un voile ajouré à demi transparent. Elle était plus belle encore que lors de leur rencontre, le matin au marché.

« Abandonnez tout espoir, Andrej, ironisa Jak. Une telle femme n'est pas pour vous. Elle ne le serait même pas si vous n'aviez pas enfoncé un poignard dans la gorge de son frère. »

Andrej était désarçonné. Ses sentiments étaient-ils donc si visibles ? Un seul regard en direction de Jak suffit pour répondre à cette question par l'affirmative. Son désarroi se transforma en épouvante. Que lui arrivait-il ? Il était en route pour l'antre du lion, il avait besoin de toute sa concentration pour survivre à la prochaine demi-heure, et il ne trouvait rien de mieux à faire que de penser à cette femme !

Ils n'entrèrent pas dans la tour par l'escalier comme Andrej s'y attendait, mais Jak le conduisit à un petit bâtiment en pierres brutes, accolé au donjon, ouvrit une porte basse et agita impatiemment la main. Andrej rentra la tête pour franchir le seuil, puis se retourna pour observer la cour. Maria et ses compagnons étaient à mi-chemin du portail. En dépit de l'heure tardive, la jeune femme voulait sortir une nouvelle fois du palais, ce qui expliquait l'escorte, sans doute fournie par le duc. Le chevalier d'or, pour sa part, se dirigea à pas pressés vers l'écurie. Andrej le suivit des yeux jusqu'à ce qu'il ait disparu à l'intérieur.

« Drôle de personnage, n'est-ce pas ? commenta Jak. Comme les deux autres. Je serai heureux lorsqu'ils seront repartis.

— Qui sont-ils ? » demanda Andrej en passant la porte et en se redressant dans la pièce sombre. Cherchant à s'orienter dans l'obscurité, il se demanda pourquoi Jak avait parlé de *trois* chevaliers d'or, alors que Sergué avait déjà tué l'un d'eux. Quelque chose devait lui échapper.

« Ils sont au service de l'inquisiteur, mais nul, même le duc, n'en sait beaucoup plus sur eux. » Jak désigna une porte dans le mur opposé. « À partir d'ici, vous continuerez seul. Mais vous ne pouvez pas vous perdre. Montez l'escalier jusqu'au dernier étage. La chambre du duc se trouve au fond du couloir. Vous la reconnaîtrez facilement, ajouta-t-il avec un léger sourire, une sentinelle armée se tient devant la porte. D'habitude, il y en a deux, mais le duc a envoyé presque tous ses hommes à la recherche des meurtriers de Domenicus.

— Comment faire alors ?

— Le garde ne doit pas avoir le temps d'appeler à l'aide, précisa Jak avec un sourire cette fois glacial. Des hommes patrouillent dehors, sur le chemin de ronde. Pas autant que d'ordinaire, mais un seul entend aussi bien un cri que cinq, n'est-ce pas ?

— Vous voulez donc que je le tue, murmura Andrej d'un air sombre. L'un de vos propres hommes.

— Un soldat, précisa Jak en haussant les épaules. À quoi servent les soldats, si ce n'est à mourir ? Et si votre conscience vous chatouille, Andrej, voyez les choses ainsi : vous prenez une vie, mais vous en sauvez cinquante.

— Et si je faisais ce calcul avec vous ? demanda Andrej à voix basse. Vous savez où se trouvent les prisonniers. » Il porta la main à sa ceinture.

Jak eut un sourire cynique. « Laissez votre arme au fourreau, Delãny. Vous voulez savoir où se trouvent les captifs ? Je vais vous le dire. Ils sont tout proches. Le cachot est juste sous nos pieds. Pour le trouver, il suffit de descendre l'escalier au lieu de le monter. La puanteur et les gémissements vous guideront. Il n'y a même pas beaucoup de gardes. Deux, peut-être trois… » Il haussa les épaules. « Une formalité pour un homme tel que vous, je suppose. Mais comment procéderez-vous pour faire sortir cinquante personnes du palais, dont la moitié malades ou blessées, à l'insu de tout le monde ? »

Andrej fixa Jak du regard sans répondre. Soudain, il ressentit en lui un instinct qu'il ne connaissait pas : il avait envie de frapper cet homme, non pour le punir ou pour en obtenir une information, mais juste parce qu'il voulait le faire souffrir.

« Vous savez, Jak, reprit-il après une courte pause pendant laquelle il s'efforça de retrouver sa contenance, je ne connais pas votre maître, mais je suis à peu près certain que vous faites la paire, tous les deux.

— Mieux que vous ne l'imaginez, Delãny. Si vous êtes encore en vie après minuit, nous nous retrouverons à l'Ours borgne. Vous aurez alors tout le loisir de m'insulter. »

Il indiqua une nouvelle fois la porte derrière lui, fit un signe de tête à Andrej et sortit sans ajouter un mot. Un instant plus tard, la porte se referma, plongeant Andrej dans une obscurité presque totale. Il fut certain qu'il allait bientôt entendre le cliquetis du verrou lorsque Jak l'enfermerait. Puis il se souvint que le verrou se trouvait de son côté de la porte. Il était bien parti pour voir des fantômes. Si l'informateur avait voulu le piéger, il l'aurait fait depuis longtemps.

Andrej tendit le bras gauche devant lui, avança à pas mesurés et atteignit la porte que Jak lui avait montrée. Elle n'était pas fermée à clé. Quand il l'entrouvrit, il fut accueilli par une lueur rouge sombre et vacillante. De l'autre côté se trouvait l'escalier dont Jak avait parlé. Plus étroit qu'Andrej ne l'avait pensé, il n'était sans doute pas le seul à mener à l'intérieur du donjon.

Andrej tendit l'oreille. Les murs épais de la tour absorbaient tout bruit de l'extérieur, mais l'intérieur était loin d'être silencieux. Des profondeurs de la cage d'escalier remontaient des sons étouffés, mal identifiables. Il n'autorisa pas son imagination à les associer aux informations fournies un peu plus tôt par Jak, cela aurait trop risqué de le détourner de la tâche à accomplir.

Il monta l'escalier d'un pas rapide, mais sans courir. Des sons lui parvenaient également d'en haut, mais ils étaient clairement d'origine naturelle : le hululement du vent dans les créneaux du donjon, le grincement des poutres séculaires et le craquement occasionnel des pierres de taille de l'imposant édifice. Ces bruits-là n'effrayaient pas Andrej, car il les connaissait. Dans son enfance, il avait souvent joué sans permission dans la tour de guet de Borsa, une construction tout aussi ancienne et imposante que celle-ci.

Des plages d'obscurité complète alternaient avec des torches, placées de loin en loin, qui donnaient une lumière faible et vacillante mêlée de suie. Le chemin vers le sommet semblait interminable.

Deux cents marches plus haut, l'escalier s'arrêta devant une porte en madriers épais, renforcée de plaques de fer. Le bois était si vieux qu'il ressemblait à de la pierre. La porte n'était pas fermée, mais Andrej dut faire un effort afin de l'ouvrir assez grand pour pouvoir se faufiler. Le verrou, de l'autre côté, était si massif qu'il aurait sans doute résisté à l'assaut de cent béliers en colère. Jak n'avait pas exagéré en disant que le duc veillait à la sécurité.

Andrej referma soigneusement la porte derrière lui et examina les lieux. Il se trouvait dans une niche étroite donnant sur un couloir bien plus large et illuminé que l'escalier, qui n'était certainement pas l'accès principal. Peut-être s'agissait-il d'un passage secret pour le cas, bien improbable, où le donjon serait de nouveau attaqué. Le duc avait vraiment pensé à tout.

Andrej s'avança doucement et jeta un regard dans le couloir. Comme Jak l'avait dit, il se terminait à dix ou quinze pas devant une porte fermée, gardée par une sentinelle revêtue des couleurs ducales. Dire que l'homme ne prenait pas sa tâche au sérieux était un euphémisme. Il se tenait mi-appuyé sur sa lance, mi-adossé au mur, et ronflait si fort qu'Andrej l'entendait distinctement depuis sa cachette. Il jeta un bref regard dans la direction opposée pour s'assurer qu'il n'y avait qu'un seul garde, comme Jak l'avait dit, puis il sortit de la niche et s'avança rapidement et silencieusement vers le bout du couloir.

Il était certain de n'avoir fait aucun geste brusque, mais le garde avait dû entendre quelque chose ou peut-être avait-il seulement senti la proximité d'un être humain. Il sursauta soudain et cligna des yeux en regardant Andrej, surpris mais parfaitement alerte.

Andrej modifia immédiatement sa tactique. Il hâta le pas, fit de grands gestes de la main droite et lança d'un ton acerbe : « Qu'est-ce qui te prend de dormir pendant le service ? Si le duc l'apprend, tu seras fouetté, tu saisis ? »

L'homme le regarda, désorienté. Il était bien sûr effrayé d'avoir été surpris en flagrant délit de négligence, mais Andrej lisait clairement dans ses yeux qu'il s'interrogeait aussi sur l'énergumène qui s'approchait de lui. Sa méfiance prit bientôt le dessus sur son embarras.

« Qui… ? commença-t-il

— J'ai un message du duc pour toi », l'interrompit Andrej. Encore deux pas et il serait à sa hauteur.

« Quel message ? demanda le garde, méfiant. Le duc était… »

Andrej, parvenu juste devant lui, fit un nouveau geste désordonné de la main droite, destiné à détourner l'attention de l'homme. De l'autre main, il dégaina l'épée à sa ceinture. L'arme décrivit une trajectoire bien droite et violente en remontant. La tête du soldat frappa avec un bruit sourd contre le cadre de la porte lorsque la poignée de l'épée l'atteignit sous le menton avec la force d'un coup de marteau.

Andrej rengaina son arme et retint le soldat qui menaçait de s'effondrer sur place. Il tenta en vain d'attraper la lance au passage, mais elle tomba en faisant un vacarme assourdissant.

Il retint sa respiration. Le bruit du métal résonna si longtemps dans ses oreilles qu'il fut convaincu qu'on l'avait entendu dans tout le palais. Mais rien n'arriva. Nul cri d'alarme dehors, sur le chemin de ronde, nul bruit de pas montant l'escalier à la hâte. Ce n'étaient que ses nerfs. Il pensa avec amertume que voleur n'était pas un métier pour lui.

Il équilibra le poids du soldat inconscient dans ses bras, poussa la porte de la chambre du duc avec le genou et tira péniblement l'homme à l'intérieur. Andrej vérifia qu'il était bien seul, puis laissa glisser l'homme à terre. Il retourna dans le couloir et ramassa la hallebarde. Après avoir soigneusement refermé la porte derrière lui, il se laissa tomber à genoux près du soldat pour l'ausculter rapidement. L'homme était si profondément évanoui qu'il lui faudrait sans doute des heures avant de se réveiller, mais il était en vie. Jak allait devoir s'accommoder de cette variation du plan initial.

Andrej se releva, se dirigea vers la porte et tira le verrou. Il se livra ensuite à une inspection plus approfondie de la pièce.

Ce qu'il vit correspondait dans les grandes lignes à l'image qu'il s'était faite de l'occupant des lieux sans le connaître. L'ameublement était simple, choisi selon des critères pratiques plutôt qu'esthétiques. Pourtant, un air de luxe planait sur la pièce, sans doute en raison de sa grande taille. La chambre devait occuper la majeure partie de l'étage. Les meubles, pourtant imposants et lourds, paraissaient presque graciles dans l'étendue de la salle rectangulaire, et tout visiteur, y compris Andrej, ne pouvait que s'y sentir perdu. L'effet, probablement volontaire, en révélait davantage sur le duc qu'il ne s'en doutait.

En quelques secondes, Andrej trouva ce qu'il cherchait. Le coffre était exactement là où Jak l'avait dit : sur une commode basse, près du lit. Avant de s'en approcher, il s'avança vers la fenêtre et regarda dehors. S'il avait fait plus clair, il aurait pu voir la ville à ses pieds. Dans la nuit, il n'aperçut qu'une étendue infinie d'ombres anguleuses, percée d'un nombre étonnamment faible de lumières. La fenêtre donnait, il est vrai, sur le port et la mer. Vers la place du marché, la vue aurait été différente.

Andrej se pencha davantage et ne comprit qu'alors toute la portée de l'avertissement de Krusha. La tour, intégrée au dispositif extérieur de défense de la ville, surplombait d'au moins vingt pieds le mur rehaussé de structures en bois. Malgré tout, un regard fortuit d'en bas pouvait suffire à le découvrir.

Pour l'heure, nulle patrouille n'était en vue, et Andrej décida de se pencher encore un peu pour observer le sol en contrebas. L'arrière du palais donnait sur une douve, à moins qu'il ne s'agisse d'un petit lac artificiel, sur lequel il apercevait la silhouette d'une barque. Krusha et son frère étaient déjà en place.

Andrej était presque certain qu'ils ne pouvaient pas le voir, mais il fit malgré tout un signe de la main avant de s'éloigner de la fenêtre. Il était temps de ramasser son butin et de disparaître. Il s'approcha du coffre sans plus tergiverser et s'apprêta à ouvrir le couvercle garni de ferrures lorsqu'il constata, sans grande surprise, qu'il était fermé à clé.

Saisissant son poignard, il essaya de forcer la serrure, qui s'avéra étonnamment résistante. Il finit par échanger le poignard contre l'épée. Si la solidité du coffre était représentative de son contenu, il devait abriter une fortune. Andrej assena quatre coups sur le verrou avec la poignée de l'épée avant de faire céder le mécanisme et de pouvoir ouvrir le couvercle.

Le coffre était rempli à moitié de pièces rondes en or, de plusieurs tailles. Il s'y ajoutait deux petites poches en velours contenant différentes variétés de pierres précieuses. Très fugacement, Andrej fut tenté d'empocher quelques pièces. Si Jak tenait parole et qu'il réussissait à délivrer les prisonniers, ils n'auraient pas seulement besoin de chance pour le chemin du retour, il leur faudrait aussi de l'argent. Il repoussa cette idée. Dans sa situation, c'était peut-être une erreur, mais il n'était pas un voleur.

Il rengaina l'épée et répartit le contenu du coffre entre les trois bourses remplies de liège qu'il tira de son uniforme. Lorsqu'il eut terminé et soigneusement noué les sacs, il se rendit compte qu'ils étaient plutôt lourds. Il n'était pas sûr qu'ils flotteraient, mais espérait que Krusha et Jak savaient ce qu'ils faisaient.

Andrej contrôla les nœuds une dernière fois avant de s'approcher de la fenêtre. À quelques coudées seulement en contrebas, deux soldats déambulaient lentement sur le chemin de ronde. Ils n'étaient pas très pressés et s'arrêtaient même de temps à autre pour admirer la vue sur la ville. Il se passa un long moment avant qu'ils ne s'éloignent. Andrej prolongea son attente jusqu'à ce qu'ils soient complètement hors de vue.

Prenant son élan, il jeta le premier sac par la fenêtre, aussi loin qu'il put. La barque de Krusha et de son frère était invisible, mais Andrej ne doutait pas qu'ils dardaient leurs regards impatients sur la fenêtre éclairée au sommet du donjon.

Il s'apprêtait à jeter le deuxième sac par la fenêtre lorsqu'il entendit un bruissement derrière lui. Une voix basse mais très claire chuchota : « Ça suffit maintenant, Delãny. »

Andrej sursauta, laissa tomber le sac et posa la main sur son épée. Il s'abstint toutefois de dégainer en voyant Jak apparaître de derrière un lourd rideau de velours rouge dissimulant vraisemblablement une porte dérobée.

« Jak ? » murmura-t-il. Puis son visage s'assombrit. « Vous êtes fou, que faites-vous ici ? Et pourquoi... pourquoi ne m'avoir rien dit de cette porte secrète ? »

Son prétendu complice ne réagit pas mais s'approcha rapidement du garde inconscient et s'agenouilla auprès de lui. Voyant que l'homme était toujours en vie, il fronça les sourcils. « Vous avez le cœur trop tendre, Delãny, dit-il.

— Je vous ai posé une question, Jak, rappela Andrej sèchement. Que faites-vous ici ? » Quelque chose n'allait pas.

« Nous devons changer nos plans. » Jak désigna de la tête les deux sacs en cuir aux pieds d'Andrej. « Ne jetez pas ceux-là ! Il serait dommage d'abîmer leur contenu, non ?

— Jak, bon sang ! » éructa Andrej. Il fit un pas vers l'homme aux cheveux gris puis s'immobilisa. Son cerveau était en ébullition. Que se passait-il ? Quelle était la signification de tout cela ?

« Comme je le disais : nous devons changer nos plans. Très légèrement. » Jak soupira, sortit un poignard effilé de sa tunique et trancha la gorge du soldat évanoui.

Andrej écarquilla les yeux. « Que... ? »

Jak se releva, rejoignit la porte en deux pas et ouvrit le verrou. Dans le même mouvement, il s'infligea une profonde coupure sur le dos de la main gauche avec l'arme du crime. Il ouvrit la porte et cria d'une voix forte : « Gardes ! »

Andrej tira son épée et voulut se jeter sur lui, mais il était déjà trop tard. Jak laissa tomber le poignard, sauta sur le côté et secoua sauvagement sa main blessée. La pièce fut aussitôt pleine d'hommes en uniforme, comme s'ils s'étaient tenus prêts à intervenir dans le couloir. C'était d'ailleurs sans doute le cas. Andrej recula hâtivement contre le mur et fit un large moulinet qui n'atteignit aucun de ses adversaires mais lui donna quelques secondes de sursis.

Il cherchait désespérément un moyen de fuir, mais il n'y en avait aucun. Les soldats continuaient d'affluer du couloir et Andrej faisait déjà face à une douzaine d'hommes pointant leurs lances et leurs épées sur lui. Il n'avait pas peur d'affronter plusieurs adversaires à la fois mais, même pour lui, ils étaient trop nombreux. Il hésita, puis il posa l'épée devant lui sur le sol et leva les bras. L'un des soldats s'approcha et lui appuya la pointe de son épée sur la gorge.

« Halte ! ordonna Jak sèchement. Ne le touchez pas ! Je le veux vivant ! »

Le soldat baissa son arme et recula vivement d'un pas. « Très bien, monseigneur », répondit-il.

Andrej cligna des yeux, dévisagea Jak et répéta d'un ton interrogateur : « Monseigneur ?

— Monseigneur », confirma le duc de Constanta.

14

Dehors, le jour s'était sûrement levé depuis longtemps, mais peut-être faisait-il déjà de nouveau nuit. Andrej n'avait pas moyen de mesurer le passage du temps car son cachot était dépourvu de fenêtre. Dans ce bâtiment, dans cette cellule, la division arbitraire du jour en heures et en minutes n'avait plus aucun sens, pas plus que l'alternance éternelle entre le jour et la nuit.

La seule lumière qui éclairait vaguement la cellule à intervalles irréguliers était un vacillement rouge sombre qui lui parvenait par l'ouverture grillagée de la porte. Parfois, la lumière ne restait que quelques instants, parfois elle demeurait plusieurs minutes. Andrej n'essayait plus depuis longtemps de reconnaître un rythme quelconque dans ses apparitions et ses disparitions. Il avait également cessé d'estimer le temps passé dans ce trou. Il était enfermé depuis des heures, voire quelques jours, mais le nombre exact de ces heures et de ces jours lui était désormais indifférent. Tant qu'il ne trouverait aucun moyen de s'évader, il se moquait de savoir depuis combien de temps il était enfermé.

Et il ne voyait pas comment s'enfuir. Andrej doutait que Jak Demagyar sût qui il avait mis sous les verrous, mais le duc semblait néanmoins penser que son prisonnier était un homme très dangereux. Andrej n'était pas seulement enfermé dans le cachot le plus reculé et le plus sûr du palais, mais de lourdes chaînes lui entravaient les pieds et les mains, et on lui avait posé un collier de fer relié par une chaîne à un anneau serti dans le mur. Cette chaîne était si courte qu'Andrej ne pouvait ni s'asseoir ni se redresser en prenant appui sur le mur. Ses membres étaient douloureux en raison de l'inconfort de sa position et son estomac grondait. Depuis qu'il était enfermé, il n'avait eu ni à manger ni à boire.

Soudain, le rougeoiement vacillant de la lumière apparut de nouveau par la petite découpe rectangulaire de la porte. Cette fois, elle ne s'éteignit pas au bout de quelques secondes, mais gagna en intensité. Il entendit aussi le bruit et les pas d'individus qui se rapprochaient. Sans doute le bourreau, venu l'étudier de plus près. Andrej s'était déjà plusieurs fois demandé comme on allait l'exécuter. La décapitation était une méthode très appréciée, mais si le père Domenicus avait, avant sa mort, persuadé le duc que Delãny était un sorcier, on lui réserverait sûrement une mort plus longue et plus douloureuse. Il avait entendu dire qu'on menait volontiers les sorciers au bûcher, encore une bonne méthode, mais de loin pas la plus cruelle qu'il pouvait imaginer…

Andrej chassa ces pensées morbides, se redressa tant bien que mal et tourna toute son attention vers la porte, même s'il ne pouvait se défaire du sentiment que ses visiteurs ne seraient sans doute pas beaucoup plus agréables que ses visions d'horreur.

Il ne se trompait pas. La clé grinça dans la serrure et la porte s'ouvrit. Il cligna des yeux et grimaça car la lumière vive de la torche martyrisait ses pupilles habituées à une longue obscurité. Deux, peut-être trois silhouettes entrèrent dans sa cellule. Dans la pénombre, il ne discerna que des formes floues. Puis il entendit une voix claire, manifestement furieuse : « Qui a fait cela ? »

Andrej battit des paupières pour chasser les larmes que la clarté soudaine lui avait fait venir aux yeux et reconnut le visage de Jak Demagyar. Les yeux du duc étincelaient de colère, mais qui ne lui était pas destinée.

« J'avais donné l'ordre de bien traiter le prisonnier ! jeta Demagyar d'un ton acerbe. Regardez-le, maintenant ! Il est plus mort que vif ! Et il pue !

— Nous… nous sommes désolés, monseigneur, bafouilla l'un des soldats qui l'accompagnaient. Mais nous pensions…

— Quand je voudrai que vous *pensiez*, je vous le dirai ! l'interrompit Demagyar. Maintenant, va chercher à manger à cet homme ! Et rapporte de l'eau et du savon ! Je ne veux pas qu'il sente le bouc ! »

L'homme se hâta de quitter la cellule à reculons et Andrej l'entendit se mettre à courir dès qu'il fut sorti.

Demagyar se tourna vers le deuxième. « Laisse-nous seuls ! » ordonna-t-il.

L'homme hésita. « Êtes-vous sûr, monseigneur ? Il… il est dangereux. »

Le duc eut une grimace de mépris. « Crois-tu qu'il va arracher ses chaînes du mur ou se transformer en corbeau pour me crever les yeux ? demanda-t-il, sarcastique. Disparais ! Je t'appellerai quand j'aurai besoin de toi ! » Il tendit la main pour prendre la torche. Le soldat fut à son tour très pressé de quitter le cachot. Le duc Jak Demagyar ne devait pas être connu pour sa patience envers ses subordonnés.

Demagyar s'approcha, mais resta néanmoins à distance respectueuse, comme s'il n'était finalement pas si convaincu de la solidité des chaînes. Il agita la torche, la fit passer de sa main droite à sa main gauche soigneusement bandée et l'éleva un peu en sentant la chaleur des flammes sur son visage.

« Je suis vraiment désolé, dit-il. Je ne voulais pas qu'on vous traite de la sorte, Delãny. Mais vous savez ce qu'on dit : si tu veux être sûr que les choses soient bien faites, fais-les toi-même.

— Votre sollicitude me touche beaucoup, répondit Andrej avec amertume. Si je pouvais, je vous embrasserais. »

Demagyar ricana. « Ne vous méprenez pas, Andrej. C'est beaucoup moins amusant de faire exécuter un homme à demi mort, voilà tout. »

Andrej garda la silence. De toute façon, le duc ne lui dévoilerait pas ce qu'il voulait savoir.

« Pour quelqu'un qui est enchaîné au mur depuis deux jours sans boire une seule gorgée d'eau, vous n'avez pas mauvaise allure », reprit Demagyar après une courte pause. Cette remarque n'était pas dépourvue d'arrière-pensées, Andrej en était certain. Le duc ne savait sûrement pas qui son prisonnier était vraiment, ni la raison pour laquelle les trois chevaliers d'or et le père Domenicus s'étaient rendus dans la vallée de Borsa. Ce n'est certainement pas à lui qu'ils l'auraient dévoilé. Mais il soupçonnait visiblement Andrej de cacher un secret. Il devait sentir qu'il n'avait pas affaire à un simple barbare de Transylvanie.

« Les Delãny sont coriaces, répondit Andrej. Il n'est pas facile de nous tuer.

— Oui, j'ai déjà entendu dire ça. » Le duc haussa les épaules. La torche tremblait dans sa main et projetait une nuée d'éclats rougeoyants sur les murs. « Mais je ferai de mon mieux.

— Pourquoi ? s'enquit Andrej avec calme.

— Pourquoi je vous fais exécuter ? » Demagyar cligna des yeux comme si la question le surprenait, et il laissa entendre un petit rire. « Vous avez tout de même essayé de me voler, Delãny. Et vous avez tué l'un de mes hommes. » Son regard se posa sur sa main bandée et il poursuivit avec une commisération apparemment authentique : « C'était un bon soldat. Il ne sera pas facile de le remplacer. Les hommes fiables sont difficiles à trouver de nos jours.

— Vous prenez plaisir à ce genre de jeu ou vous avez une raison pour vous voler vous-même et tuer vos propres soldats ? »

Demagyar tenta de dissimuler sa surprise, mais le regard furtif, presque craintif, qu'il lança vers la porte avant de répondre n'échappa pas à Andrej. « S'il y avait une raison, ce ne serait pas très intelligent de ma part de vous la dévoiler, n'est-ce pas ? »

Donc, il y a bien une raison, pensa Andrej ; il avait d'ailleurs une vague idée de ce qu'elle pouvait être, même s'il était incapable de la formuler avec précision.

« Pourquoi êtes-vous venu me voir, monseigneur ? s'enquit-il, d'un ton ironique. Juste pour vous assurer que j'allais mal ?

— En réalité, vous n'avez pas de raison de vous plaindre, Delãny », répondit Demagyar. Puis il secoua la tête. « Je suis venu vous informer que votre procès débutera dans deux heures.

— Mon… procès ?

— Vous semblez vraiment avoir mauvaise opinion de moi, soupira Demagyar. Il va de soi que vous aurez un procès équitable.

— C'est vous qui le présiderez, je suppose. Et le verdict est déjà décidé.

— Bien entendu, répondit sèchement Demagyar en montrant sa main blessée. Rien que pour l'agression sur le duc de Constanta, vous méritez la mort, Delãny. Je ne pourrais pas vous sauver, même si je le voulais. Il y a des lois auxquelles je dois, moi aussi, me soumettre.

— Comme c'est regrettable. »

Demagyar garda son calme en dépit de la remarque sarcastique. « Je suis néanmoins venu vous voir pour vous faire une proposition. Vous allez mourir, mais je vous laisse le choix entre une mort rapide et sans douleur, et une lente agonie de plusieurs jours.

— Je choisis les jours, répondit Andrej, tentant à nouveau de provoquer son interlocuteur. J'aime faire durer le plaisir, vous savez.

— Vous ignorez de quoi vous parlez, répliqua le duc avec sérieux. Mon bourreau est un maître en son domaine. Et il aime ce qu'il fait.

— Que voulez-vous ? » demanda Andrej. Il n'était pas lâche, mais pas fou non plus.

« Juste une information. Le père Domenicus… l'inquisiteur. Qui est-il ?

— Je… j'ai bien peur de ne pas comprendre, bégaya Andrej.

— Ne jouez pas les niais. » Demagyar avait l'air sincèrement irrité. « Vous savez exactement ce que je veux dire. Domenicus n'est… n'était pas un inquisiteur ordinaire. D'habitude, le bras de Rome ne s'allonge pas jusqu'ici ; nous traitons plutôt avec les pères de l'Église de Byzance et le patriarche de Constantinople, dont les relations avec le Vatican sont pour le moins tendues. Notre roi bien-aimé doit donc avoir une bonne raison pour autoriser l'Inquisition à venir jusqu'ici et à massacrer qui bon lui semble.

— Il en a clairement donné l'autorisation au père Domenicus, acquiesça Andrej.

— Oui, et je me demande pourquoi. Qu'y a-t-il de si particulier dans cette vallée de Transylvanie pour que le roi permette à des soldats d'un pays étranger d'oblitérer tout un village ?

— Je ne le sais pas », répondit Andrej en toute bonne foi. Il ajouta, après une courte pause : « Peut-être n'est-il même pas au courant. »

Le duc hocha pensivement la tête. « J'y ai déjà pensé moi-même, mais les documents de l'inquisiteur sont en règle. Mieux que cela, même. Je ne peux pas le prouver, mais il semblerait que Domenicus et ses mystérieux compagnons soient ici sur ordre direct du Vatican. Et le fait qu'ils sont restés en ville jusqu'à votre arrivée tend à prouver qu'ils vous attendaient. Ils se donnent beaucoup de peine pour abattre un seul homme et un jeune garçon, ne trouvez-vous pas, Delãny ?

— Vous allez faire le travail à leur place, semble-t-il. » Ses chaînes cliquetèrent doucement. « Mais pourquoi vous aiderais-je, même si je le pouvais ? Je n'ai pas peur de la mort. Et la douleur finit par passer.

— Et si je vous donnais ma parole de laisser le garçon en vie ?

— Frederic ? » Andrej ne parvint pas à masquer totalement l'effroi dans sa voix. « Vous l'avez capturé ?

— Lui et les deux imbéciles qui croyaient pouvoir me voler. À quoi vous attendiez-vous donc ? demanda Demagyar, surpris. Dites-moi la vraie raison pour laquelle l'inquisiteur est venu en Transylvanie et le garçon aura la vie sauve.

— Il a tué Domenicus, rappela Andrej.

— Peu importe. » Le duc fit un geste méprisant de sa main libre. « Il m'a rendu service. Alors ? Quel est le grand secret de la vallée de Borsa ?

— Je n'en sais rien », répéta Andrej.

Le visage de Demagyar s'assombrit. « J'en suis navré. Dans ce cas, je ne peux plus rien pour vous. »

Il dévisagea Andrej pendant un moment encore, attendant manifestement qu'il se ravise et lui dise ce qu'il voulait savoir. Il ne cacha pas sa déception devant le silence du prisonnier. Il se tourna finalement vers la porte en haussant les épaules et quitta la cellule sans ajouter un mot.

Andrej resta seul dans l'obscurité. Il venait peut-être de commettre sa dernière erreur.

15

Peu après, quatre hommes entrèrent dans la cellule d'Andrej, le libérèrent de ses chaînes et lui apportèrent de l'eau et des vêtements propres pour qu'il se lave et se change. Les soldats gardèrent à chaque instant la main sur la poignée de l'épée. D'autres hommes attendaient dans le couloir. Une tentative d'évasion dans de telles conditions aurait été sans espoir et dénuée de sens. Andrej devait attendre qu'une occasion se présente, que quelque chose détourne l'attention des gardes et lui donne l'avantage. Peut-être cette occasion ne se présenterait-elle jamais et peut-être n'avait-il plus que quelques minutes à vivre. Il devait garder son sang-froid et attendre le moment opportun. Andrej n'avait pas l'intention de se laisser abattre sans résistance, ni vite ni lentement.

Il se laissa docilement ré-enchaîner et sortir de la cellule. Comme il s'y attendait, le cachot se trouvait à l'étage le plus bas du palais. Ils parcoururent un étroit couloir sombre au plafond si bas qu'on ne pouvait y avancer que courbé. Le couloir se terminait par un escalier étroit et raide, qui semblait interminable et menait à la surface. Après avoir passé une porte en chêne massif, ils pénétrèrent dans la prison officielle, loin au-dessus de sa cellule.

Arrivé là, Andrej ressentit presque physiquement la souffrance qui imprégnait les lieux. Il n'était pas le seul, ses gardes furent eux aussi pris à la gorge et peinèrent tout d'abord à respirer. Les deux grandes cellules fermées de barreaux qui flanquaient le couloir étaient désespérément bondées. La pestilence des excréments humains se mêlait à celle de la maladie et de la mort. Des gémissements de douleur, sourds et ininterrompus, leur parvenaient des deux côtés. Au regard de la bonne cinquantaine d'hommes, de femmes et d'enfants entassés dans les deux cellules, le bruit parut étonnamment faible à Andrej. Bon nombre de prisonniers n'avaient même plus la force de se plaindre.

La vue de ces malheureux bouleversa tant Andrej qu'il dut baisser plusieurs fois les yeux pour ne plus avoir à les regarder. Lorsqu'on l'avait amené dans son cachot, il était inconscient, assommé par l'un des soldats. Il n'était revenu à lui qu'enchaîné au mur. Il comprit maintenant que cela avait été une bénédiction. Les jours qu'il avait passés en bas, seul avec ses pensées, avaient été durs, mais s'il avait su ce que Demagyar infligeait aux captifs, il aurait vécu l'enfer. Bien sûr, il n'ignorait pas que la famille et les amis de Frederic se trouvaient là, mais la réalité qu'il découvrait maintenant était pire que tout ce qu'il avait imaginé.

Aussi désagréables que fussent ces visions d'horreur, Andrej se força à regarder encore une fois des deux côtés. Il découvrit des visages gris de peine, de douleur et surtout de peur, mais celui de Frederic n'était pas parmi eux. Si Demagyar avait dit la vérité et qu'il tenait le garçon à sa merci, il devait être emprisonné ailleurs.

Andrej et ses geôliers continuèrent leur remontée et aboutirent finalement dans la cour. Ébloui, il ferma les yeux et leva instinctivement la main pour se protéger de la vive clarté du soleil. Aussitôt, l'un des gardes leva son épée et en posa la pointe sur sa gorge, tandis qu'un deuxième lui appuyait la pointe de sa hallebarde contre le ventre. Andrej s'immobilisa. Quoi que Demagyar ou Domenicus aient pu raconter à son sujet, les soldats du duc avaient vraiment peur de lui. Il pourrait se servir de cela contre eux, mais pas maintenant. Savoir que le duc détenait aussi Frederic était une raison suffisante pour ne pas s'enfuir.

Il baissa doucement la main, attendit que les gardes aient rengainé leurs armes et se contraignit péniblement à sourire. Était-ce de la peur qu'il lisait sur le visage des soldats, ou de la haine ? Après tout, ils croyaient qu'il avait tué l'un des leurs.

Tout en marchant, Andrej examina une deuxième fois la cour intérieure du palais. Ses yeux s'habituèrent vite à la luminosité, mais la vue qui s'offrait à lui n'en devint pas plus agréable. De jour, la forteresse était aussi sombre et peu engageante que la nuit, sans plus jouir de l'excuse de l'obscurité. Andrej découvrait un monde froid et rebutant où toute émotion humaine, tout rire, sembleraient déplacés.

Les soldats le conduisirent dans une grande salle presque vide, au premier étage du palais. La salle du trône de Jak Demagyar, supposa Andrej. Elle était dominée par une grande cheminée, présentement éteinte, dont le manteau était orné de l'écusson de Demagyar surmontant une épée et une étoile du matin disposées en croix. Les deux armes n'étaient pas de purs objets décoratifs mais arboraient, tout comme l'écusson, des traces manifestes de combats anciens.

Devant l'âtre, une longue table avait été érigée, à laquelle Demagyar et trois hommes inconnus d'Andrej avaient pris place. Seul l'un d'entre eux revêtait l'uniforme ducal, les deux autres portaient de coûteux vêtements civils. Sans doute s'agissait-il de dignitaires de la ville. Deux places étaient encore libres, dont l'une à côté du duc.

« Vous savez pourquoi vous êtes ici, attaqua Demagyar.

— Pour jouir de votre hospitalité ? fit Andrej. Si tel est le cas, j'aimerais me plaindre de ma chamb… »

L'un des soldats le frappa si violemment à la nuque qu'il chancela. Andrej ne leur fit pas le plaisir de gémir, mais il serra les dents et cligna plusieurs fois des yeux pour faire passer la douleur.

« Vous ne semblez toujours pas avoir compris la gravité de votre situation, Delãny, constata Demagyar en fronçant les sourcils.

— Le service laisse également à désirer », marmonna Andrej. Il sentit que l'homme derrière lui s'apprêtait à le frapper de nouveau et se raidit dans l'attente du coup, mais le duc fit un signe de la main pour retenir le garde.

Puis, secouant légèrement la tête, il se tourna vers son voisin de gauche. « Comme je vous l'avais dit, comte Bathory, c'est un barbare de Transylvanie. Il n'a pas l'air de comprendre dans quelle situation il se trouve. »

Le comte leva la main pour prendre la parole et se tourna vers Andrej. « Est-ce vrai, Delãny ? Ignorez-vous pourquoi vous êtes ici ? Ce qu'on vous reproche ? »

Andrej comprenait de moins en moins ce qui se passait. Il savait que son soi-disant procès serait une farce, Demagyar ne lui avait pas caché que le verdict était déjà prononcé. Cependant, après les paroles du comte Bathory, le regard presque implorant que le duc lui lança était superflu pour lui faire comprendre que ses juges lui proposaient une porte de sortie. Mais à quoi cela rimait-il ?

« Je vous l'ai dit, comte Bathory, insista Demagyar devant le silence d'Andrej, c'est un fou. Ses complices l'ont envoyé en éclaireur parce qu'il est assez bête pour se laisser entraîner dans une entreprise aussi vaine.

— C'est bien possible, intervint le deuxième inconnu. Je suis quand même d'avis de le soumettre à la question. Peut-être joue-t-il seulement les abrutis.

— À quoi cela l'avancerait-il, Florescu ? demanda le duc. Il sait qu'il n'a aucune pitié à attendre. » Il toussota, dévisagea Andrej d'un regard inexpressif et se leva.

« Or donc, Andrej Delãny de la vallée de Borsa, je vous accuse officiellement des crimes suivants : tout d'abord, tentative de vol du trésor ducal, entrée par effraction dans le palais et nos appartements, puis agression sur la personne de Jak Demagyar, duc de Constanta et représentant du roi. » Il agita sa main blessée. « Vous ne le savez peut-être pas, barbare, mais, d'après nos lois, toute atteinte à la personne du duc est passible de mort. Avouez-vous ces crimes ? »

Il n'évoqua même pas le soldat assassiné. Mais, après tout, l'homme n'avait fait que son devoir de soldat, aux yeux de Demagyar : il était mort.

« Ai-je le choix ? » demanda Andrej.

Cette fois, Demagyar n'empêcha pas le garde de le frapper. Cette fois encore, Andrej n'émit pas une plainte, même s'il lui fut difficile de rester debout.

« C'est sans espoir, soupira le duc. Je veux pourtant vous donner encore une chance. »

Il se leva, se dirigea vers une petite table près de la cheminée et revint avec deux volumineuses bourses en cuir.

« Vous avez été surpris avec trois de ces sacs, Andrej Delãny, dit-il en posant les deux prétendues pièces à conviction sur la table devant lui. Ils devaient vous servir à transporter votre butin. Deux vous ont été repris, mais vos complices ont réussi à s'échapper avec le troisième ; en d'autres termes, ils ont emporté un tiers de nos richesses. » Il eut un sourire contraint. « Nous aimerions récupérer ce tiers, Delãny. »

Andrej ne comprenait plus rien. Jak Demagyar était probablement le seul, dans cette salle, à savoir où Krusha et Sergué se trouvaient avec le reste du butin. Pourquoi le duc cherchait-il à se voler lui-même ?

« Je ne sais pas de quoi vous parlez », répondit Andrej.

Florescu tapa rageusement du plat de la main sur la table. « Pas d'insolence, barbare ! Tu ferais mieux de répondre ; sinon, nous avons certaines méthodes pour te délier la langue !

— Qui sont tes complices ? demanda le comte Bathory. Où deviez-vous vous retrouver ? Et qui vous a parlé du trésor du duc ?

— À moins que l'argent ne t'intéresse pas ? ajouta Demagyar en agitant sa main blessée. Ta lame devait-elle me trancher la gorge, pas seulement la main ?

— Si j'avais voulu votre mort, vous ne seriez plus là pour poser la question », rétorqua Andrej avec calme. Il se raidit, mais le coup attendu ne vint pas.

Le duc soupira, regarda d'abord Andrej, puis le soldat debout derrière l'accusé, et fit un geste presque imperceptible de l'auriculaire de la main droite. Au même moment, une douleur fulgurante explosa dans les reins d'Andrej, qui tomba à genoux en gémissant et dut lutter quelques secondes contre l'évanouissement qui le menaçait.

« Notre patience est bientôt à bout, Delãny, lança froidement Demagyar. Je déteste faire torturer un homme, mais je n'hésiterai pas si tu persistes dans cette voie ! Donne-nous le nom de tes complices, dis-nous où ils se cachent et nous reconsidérerons peut-être la question de ton châtiment ! »

Andrej se remit péniblement debout. Il avait la nausée et la douleur dans son dos était insupportable. Il ne suivait les paroles de Demagyar qu'avec difficulté, mais il n'aurait sans doute pas mieux compris si le soldat ne l'avait pas frappé. Une chose commençait cependant à être claire : ce prétendu procès n'était rien d'autre qu'une comédie minutieusement préparée à l'attention de Florescu et de Bathory. Que Demagyar voulait-il leur faire accroire ?

« Je ne sais pas où ils sont, dit-il d'une voix hachée. Je ne sais même pas vraiment qui ils sont. Je ne les ai rencontrés qu'il y a quelques jours.

— Où cela ? » demanda Bathory.

Andrej le dévisagea d'un air buté. Bathory soutint son regard quelques secondes avant de faire un signe de tête à l'un des soldats postés derrière lui. L'homme s'empressa de venir déposer devant le comte un paquet enveloppé dans un morceau de tissu, puis il recula pour reprendre sa position.

Bathory défit rapidement le paquet et Andrej reconnut les vêtements déchirés que Frederic et lui avaient laissés dans la maison abandonnée.

« Ces vêtements t'appartiennent-ils ? questionna le comte. Si oui, explique-moi comment ils ont été déchirés.

— Quelle importance ? lança Andrej, puisque j'ai déjà avoué que j'avais essayé de voler le duc.

— Ce qui te vaudra une mort certaine, souligna Florescu. Je me demande seulement pourquoi quelqu'un accepterait d'affreuses tortures pour protéger deux complices prétendument rencontrés quelques jours plus tôt.

— Réfléchis bien à ce que tu vas dire, Delãny, ajouta le comte Bathory. Tes cheveux brûlés prouvent assez que tes amis et toi êtes également responsables de l'incendie de l'auberge, il y a deux jours. Ce qui constitue un nouveau crime, et non des moindres.

— Mais vous ne pouvez me tuer qu'une fois, non ? » répliqua Andrej froidement. Il regarda Demagyar. Le duc s'efforçait d'arborer une mine sombre, mais il était incapable de réprimer tout à fait la lueur de triomphe qui brillait dans son regard. Andrej ne savait toujours pas où il voulait en venir, mais le procès devait se dérouler exactement selon ses plans.

« Tu te trompes, Andrej Delãny, répondit Florescu. Ta mort ne sera pas rapide. Je répugne autant que Jak Demagyar à recourir à la torture, mais tes crimes pèsent trop lourd. Le peuple réclame justice. Si tu continues à t'obstiner, ta mort pourra durer des jours.

— À moins, ajouta le comte Bathory, que tu ne nous donnes le nom de tes complices et celui de votre commanditaire.

— Je ne comprends pas ce que vous cherchez, répondit Andrej.

— Je vais te faciliter la tâche, lança Florescu. Tu n'es pas aussi bête que tu aimerais nous le faire croire. Personne n'est naïf au point de s'imaginer pouvoir s'introduire dans la chambre à coucher du duc, voler son trésor et s'en sortir impunément. Je vais te dire ce que tu voulais : tu voulais assassiner le duc.

— Ce qui est de toute évidence beaucoup plus facile que de lui voler son argent, remarqua Andrej, sarcastique.

— Peut-être espérais-tu profiter de la confusion provoquée par la mort du duc pour t'enfuir ? » insista Florescu.

Le comte Bathory semblait pensif et légèrement surpris. Demagyar, en revanche, était incapable de masquer sa satisfaction.

« Donne-nous le nom de ton commanditaire, la cachette de tes complices et… (Florescu s'interrompit et se tourna vers Demagyar avec un air interrogateur auquel celui-ci répondit d'un léger hochement de tête) tu auras la vie sauve », conclut-il.

Le comte Bathory fronça les sourcils. « Pardonnez-moi, Florescu, mais cet homme…

— *Cet homme*, l'interrompit l'autre, n'est rien de plus qu'un pion. Il ne sert à rien de briser le poignard si on ignore qui l'a lancé. »

Le comte Bathory allait répondre, mais il fut interrompu par des voix furieuses. La porte s'ouvrit à toute volée ; deux sentinelles moulinant des bras entrèrent à reculons dans la salle de justice, suivies par un ange de vengeance aux cheveux noirs dont les yeux lançaient des éclairs. La jeune femme, hors d'elle, était accompagnée par deux hommes revêtus de cuirasses en laiton poli qu'Andrej ne connaissait que trop bien. L'un d'eux était le géant Malthus qui avait déjà failli lui ôter la vie, l'autre avait croisé son chemin dans l'auberge en flammes.

Le duc Demagyar se leva à demi de son trône. « Comtesse ! lança-t-il. Que… ?

— Que se passe-t-il ici ? le coupa la sœur de l'inquisiteur en criant presque.

— Veuillez nous pardonner, comtesse, répondit Demagyar, embarrassé. Je dois vous prier de sortir. Nous siégeons en tribunal et…

— Au sujet d'un homme que nous réclamons ! l'interrompit Maria, furieuse.

— Plaît-il ? » Demagyar jeta un regard d'incompréhension à la jeune femme.

Maria ignora les deux hommes qui tentaient maladroitement de lui barrer le chemin et de la retenir sans la toucher. Elle s'avança d'un pas décidé vers Demagyar et s'arrêta devant la table.

« Gardez vos manières mielleuses, Demagyar, le tança-t-elle. Vous n'avez aucun droit de juger cet homme ! Le droit de décider du sort du meurtrier de mon frère ne revient qu'à moi ! Et je revendique ce droit ! »

Le duc ne répondit pas tout de suite et dévisagea Maria avec une expression indéchiffrable. Florescu semblait aussi surpris qu'ébranlé. Le comte Bathory, pour sa part, s'efforça au moins de détendre la situation. Du coin de l'œil, Andrej vit les deux chevaliers d'or se rapprocher et se poster, comme par hasard, derrière lui. Il ne pensait pas, toutefois, qu'ils avaient l'intention de l'attaquer. Il leur était aussi impossible de le tuer devant Demagyar et les autres que lors de leur dernière rencontre sur la place du marché, devant tous les témoins.

« Comtesse, soyez assurée que nous comprenons votre peine et que nous la partageons, déclara le comte Bathory. Cependant…

— Cependant, j'ai la parole de Demagyar, le coupa Maria. Ou bien avez-vous déjà oublié que vous m'avez promis de me les livrer, lui et le garçon, duc ? »

Demagyar secoua la tête. « Aucunement, répondit-il, le visage figé. Mais c'était avant que Delãny ne pénètre dans le palais et ne tente de me tuer. »

Maria lança un regard surpris à Andrej. « Est-ce vrai ?

— Non », répondit Andrej avec calme.

Le duc se mit à rire. « Bien sûr qu'il nie. À quoi vous attendiez-vous ?

— À ce que vous teniez parole, duc.

— Mais comprenez-moi, comtesse, soupira Demagyar. Je ne *peux* pas vous livrer Delãny, même si je le voulais.

— Il dit vrai, intervint le comte Bathory. Delãny s'est rendu coupable de plusieurs crimes très graves. Il ne nous est pas possible de le livrer à qui que ce soit. Pas avant d'avoir rendu justice. »

Maria serra les poings, tremblant de tout son corps. Andrej pouvait s'imaginer ce qu'elle ressentait. Mais elle se domina. Elle relâcha ses mains au bout de quelques secondes, se détendit et recula de deux pas.

« C'est ce que nous verrons, siffla-t-elle. Je vous déconseille quand même de toucher à un seul de ses cheveux.

— S'il vous plaît, calmez-vous, comtesse, dit Demagyar d'une voix douce. Je comprends votre douleur, mais je ne peux malheureusement rien faire pour vous.

— Vous n'avez pas l'air de comprendre, répondit Maria froidement. Si mon frère meurt, il vous faudra bien dire pourquoi vous refusez de livrer l'assassin d'un inquisiteur. Vous voulez vraiment attirer sur vous les foudres de l'Église romaine ? »

Si mon frère meurt ? pensa Andrej, interloqué. « Votre frère… est en vie ? demanda-t-il.

— Silence ! tonna Demagyar. Vous n'avez le droit de parler que si on vous le demande. »

Maria répondit néanmoins. « Il vit, mais je ne sais pas combien de temps encore. S'il meurt, que Dieu vous vienne en aide, Andrej Delãny, car vous n'aurez aucune pitié à attendre de ma part. » Elle se tourna de nouveau vers le duc. « La même chose vaut pour vous, Jak Demagyar. Je sais que vous avez une piètre opinion de l'Église romaine, mais mon frère n'est pas un moine ordinaire. Ses amis sont puissants et ils se demanderont comment il a pu lui arriver malheur pendant qu'il séjournait chez vous. Pensez-y : si les Turcs attaquent vraiment Constanta, vous aurez, vous aussi, besoin d'amis ! »

Demagyar ne répondit rien, mais il était visible que ces menaces ne l'impressionnaient guère. La jeune femme avait vu juste. Dans ces contrées, la parole du Vatican n'avait pas beaucoup de poids. Certes, Rome était puissante, mais Rome était loin. Et si les Turcs tentaient vraiment de prendre Constanta, le pape ne pourrait pas les en empêcher, même s'il le voulait.

« Si je pouvais vous demander de partir, finit-il par dire d'un ton aimable quoique nettement moins chaleureux. Je m'entretiendrai avec vous plus tard.

— N'oubliez pas ce que je vous ai dit », lança Maria. Elle tourna les talons, effleura Andrej d'un regard glacial et quitta la salle en compagnie des deux chevaliers d'or.

16

L'absurde interrogatoire dura encore près de deux heures, à l'issue desquelles Demagyar conseilla à Andrej de faire la paix avec lui-même jusqu'au lendemain. Le prisonnier ne fut pas reconduit à sa cellule dans les profondeurs du donjon, mais dans une chambre minuscule du palais. À peine plus grande que son cachot et pourvue d'une porte aussi massive, elle était néanmoins dotée d'une fenêtre et chichement meublée. Là aussi, il fut attaché à un solide anneau fixé dans le mur, mais la chaîne entravait moins ses mouvements. De toute évidence, le tribunal de Demagyar œuvrait assez souvent pour justifier l'existence d'une telle cellule provisoire pour les prisonniers.

On lui donna à manger et une écuelle d'eau. À peine une demi-heure après son arrivée dans sa nouvelle cellule, la porte s'ouvrit soudain et Maria entra, accompagnée par l'un des chevaliers d'or.

Andrej fut surpris. Après son esclandre au tribunal, il ne s'attendait pas à revoir aussi vite la jeune femme. Ou alors, un couteau à la main pour tenter de lui trancher la gorge.

Colère et haine avaient déserté son visage. Elle paraissait triste, peut-être un peu amère, mais en aucun cas furieuse.

Andrej se leva de sa couchette autant que sa chaîne le lui permettait. « Comtesse.

— Laissez tomber, Delãny, répondit Maria avec lassitude. Je ne suis pas plus noble que vous. » Elle ferma les yeux, se tut pendant quelques secondes qui parurent une éternité à Andrej et demanda à voix basse : « Pourquoi ? »

Il comprit tout de suite ce qu'elle voulait dire, mais il s'abstint de répondre et fixa son regard sur le chevalier d'or. L'homme se laissa dévisager sans sourciller, mais une sombre promesse était écrite dans ses yeux et le froid qui touchait l'âme d'Andrej sembla encore s'intensifier.

« J'aimerais vous parler seul à seule », finit-il par dire.

Le chevalier lâcha un rire guttural et répondit en une langue qu'Andrej ne connaissait pas.

« Parlez afin qu'il nous comprenne, dit Maria sans se retourner vers son compagnon. Laissez-nous seuls.

— Je vous en prie, Maria, objecta le chevalier d'or, cet homme est…

— Enchaîné au mur, et ses mains et ses pieds sont entravés, Kerber ! Que voulez-vous qu'il me fasse ? »

Furieux, Kerber retroussa les lèvres. « C'est un meurtrier, lança-t-il, et il est dangereux, enchaîné ou non.

— Et que voulez-vous qu'il me fasse ? répéta Maria, acerbe. Qu'il brise ses chaînes ? Qu'il se transforme en loup pour me déchiqueter la gorge ? Allez-vous-en Kerber ! Je vous l'ordonne ! »

Le regard du chevalier fit comprendre à Andrej qu'elle n'avait en fait aucun ordre à lui donner. Il haussa pourtant les épaules, tourna les talons et cogna du poing contre la porte. Lorsqu'elle s'ouvrit, Andrej vit plusieurs soldats dans le couloir. Ils n'étaient pas vêtus de l'uniforme orange et blanc de la garde ducale, mais portaient les cuirasses en cuir noir des soldats de Domenicus.

« Alors ? dit Maria. Nous sommes seuls, maintenant.

— Ce qui est arrivé à votre frère me désole sincèrement, Maria, et n'a rien à voir avec nous, commença Andrej. Je ne voulais pas que cela arrive, vous devez me croire. »

Le visage de Maria se durcit. « Je ne suis pas venue pour apprendre ce que vous vouliez, Delãny. Pourquoi a-t-il fait cela ? Un... un enfant, mon Dieu ! Comment un enfant peut-il haïr quelqu'un au point d'essayer de le tuer ?

— Peut-être parce qu'il a assassiné toute sa famille, répondit Andrej.

— Domenicus ? » La jeune femme secoua la tête avec une expression de parfaite incrédulité. « Jamais de la vie. Vous mentez !

— J'y étais, fit Andrej. J'ai vu ce que les soldats de votre frère ont fait. Je ne dis pas que j'approuve l'acte de Frederic, mais je peux le comprendre. »

Une lumière s'éteignit dans le regard de Maria avant même qu'il eût fini sa phrase. Elle était venue pour... Non, Andrej ignorait pourquoi elle était là. Pas seulement pour lui faire de reproches ou le menacer, non, sa raison était autre. Mais quelle qu'elle ait pu être, elle venait de disparaître. La colère et l'amertume reprirent possession de ses traits.

Avant qu'elle ait pu répondre, Andrej continua : « Que savez-vous au sujet des chevaliers d'or ?

— Pas grand-chose, avoua Maria. Ce sont les gardes du corps de mon frère. Les plus fidèles qu'on puisse imaginer. Ils donneraient leur vie pour le protéger. »

Andrej sourit. « Oui, mais, au moment décisif, ils ne l'ont pas fait. »

Le visage de Maria s'assombrit de nouveau. Elle avait, bien sûr, pris ses paroles pour du sarcasme, même si ce n'était pas l'intention d'Andrej. Il leva la main, faisant cliqueter ses chaînes, et se hâta d'ajouter : « Pardonnez-moi, s'il vous plaît ! C'était maladroit de ma part. Mais répondez à cette question : vous n'étiez pas avec lui, n'est-ce pas ? Vous êtes restée à Constanta pendant que votre frère se rendait à Borsa.

— Mon frère ne m'emmène jamais lorsqu'il part en mission », admit Maria. Elle fixait toujours Andrej avec une colère proche de la haine, mais elle n'avait pas encore franchi la limite et une légère incertitude transparaissait dans sa voix.

« Et il a de bonnes raisons, expliqua Andrej. Je ne sais pas grand-chose des affaires de votre frère, Maria, et je ne sais pas exactement ce que fait un inquisiteur, ni pourquoi il le fait. Mais je sais ce que j'ai vu. Je suis né à Borsa. Quand j'ai quitté le village, il comptait bien plus de cent personnes. J'y suis retourné, il y a une semaine, et je n'y ai trouvé qu'un vieillard à l'agonie, qui avait été cruellement torturé, et un jeune garçon qui avait vu son père et son frère se faire tuer sous ses yeux. »

Maria le regardait fixement. Elle se taisait, mais Andrej voyait son cerveau au travail derrière le front. Elle ne le croyait pas… Comment l'aurait-elle pu ?

« Les hommes de votre frère, poursuivit-il sans merci, ont également tué mon fils et la moitié des habitants de Borsa. Ils ont emmené l'autre moitié en captivité. J'ignore leurs raisons et elles ne m'intéressent pas. Rien ne peut justifier de tels actes, ni l'Église ni aucun seigneur terrestre.

— Domenicus agit au nom de Dieu », murmura Maria. Sa réponse sonnait comme… apprise par cœur. Sans doute avait-elle entendu ces paroles si souvent qu'elle les répétait sans y réfléchir. Peut-être ne l'avait-elle encore jamais fait.

« Au nom de Dieu ? » Andrej secoua la tête. « Sûrement pas, Maria. Et si votre Dieu a vraiment voulu qu'une telle chose arrive, alors vous pouvez le garder.

— Domenicus pourrait vous faire brûler rien que pour ces mots », répondit-elle. Ce n'était pas une menace, plutôt une constatation. Puis elle secoua si vivement la tête que ses boucles volèrent autour de son visage.

« Je n'aurais pas dû venir, dit-elle. Je pensais pouvoir comprendre pourquoi vous aviez fait cela, mais c'était une erreur. J'ai été sotte. »

Elle soupira tristement, baissa les yeux et s'apprêta à partir. Andrej tendit instinctivement le bras, comme pour la retenir, mais la chaîne arrêta son geste. Pourtant, Maria s'immobilisa aussi abruptement que s'il l'avait touchée.

« Attendez, dit-il. Je vous en prie !

— Pourquoi faire ? demanda-t-elle, abattue. Pour écouter de nouveaux mensonges ? » Ses yeux s'emplirent de larmes. « Mon frère va mourir, cela ne vous suffit donc pas ? Il faut encore que vous salissiez son nom ? Vous ne valez pas mieux que Demagyar. »

Andrej ne comprit pas le sens de cette dernière phrase, mais cela n'avait pas grande importance pour le moment. « Vous ne me croyez pas, dit-il, et je peux le comprendre. Mais je vous demande une chose : allez jeter un coup d'œil aux oubliettes.

— Comment ?

— Allez dans les cachots de Demagyar, répéta Andrej. Regardez les gens qui s'y trouvent enfermés. Parlez avec eux. Demandez-leur qui ils sont et d'où ils viennent.

— Les… oubliettes ? » Maria semblait vraiment ignorer de quoi il parlait. Se pouvait-il qu'elle ne sache rien des agissements de son frère et de ses trois compagnons ? Ou avait-elle, jusque-là, évité de se poser des questions ?

« Descendez-y… si Demagyar vous y autorise, répéta Andrej. Si je suis encore en vie, revenez me voir ensuite et reprenons cette conversation. Et… n'en parlez pas à Kerber ni à Malthus. »

Maria le regardait les yeux baignés de larmes. Elle ne luttait plus contre ses pleurs, mais étouffait chaque bruit. Andrej n'aurait su dire avec certitude pourquoi elle pleurait. Sans ajouter un mot, elle se détourna de lui et frappa doucement à la porte qui s'ouvrit immédiatement, comme si l'homme avait attendu, la main sur le loquet. Elle quitta la cellule.

Andrej était bouleversé. Comme à chacune de leurs rencontres, la seule présence de Maria l'empêchait de formuler une seule pensée cohérente et les quelques mots qu'il avait prononcés lui avaient coûté toute sa concentration.

Que se passait-il ? Maria ne le troublait-elle tant que parce qu'elle était si différente de son frère ? Ou le touchait-elle plus profondément ? Il se demanda, une fois de plus, s'il n'était pas réellement… tombé amoureux de la jeune femme. Si son sentiment n'était pas plus que le simple reflet du jeu auquel ils s'étaient livrés par une nuit pleine de magie et de spontanéité, auprès d'un puits isolé de Constanta. Pourtant, même le constat de l'impossibilité d'un tel amour ne suffisait pas à chasser son trouble.

17

À la nuit tombée, ses gardiens lui apportèrent un nouveau repas. Andrej le dévora avec la même voracité que le précédent, sans pour autant réussir à calmer sa faim. Au cours des derniers jours, il n'avait que peu mangé et de façon irrégulière, tout en soumettant son organisme aux pires épreuves. Il se demanda pour la première fois comment ce serait de mourir de faim. Mais, vu sa situation, il n'aurait sans doute jamais l'occasion de trouver la réponse à cette question.

Il se passa un peu plus d'une heure, puis des bruits de pas retentirent dans le couloir et la porte de sa cellule s'ouvrit à nouveau, laissant entrer trois hommes. Deux d'entre eux le pointaient de leur hallebarde, tandis que le troisième détachait ses chaînes et entravait ses poignets avec une corde grossière.

Andrej fut mené hors de sa prison. Deux autres hommes au visage sombre attendaient devant la porte, l'arme au poing. Les soldats de Demagyar semblaient vraiment avoir une peur surnaturelle de leur prisonnier.

Il s'attendait à ce qu'on le traîne de nouveau devant le tribunal, mais les hommes se dirigèrent vers la cour où une demi-douzaine de chevaux harnachés, le duc et un autre homme, en qui Andrej reconnut le comte Bathory, les attendaient déjà. Lorsque Andrej et les gardes descendirent l'escalier, Demagyar se mit en selle et fit un signe du bras vers le portail. Andrej entendit la herse se lever et l'un des battants monumentaux s'ouvrir.

« Nous partons faire un tour ? » demanda-t-il.

L'un des soldats leva le bras pour le frapper, mais le comte Bathory le retint d'un geste de la main.

« Épargnez-nous vos sarcasmes, Delãny, lança-t-il. Profitez plutôt de la promenade, il se pourrait bien que ce soit la dernière… À moins d'entendre raison et de nous dire qui est votre commanditaire. »

Andrej le dévisagea d'un air interrogateur. Il ne comprenait vraiment pas où le comte Bathory voulait en venir, mais il avait un mauvais pressentiment.

« Nous allons vous présenter quelques-unes de vos victimes, Delãny, ajouta Demagyar. Il est facile de tuer un homme dans une embuscade, mais nous verrons bien comment vous vous sentirez quand vous devrez regarder l'une de vos victimes dans les yeux.

— Je maintiens que c'est une erreur, intervint le comte Bathory en se tournant vers son cheval pour se mettre en selle. Nous aurions mieux fait de l'amener ici.

— Vous avez entendu le médecin, rétorqua Demagyar. Il ne survivrait pas au voyage jusqu'en ville. C'est déjà miraculeux qu'il ait tenu aussi longtemps. » Il jeta un regard de reproche à Andrej. « Encore une victime innocente qui ne passera sûrement pas la nuit, Delãny.

— Je ne sais pas de quoi vous parlez.

— Nous parlons de votre manque de rigueur, Delãny, répondit le duc. L'une de vos victimes a survécu. L'information nous est parvenue il y a une heure de l'auberge que vous avez incendiée. Vous auriez dû vous assurer que tout le monde était vraiment mort, Delãny.

— De qui… parlez-vous ? demanda Andrej, déconcerté.

— De l'un des clients de l'auberge, Delãny, expliqua le comte Bathory avec gravité. Il vous a épiés, vous et vos complices. Vous avez fait preuve de négligence, me semble-t-il. » Il observa Andrej avec insistance pendant quelques secondes, puis continua à voix plus basse et sur un ton différent : « Le chemin est long jusque là-bas, Delãny. Pourquoi ne pas nous épargner ce désagrément et nous dire enfin la vérité ?

— Vous voulez que je dévoile qui m'a vraiment demandé de tenter ce cambriolage au palais ? »

En disant ces mots, Andrej darda son regard sur le duc, et Demagyar ne réussit pas à se maîtriser aussi bien que la fois précédente. Il perdit légèrement contenance, juste un peu et pas très longtemps, mais peut-être assez pour éveiller les soupçons du comte Bathory.

En effet, l'aristocrate fronça les sourcils et dévisagea pensivement le duc. Demagyar eut un sourire contraint. Andrej ne connaissait du comte que son nom, mais il avait compris que Demagyar ne pouvait pas passer au-dessus de sa tête comme il l'entendait. L'impression qu'Andrej avait eue l'après-midi se renforça : le comte Bathory était manifestement aussi haut placé et influent que le duc. Et il n'était pas nécessairement de ses amis.

« Vous perdez votre temps, comte Bathory, finit par dire Demagyar. Il essaie seulement de sauver sa tête, c'est tout. »

Bathory s'abstint de répondre, mais son silence était si éloquent que Demagyar se troubla encore un peu plus. Il effectua une volte brutale et aboya : « En selle ! »

Derrière Andrej, quatre soldats montèrent à cheval et la troupe s'ébranla. Au portail, deux autres hommes de la garde ducale se joignirent à eux et, quelques secondes plus tard, ils laissèrent le palais derrière eux. Le comte Bathory et Demagyar chevauchaient de front à la pointe de la petite colonne, mais l'espace entre eux interdisait toute conversation. Andrej se demandait quel but Demagyar poursuivait. Il préparait quelque chose, c'était évident. Andrej était certain qu'il n'y avait aucun survivant à l'incendie de l'auberge et, même si c'était le cas, il n'avait parlé à personne et n'avait donc pu être épié. Demagyar devait bien le savoir. Pourquoi alors s'infliger cette chevauchée aussi longue qu'inutile ?

La réponse à cette question lui fut donnée lorsqu'ils arrivèrent à mi-chemin des portes de la ville. Un silence de mort régnait sur Constanta. La nuit précédente, déjà, Andrej avait remarqué que peu de lumières éclairaient la nuit. Aujourd'hui, les rues qu'ils traversaient étaient désertes. Les rares personnes qu'ils croisèrent se précipitèrent si vivement à l'abri de leurs maisons que cela ressemblait à une fuite. Était-ce la menace turque ou bien Jak Demagyar n'était-il vraiment pas aimé de ses sujets ?

Andrej eut soudain la certitude d'un piège. La ville était trop tranquille. Pas une seule lumière ne brûlait dans les maisons qui bordaient la rue étroite. Les sabots des chevaux résonnaient longuement dans l'air immobile où régnait une sensation de danger presque palpable.

Andrej n'était apparemment pas le seul à le ressentir. Les hommes qui le flanquaient paraissaient eux aussi très tendus. Demagyar jetait des regards furtifs à droite et à gauche, comme s'il craignait quelque chose… ou bien comme s'il attendait quelque chose.

Puis Andrej perçut un sifflement. L'homme à sa gauche sursauta, leva les mains et s'arrêta en plein geste. Une flèche empennée, longue comme la main, vibrait dans sa poitrine. Le temps d'une dernière respiration douloureuse, le soldat resta en selle, puis il glissa sur le côté avec un soupir à peine perceptible et tomba de cheval.

Au même instant, ce fut le chaos. De nouveaux traits d'arbalètes s'abattirent sur eux, des portes s'ouvrirent des deux côtés de la rue et des hommes revêtus de manteaux noirs en surgirent l'épée au poing.

Le cheval d'Andrej se cabra lorsqu'une flèche le frôla, laissant une longue estafilade ensanglantée sur son encolure. Andrej tenta de se retenir, mais ses mains entravées glissèrent du pommeau et il perdit l'équilibre vers l'arrière. Il mit toute son énergie à se retourner pendant sa chute pour ne pas tomber sur l'épaule, ou pire encore sur la tête, et se reçut douloureusement sur le genou gauche.

Une seconde plus tard, il roula de côté sur les pavés mouillés pour esquiver les sabots de son cheval affolé et se releva d'un bond.

Une silhouette au manteau noir flottant au vent se précipita sur lui. Andrej leva instinctivement les mains devant le visage, mais, pour une raison inconnue, l'homme hésita à le frapper alors que cela lui aurait été facile dans sa position. Andrej ne pouvait se permettre de tels scrupules. Il fit tomber son agresseur d'un coup de pied, sentit un mouvement derrière lui et se jeta instinctivement sur le côté. La lame d'une épée siffla à ses oreilles et s'abattit avec une gerbe d'étincelles contre le mur.

Andrej acheva la rotation amorcée et découvrit avec surprise que son assaillant était un soldat du duc. Son étonnement s'accrut encore lorsqu'il comprit que l'homme l'avait volontairement manqué. Il repoussa cette nouvelle énigme de son esprit, exécuta un pas de danse latéral et faucha l'agresseur d'un coup de pied. L'homme tomba, lâcha son épée et ferma les yeux.

Il n'était pas très bon comédien. Il n'était ni évanoui, ni vraiment blessé ou mort, il feignait seulement l'inconscience. Andrej n'y comprenait plus rien. Le combat dans la ruelle était presque terminé. Les attaquants étaient plus nombreux et leur premier assaut avait mis hors de combat près de la moitié de l'escorte ducale. Même si ce soldat était le plus couard de tous les hommes du duc, il n'avait rien à gagner à ce jeu-là, car les agresseurs masqués s'assureraient sans doute que toutes leurs victimes étaient bien mortes. La seule chance d'échapper à ce massacre était la fuite.

Pour Andrej, l'affaire semblait malheureusement entendue. Jak Demagyar et le comte Bathory se défendaient dos à dos avec une réussite étonnante, mais, en dehors d'eux, seuls un autre soldat et Andrej étaient encore debout. Ils faisaient maintenant face à une douzaine d'ennemis. Andrej n'arrivait pas à comprendre pourquoi le combat n'était pas conclu depuis longtemps.

Comme si le destin lisait dans ses pensées, le dernier homme de Demagyar s'effondra, transpercé par deux épées à la fois. Au même instant, le duc tomba à son tour. Des étincelles jaillirent de son épaule quand une lame frappa sa cotte de mailles. Demagyar poussa un cri, lâcha son épée et tomba à genoux, laissant soudain les arrières du comte Bathory sans protection. Une demi-seconde plus tard, un coup assené du plat de la lame atteignit le comte derrière la tête. Il gémit, laissa échapper son arme et, le corps raidi, tomba en avant.

Désemparé, Andrej regarda des deux côtés. À sa gauche se tenaient trois des agresseurs masqués, à sa droite ils étaient quatre, sans compter ceux qui avaient mis Demagyar et le comte Bathory hors de combat. Ces hommes savaient se servir d'une arme, tandis qu'il avait toujours les mains liées. Même avec son épée sarrasine, il n'aurait pas été en mesure de se défendre.

Il leva néanmoins ses mains entravées et assura son équilibre en écartant légèrement les jambes. Il inspira profondément, s'efforça de se détendre et décontracta ses muscles selon la méthode rapide, quasiment invisible, que Mikhaïl Nadasdy lui avait enseignée. Il sentit aussitôt revenir sa sérénité habituelle et sa force intérieure. Il était certain de pouvoir neutraliser au moins deux ou trois de ses agresseurs avant de succomber sous le nombre.

Seulement… nul ne l'attaqua. Il entendit une porte s'ouvrir dans son dos, voulut se retourner, mais il ne fut pas assez rapide. Un coup sec sur la nuque lui fit perdre conscience.

18

Comme plusieurs fois au cours des derniers jours, Andrej se réveilla avec un mal de tête, un goût désagréable dans la bouche et les pieds et les mains entravés. Seule innovation : on lui avait aussi bandé les yeux, lui interdisant de voir où il se trouvait. Il sentit qu'il n'était pas seul, pas plus qu'il n'était à l'air libre. Il devait se tenir dans une salle de grande taille, probablement un entrepôt. Une multitude d'odeurs diverses frappait ses narines : paille humide, farine, blé, légumes en décomposition, bois et épices, le tout imprégné d'une légère mais pénétrante senteur d'eau salée. Sa nouvelle prison se trouvait sur le port.

Il entendait également du bruit. Des hommes allaient et venaient, du métal résonnait, on transportait quelque chose de lourd. Nul ne disait mot.

Andrej avait été ligoté debout contre un poteau. Des entraves supplémentaires autour de ses jambes et de son front l'empêchaient de faire le moindre mouvement, il lui était même impossible de tourner la tête. Son geôlier, quel qu'il fût, savait apparemment de quoi il était capable. Néanmoins, Delãny banda imperceptiblement ses muscles pour éprouver la solidité des liens. La conclusion ne changea pas : ils étaient assez forts pour immobiliser un taureau furieux ou au moins une douzaine d'hommes, même très en colère.

Andrej décida de ne pas gâcher vainement ses forces et de se concentrer sur ce que ses sens pouvaient lui révéler. Autour de lui régnait une activité fiévreuse. Il estima qu'une douzaine d'hommes au moins se trouvaient dans la salle, occupés à charger ou à décharger une grande quantité de marchandise. Les objets qu'ils portaient semblaient très lourds, comme le lui dévoilaient les respirations hachées et les grognements qu'il entendait. Il était cependant étrange que personne ne dise un mot.

Andrej s'efforça d'ignorer le vacarme des travailleurs et d'isoler les bruits qu'il masquait. Il y parvint, mais cela ne lui apprit rien de plus. Il ne perçut qu'un ahanement et un craquement occasionnel, provenant sûrement d'une masse importante en mouvement, mais il fut incapable d'identifier ces sons.

Le temps passa. Andrej n'avait aucun moyen de le mesurer, mais ce fut assez long, une heure, peut-être deux ou trois. Il finit par entendre des pas qui se hâtaient vers lui. Avant même qu'on ne lui arrache son bandeau, il sentit qu'il y avait plus d'un homme auprès de lui. Il cligna plusieurs fois des yeux avant de les entrouvrir pour ne pas être ébloui. Il lui fallut quand même quelques secondes avant que la tache brouillée devant ses yeux ne prenne les contours d'un visage.

Un visage qu'il connaissait bien.

« Êtes-vous conscient, Delãny ? lui demanda Jak Demagyar. J'espère que le coup n'était pas trop violent.

— Pas d'inquiétude, duc, le gaillard est plus solide qu'il n'y paraît. » Malthus, debout derrière le duc, rejeta les pans de son manteau en arrière, laissant apparaître sa cuirasse étincelante, et se mit à rire doucement. « Bien plus solide, même.

— Détachez-moi et je vous montrerai à quel point », lança Andrej. Ses paroles étaient ridicules, voire puériles, mais ce fut tout ce qui lui vint à l'esprit sur le moment. Il était dérouté. Pourquoi Demagyar était-il là, libre et en parfaite santé ? Plus déroutant encore, il sentait confusément que tout cela obéissait à une logique qu'il ne parvenait pas encore à s'expliquer.

« Un peu de patience, Delãny », répondit Malthus. Son sourire s'effaça et ses yeux étincelèrent soudain comme l'acier. « Ton souhait va se réaliser, mais pas tout de suite. Attends encore un peu. »

Le regard de Demagyar, sourcils froncés, allait de l'un à l'autre. « Pour deux hommes qui ne se sont rencontrés que récemment, vous semblez bien vous connaître », remarqua-t-il pensivement. Puis il haussa les épaules. « Mais ce n'est pas mon problème. Tuez-le, Malthus, et qu'on finisse nos affaires.

— Pas encore », répondit le chevalier d'or.

Le duc le regarda sans comprendre. « Mais je croyais…

— Que je lui trancherais la gorge alors qu'il est ligoté devant moi et sans défense ? » l'interrompit Malthus. Il secoua la tête avec colère. « Je ne suis pas un assassin, duc. Delãny mourra, certes, mais en combat loyal.

— À votre guise », lâcha Demagyar d'un ton méprisant.

Andrej se demanda si le duc savait, en disant ces mots, que l'homme qui lui faisait face avait déjà tué pour moins que cela. Qu'il n'avait probablement même pas besoin d'une raison pour tuer. Sans doute l'ignorait-il, tout comme il ignorait le danger qu'il courait à provoquer Malthus. Car Jak Demagyar était de ceux qui décidaient du sort des autres avec cette arrogance donnant l'illusion d'être à l'abri de tout danger.

« Où est donc ce païen ? » demanda le duc en regardant autour de lui.

Malthus eut un sourire aussi éphémère que froid. « Si je puis vous donner un conseil, duc, dit-il, sarcastique, vous ne devriez pas parler ainsi quand il risque de vous entendre… lui ou l'un de ses hommes. Certains d'entre eux parlent votre langue. » Il tendit la main : « L'épée. »

Un court instant, Demagyar parut irrité, puis il haussa de nouveau les épaules et plongea la main sous son manteau. Il en sortit un objet fuselé, d'un bon mètre de long, enveloppé dans des haillons sales. Il ne fit pas un geste pour le remettre à Malthus et, ignorant la main tendue du chevalier, il entreprit d'ôter lui-même les morceaux de tissu. L'épée sarrasine d'Andrej apparut.

« Une arme étonnante, s'exclama-t-il avec une authentique admiration dans la voix. Je n'ai encore jamais vu une épée pareille. Je me demande ce qu'une lame de ce genre peut valoir.

— Plus qu'une vie humaine, duc. » La menace dans la voix de Malthus était désormais indéniable, mais Demagyar choisit de l'ignorer et poursuivit, toujours tourné vers Andrej : « À qui l'avez-vous volée, Delãny ? »

Andrej ne lâchait pas son épée du regard. Son cœur battait à tout rompre. La vue de l'arme dans les mains du duc était un choc qu'il avait du mal à surmonter. D'autant plus qu'il ignorait où l'homme voulait en venir.

« D'où… tenez-vous cette épée ? demanda-t-il d'une voix hachée.

— Ses précédents propriétaires n'en avaient plus l'usage, répondit Demagyar avec un sourire. Que voulez-vous que des morts fassent d'une arme ?

— Vous les avez… ?

— Ne me dites pas que vous avez pitié de ces deux voleurs de grand chemin. Un homme au visage brûlé, un voleur et un meurtrier professionnel. Tôt ou tard, ils auraient fini à l'échafaud tous les deux. Et ils vous auraient sacrifié sans sourciller, Delãny, vous pouvez me croire.

— Et Frederic ?

— Le garçon ? » Le duc hésita un court instant. « C'était mieux ainsi.

— Vous l'avez… tué lui aussi ?

— Notre ami ici présent (Demagyar fit un signe de tête vers Malthus) ainsi qu'une certaine jeune dame très en colère ont lourdement insisté pour que je le leur livre. Vous pouvez imaginer pourquoi. Face à ce qui l'attendait, un coup de poignard en plein cœur était la meilleure solution, croyez-moi.

— Vous… vous avez tué Frederic ? » répéta Andrej à voix basse. Et soudain la colère le saisit avec une intensité qui lui fit peur à lui-même.

« Assassin ! hurla-t-il. Espèce de monstre sanguinaire ! Pourquoi ? »

Il se débattait. Il criait, tempêtait, pesait de tout son poids contre ses liens, hurlant sa douleur et sa colère, jusqu'à ce que ses forces l'abandonnent et qu'il se laisse aller, épuisé et à bout de souffle.

Le duc secoua la tête et le regarda avec une expression qui aurait pu passer pour de la commisération si Jak Demagyar n'avait pas été celui qu'il était. « Vous deviez beaucoup aimer ce garçon, Delãny, dit-il. Faites-moi confiance, je lui ai évité un triste sort. »

Aimer Frederic ? Oui, c'était vrai. Et même plus qu'il n'en avait jamais eu conscience. Andrej se tut, le regard fixé au sol, et lutta de toutes ses forces contre les larmes. Sa douleur était indicible. Ce garçon était tout ce qui lui restait, le seul souvenir de sa famille, le seul lien avec sa vie passée. Tout cela, Demagyar le lui avait pris, non par cruauté ou par calcul, mais, pire encore, par sa banale indifférence.

« Je vais te tuer, déclara Andrej d'une voix atone et si froide qu'il en frissonna presque lui-même. Je ne sais pas encore comment ni quand, mais je te le promets : je vais te tuer ! Même si je dois revenir d'entre les morts pour t'envoyer en enfer. »

Jak Demagyar le dévisagea sans comprendre. Il tenta de rire, mais le son qu'il émit ressembla à un couinement venant mourir sur ses lèvres.

Malthus tendit le bras sans un mot, prit l'épée sarrasine des mains de Demagyar et l'appuya contre le poteau où Andrej était attaché.

« Quel gâchis, soupira le duc. Mais comme vous voudrez… Où est donc ce…

— Maure ? » suggéra une voix depuis la porte. Une haute silhouette, entièrement drapée de noir, pénétra dans l'entrepôt. L'homme mesurait au moins deux mètres, mais il n'était pas aussi large d'épaules que Malthus. Son visage était brun foncé, presque noir. L'étranger portait également un turban noir, et les seules touches de couleur de sa tenue venaient des lourdes bagues qui brillaient à ses doigts et de la poignée sertie de pierres précieuses de son cimeterre. Il s'avança à pas lents et poursuivit :

« Pirate ? Païen ? N'hésitez pas, duc, rien de tout cela ne serait faux.

— Abou Doun. » Malthus inclina légèrement la tête. « Ponctuel, comme toujours.

— Ce qu'on ne peut pas dire de votre associé », fit remarquer le musulman sans détourner son regard du duc. Abou

Doun avait des yeux étranges, bleu foncé et perçants, l'un d'une teinte légèrement différente de l'autre.

« Les hommes sont en route », se défendit le duc. Il semblait soudain moins sûr de lui. « Il n'est pas facile de faire traverser la moitié de la ville à cinquante personnes sans attirer l'attention. Mais ils seront à l'heure.

— Je l'espère. Nous allons bientôt lever l'ancre. Je ne veux pas que le navire reste au port jusqu'à l'aube.

— Ils seront à l'heure, répéta Demagyar. À condition que nous ayons conclu notre affaire d'ici là. »

Abou Doun lança un regard interrogateur à Malthus, qui se contenta de hausser les épaules avec indifférence. « Il prend un tiers de la somme convenue, expliqua-t-il. D'avance.

— Je n'ai même pas vu les esclaves, souligna Abou Doun. Et s'ils ne valent rien ?

— Je vous en prie, mon ami, répondit Malthus, nous faisons de bonnes affaires ensemble depuis des années et nous ne vous avons jamais déçu. Alors n'essayez pas de marchander.

— Je prends un gros risque, ajouta Demagyar. Rien que l'autorisation pour un vaisseau pirate musulman d'entrer dans le port de Constanta, au moment même où les Turcs s'apprêtent à attaquer, vaut la somme que Malthus m'a nommée.

— Vaisseau pirate ? » Abou Doun émit un rire bref avant de reprendre son sérieux et de dévisager Demagyar d'une manière qui le fit blêmir. « Ne me donnez pas de nouvelles idées, duc ! »

Abou Doun et Demagyar s'éloignèrent d'Andrej tout en continuant de parler et se lancèrent bientôt dans des gesticulations enfiévrées. De toute évidence, l'étranger avait décidé de faire fi du conseil de Malthus lui enjoignant de ne pas marchander.

« Un pirate, marmonna Andrej.

— Un trafiquant d'esclaves, le corrigea le chevalier. Il n'aime pas tellement le mot pirate, même s'il en est un.

— Pourquoi ? Je ne saisis pas, Malthus. Je comprends que vous vouliez me tuer et je peux même comprendre pourquoi vous avez tué Barak, même si je vous méprise pour les tortures que vous lui avez infligées. Mais les autres ? Vous attaquez un village et vous vous emparez des habitants pour les vendre comme esclaves ? Même quelqu'un comme vous devrait avoir un reste d'honneur ! »

Une haine farouche flamboya brièvement dans les yeux du chevalier, mais il se maîtrisa et étouffa son accès de fureur.

« Ce n'était pas mon idée, dit-il. Et, de toute manière, il faut bien vivre. Ce n'est pas gratuit de voyager au nom du Seigneur et de libérer le monde des serviteurs du diable. »

Le sarcasme dans sa voix était manifeste et Andrej n'était même pas surpris du cynisme de cette remarque. Il n'avait vu le père Domenicus qu'une seule fois, mais cela lui avait suffi pour comprendre à quel point cet inquisiteur était inflexible. Et si Domenicus effectuait ses « missions » sous la bannière de l'Église et en son nom, il n'en restait pas moins un monstre.

« Vos amis à Rome savent-ils de quelle manière vous répandez la parole de Dieu ? » demanda-t-il.

Malthus grimaça. « Vous posez trop de questions, Andrej Delãny. Et vous ne pourriez rien faire des réponses, de toute façon. Le navire appareillera dans une heure et, dès que le dernier homme sera monté à bord, je vous tuerai. »

Andrej indiqua l'épée sarrasine d'un geste de la tête. « Avec elle ?

— Avec votre épée ? » Malthus secoua la tête. « Non, elle est pour vous, Delãny. Je vous ai promis un combat loyal et vous l'aurez.

— Quelle générosité », ricana Andrej.

Le chevalier soupira. « Vous êtes encore très jeune, en tout cas, pour l'un des nôtres. Combien en avez-vous déjà tué ? » Il regarda Andrej d'un air interrogateur mais, devant son silence, une expression d'étonnement apparut sur son visage. « Pas... un seul ? Vous n'avez vraiment encore tué aucun de nous ? Vous n'avez jamais fait l'expérience de la *transformation* ?

— Je ne sais pas de quoi vous parlez, répondit Andrej avec mépris. Je ne ressens pas le besoin de tuer des hommes juste parce qu'ils sont comme vous ou moi. »

Malthus le dévisagea avec, sur le visage, l'expression qu'un père prendrait devant une réponse particulièrement stupide de son rejeton. « Vous ne savez donc rien sur vous-même ? Demanda-t-il, comme déçu.

— J'en sais assez pour savoir que je ne veux pas devenir comme vous.

— N'ayez crainte, Delãny, cela n'arrivera pas. Mon épée vous délivrera de cette nécessité. Mais, encore une fois, je préfère vous vaincre au combat plutôt que de vous égorger ici et maintenant.

— Et ensuite vous choisirez un autre village pour y torturer les habitants à mort ? cracha Delãny. Je me demande quel plaisir on peut trouver à enfoncer un pieu en bois dans le cœur d'un enfant tel que mon fils Marius. À moins que vous ne vous soyez pas sali les mains avec lui ? Vous avez laissé ça à un de vos laquais ? »

Malthus eut l'air surpris. « Ce garçon était votre fils ? » demanda-t-il d'un ton sceptique, montrant néanmoins qu'il savait parfaitement de qui Delãny voulait parler.

« Oui, c'était mon fils. » Delãny n'essaya pas de lutter contre les larmes qui lui montaient aux yeux. « Et je n'aurai de cesse avant de m'être vengé de ses meurtriers. »

Malthus semblait ne pas avoir entendu sa réponse et le fixait avec un mélange d'étonnement et d'incrédulité. Mais Andrej crut aussi voir un soupçon de consternation dans les yeux de son ennemi.

« Si vous avez quelque chose à voir avec ce meurtre ignoble, vous feriez mieux de me le dire tout de suite, cracha-t-il rageusement. Et, si c'est le cas, je vous tuerai. Quoi que vous fassiez, je vous tuerai ! »

Le chevalier paraissait maintenant plus déconcerté qu'affecté.

« Vous n'avez vraiment aucune idée », dit-il en secouant la tête. Il soupira profondément. « J'aurais dû écouter Kerber et Biehler, ils m'ont mis en garde contre vous dès le début. Mais maintenant il est trop tard…

— Kerber et Biehler ? répéta Andrej avec dégoût. Vos deux acolytes ?

— Mes acolytes ? grinça Malthus. C'est loin d'être le mot approprié…

— Vous parlez bien des hommes en cuirasse dorée, comme vous, qui sont allés à Borsa pour massacrer les villageois et assassiner mon fils ? le coupa sèchement Andrej. Ou voulez-vous me faire croire que les morts dans la tour de garde n'existent que dans mon imagination ? »

Le géant le regarda sans mot dire, avec sur le visage une expression montrant clairement à Andrej qu'il n'aimait pas le tour pris par la conversation.

« Parlez ! cria-t-il. Je veux savoir si vous avez quelque chose à voir avec ce piège dans lequel Domenicus a attiré les villageois pour vous les jeter en pâture ! »

Malthus secoua lentement la tête. « Si vous voulez absolument le voir comme ça… oui.

— Puisque vous l'admettez, murmura Delãny, plein d'effroi, cela fait de vous le meurtrier de mon fils ! »

Malthus essaya, sans succès, de soutenir son regard. Au bout de quelques secondes, ses yeux se perdirent dans le vide au-delà.

« Je ne suis pas le meurtrier de votre fils », lâcha-t-il enfin.

À sa façon de l'affirmer, il sembla à Andrej qu'il mentait tout en disant la vérité.

Un silence insupportable s'installa. Delãny ressentait un tel dégoût qu'il aurait arraché le cœur vivant du chevalier d'or s'il n'avait pas eu les mains attachées. Ces derniers jours, il avait tenté d'étouffer toute idée de vengeance et de se concentrer sur le sauvetage des survivants de Borsa. Mais se retrouver devant l'homme qui avait indirectement avoué le meurtre de son fils, c'en était trop.

« Détachez-moi, dit-il, qu'on en finisse au plus tôt.

— Pas si vite, répondit Malthus. Vous aurez votre chance, Mais seulement lorsque le dernier homme sera monté à bord. » Il eut un rire sans joie. « Croyez-moi, vous pourrez vous estimer heureux si, au dernier moment, je ne vous laisse pas aux mains de Biehler ou de Kerber ! »

Il fallut un certain temps avant que les mots du chevalier ne se fraient un chemin jusqu'au cerveau enfiévré d'Andrej. Sergué avait tué l'un des chevaliers d'or après l'incendie de l'auberge. Ils ne pouvaient donc plus être en vie tous les trois !

« Pourquoi Kerber *ou* Biehler ? balbutia-t-il en comprenant la portée des paroles de Malthus. C'est impossible… l'un de vous doit être mort !

— Vous avez parlé vous-même avec Kerber à Constanta, railla Malthus. Avait-il l'air mort ?

— Non, mais ce n'est pas non plus l'homme auquel je pense, constata Andrej, soudain baigné de sueur. Je parle de celui que vous appelez Biehler. Il a tenté de me tuer quand je suis sorti de l'auberge en feu. Mais Sergué l'a abattu. »

Malthus réagit d'une manière étonnante. Il rejeta la tête en arrière et partit d'un grand rire. « C'est trop fort, dit-il en reprenant son souffle et en secouant la tête. Je ne savais pas que vous étiez naïf à ce point.

— Pourquoi naïf ? demanda Andrej, tandis qu'il tentait d'étouffer la panique qui montait en lui devant l'incroyable vérité qu'il pressentait. Sergué s'est certainement assuré que votre ami était mort. Il était très prudent pour ce genre de choses.

— Je n'en doute pas, se moqua Malthus. Mais cela ne lui a pas porté chance. Aujourd'hui, il sert de pâture aux poissons. »

Andrej dévisagea le chevalier avec un mélange d'effroi et de dégoût. « Voilà donc le sort qui m'attend. Après avoir tué mon fils avec un pieu en bois, vous allez m'abattre et me jeter à la mer.

— Mais non, quelle idée ! » Malthus secoua la tête d'un air surpris, avant de reprendre son expression supérieure. « Vous savez quel est votre problème ? Vous ignorez tout de vous et de votre vraie nature. Bien sûr que ce Sergué a tué Biehler, mais ça ne signifie pas que Biehler est resté mort. Car, au contraire de vous, Biehler a déjà plusieurs transformations derrière lui. »

Andrej ouvrit et referma plusieurs fois la bouche en silence, comme un poisson hors de l'eau. « Il a *quoi* ?

— Plusieurs transformations derrière lui, répéta Malthus, qui plissa le front avec un étonnement feint. Sinon, comment croyez-vous qu'on acquière un morceau d'immortalité ? »

19

Après avoir réussi à se mettre d'accord avec Abou Doun, Jak Demagyar s'était mis en route à la rencontre de ses prisonniers et de leurs gardes. L'heure à laquelle il s'était engagé à arriver était passée depuis longtemps et il n'y avait toujours aucun signe de lui ni des captifs. Malthus et le trafiquant d'esclaves présentaient des signes visibles de nervosité, même si le chevalier d'or s'efforçait de les dissimuler de son mieux.

Ils s'étaient éloignés d'Andrej pour qu'il ne puisse entendre leur conversation, mais il n'y avait aucun besoin de les comprendre pour voir qu'ils étaient loin d'échanger des amabilités. Abou Doun gesticulait fiévreusement, tandis que Malthus se contentait de gestes ramassés, mais furieux.

Bien après l'heure convenue, des bruits leur parvinrent du dehors : des bruits de sabots, de pas et une rumeur annonçant l'arrivée d'un grand nombre de personnes. Un instant plus tard, la porte s'ouvrit non pas sur Demagyar comme Andrej, Malthus et Abou Doun s'y attendaient, mais sur Maria et les deux autres chevaliers d'or : Kerber et Biehler.

Biehler était bien l'homme que Sergué avait abattu. Il n'avait même pas une égratignure.

« Alors c'était vrai ! » s'écria Maria avant qu'Andrej ait pu formuler une seule pensée cohérente.

Malthus lui lança un regard interrogateur et s'apprêta à répondre, mais la sœur de l'inquisiteur l'ignora et fonça droit sur Delãny.

« Détachez cet homme ! ordonna-t-elle. Immédiatement ! »

Malthus tourna son regard vers Kerber et Biehler, mais n'obtint d'eux qu'un haussement d'épaules.

« Avez-vous compris, Malthus ? lâcha Maria d'un ton sec. Détachez-le ! »

Devant l'absence de réaction de l'intéressé, elle entreprit de tirer elle-même sur les liens d'Andrej, mais abandonna rapidement cette tache impossible. Le visage écarlate, elle se retourna vers le chevalier et siffla : « Qu'avez-vous ? Je me suis mal exprimée ou êtes-vous soudain devenu sourd ?

— S'il vous plaît, Maria, fit-il, embarrassé, je ne...

— Je vous ai donné un ordre, le coupa la jeune femme. Obéissez ! Tout de suite ! »

Malthus avança de quelques pas dans sa direction en évitant son regard. « Je ne peux pas, finit-il par répondre.

— Comment cela ?

— Ce n'est pas ce que votre frère aurait voulu, expliqua Biehler, venant au secours de Malthus.

— Pas ce qu'il... ? » Maria s'arrêta et inspira profondément, comme si elle ne voulait ou ne pouvait pas croire ce qu'elle venait d'entendre. Elle poursuivit d'un air contraint, mais d'une voix assurée : « Pour le moment, c'est moi qui parle au nom de mon frère. Et je vous ordonne de détacher cet homme sur-le-champ !

— Non, répondit calmement Biehler.

— Non ?

— Non, confirma le chevalier.

— S'il vous plaît, Maria, essayez de comprendre... » La voix de Malthus sonnait oppressée. « Nous vous aimons et nous vous honorons tous. Nous donnerions notre vie pour vous, sans hésiter, mais les ordres de votre frère étaient clairs. Cet homme est un sorcier. Il recevra son juste châtiment.

— Un sorcier. » Maria accentua étrangement le mot et lança un long regard évaluateur à Andrej avant de se retourner vers Malthus. « Et tous ces gens, là dehors ? demanda-t-elle d'un ton encore plus étrange, ce sont tous des... sorciers, eux aussi ?

— Ils sont de la même engeance. » Le chevalier d'or fit un signe vers Andrej. « Son village tout entier avait pactisé avec le diable. Votre frère a ordonné de les capturer et de les emmener à Rome où ils seront jugés.

— À Rome ? intervint Andrej. Dites plutôt Alexandrie ou Akkad ! » Il eut un rire amer. « Regardez bien le capitaine de ce navire, Maria. Ce n'est rien d'autre qu'un trafiquant d'esclaves nubien. »

Maria soumit Abou Doun, qui se tenait à quelques pas de là, à une observation approfondie. Elle fixa ensuite Malthus d'un regard glacial. « Est-ce vrai ?

— Maria, vous n'allez tout de même pas croire ce meurtrier, ce suppôt de Satan ? s'exclama Kerber. Il essaie de sauver sa peau et tous les moyens lui sont bons ! »

Elle ne se tourna même pas vers le garde du corps de son frère et continua de fixer Malthus. « Est-ce vrai ? demanda-t-elle une nouvelle fois.

— Nous ne faisons que suivre les ordres de votre frère, persista Malthus.

— Qui consistent à vendre des chrétiens comme esclaves ? » Maria écumait de rage. « Je n'en crois pas un mot.

— Ces gens-là ne sont pas des chrétiens, répondit Malthus. Et les ordres de votre frère étaient clairs.

— Il n'est malheureusement pas en état de le nier ou de le confirmer, remarqua Maria sombrement. C'est assez pratique pour vous. Mais réfléchissez bien à ce que vous faites. Mon frère n'est pas encore mort.

— Et nous prions le Seigneur pour qu'il survive à l'attentat de ces sorciers, répondit Malthus. Mais tant qu'il n'est pas en mesure d'annuler lui-même ses ordres, notre devoir est de faire ce qu'il nous a demandé. J'en suis désolé.

— Vous devriez monter à bord, Maria », intervint Kerber.

Biehler ajouta : « Votre frère s'y trouve déjà. La Mouette est prête à appareiller.

— Je ne vais nulle part, décréta Maria. Et je ne permettrai pas que...

— Je vous en prie, ne nous contraignez pas à vous faire monter à bord par la force », l'interrompit Malthus, mais son regard dévoilait qu'il n'hésiterait pas à le faire.

Maria resta immobile quelques secondes, comme pétrifiée, puis elle lança à Andrej un long regard impuissant, tourna les talons et sortit à pas rapides. Kerber lui emboîta le pas, suivi par Biehler.

Abou Doun, qui avait observé la scène en silence mais sans comprendre, secoua la tête. « Incroyable, murmura-t-il. Vous les chrétiens, vous nous reprochez d'être des barbares et des sauvages incultes, mais vous permettez à vos femmes de vous parler sur un ton qui leur vaudrait la mort chez nous.

— Elle est la sœur de notre maître, dit Malthus. Aussi longtemps qu'il est en vie, nous lui devons le même respect qu'à lui. »

Abou Doun inclina la tête sur le côté. « Et s'il mourait ?

— Vous devriez rejoindre votre navire, répondit Malthus d'un ton froid. Je suppose que vous voulez superviser le chargement des esclaves. »

Le négrier plissa le front. Il semblait irrité, mais il garda le silence et se contenta de faire la moue. Puis il tourna les talons sans mot dire et s'en fut.

Malthus l'accompagna jusqu'à la porte et le suivit longuement du regard. Puis il secoua la tête, revint à pas lents vers Andrej, dégaina son épée et la brandit.

La lame puissante sembla se transformer en un éclair d'argent et Andrej contracta tous ses muscles. Mais au lieu de le décapiter, l'épée frôla son épaule, rasa son bras sans lui infliger une égratignure, effleura sa hanche et s'abattit enfin sur le sol, d'où elle fit jaillir de longues échardes. Lorsque le chevalier releva son arme et recula de quelques pas, les liens d'Andrej tombèrent, sectionnés.

Il chancela, trébucha et se retint avec peine. Quand il voulut saisir l'épée sarrasine, Malthus secoua la tête.

« Pas si vite, Delãny. Ça fait des heures que vous êtes attaché à ce poteau. Attendez que votre circulation soit revenue. Échauffez vos muscles, assouplissez-les. Vous n'êtes pas si pressé de mourir ? »

Andrej lança un regard incrédule au géant, mais ce dernier hocha une nouvelle fois la tête pour souligner son propos. Il était sérieux. Les doutes d'Andrej s'envolèrent. Si son adversaire avait voulu le frapper dans le dos, il n'aurait pas tranché ses liens. Malgré tout, Andrej ne quitta pas Malthus des yeux pendant qu'il reculait de quelques pas.

Il sentit des fourmillements dans les bras et les jambes, discrets tout d'abord, puis de plus en plus douloureux. Malthus avait raison : à ce moment précis, Andrej n'aurait pas eu la force de tenir son épée sarrasine et encore moins de se battre.

« Pourquoi faites-vous cela ? » Il se massait les poignets, tendait les doigts, refermait les poings, mais ces exercices restèrent tout d'abord sans effet. Le sang circulait librement dans ses veines pour la première fois depuis des heures et lui infligeait une douleur presque plus insupportable que celle des derniers jours.

« Ce n'est pas très amusant de vaincre un adversaire incapable de se défendre, expliqua Malthus.

— Je ne parle pas de ça. Kerber, Biehler. Que faites-vous avec ces… fous ? Vous n'êtes pas comme eux. »

Le chevalier d'or rit doucement. « Vous avez raison, Delãny. Ils sont fous. Tuer les amuse.

— Pas vous ?

— Je ne tue que par nécessité. Ces deux-là sont fous, mais ils sont utiles. Un jour je les tuerai, mais pas tout de suite.

— Utiles ? répéta Andrej. Comme le père Domenicus qui fait massacrer des innocents ?

— La liberté viendra bien un jour, répondit Malthus gravement. Et nous sommes nombreux, beaucoup plus que vous ne le croyez, Delãny.

— Et vous vous en débarrassez par l'intermédiaire de Domenicus et de ces deux déments.

— Chacun sa route, Delãny. Vous en auriez fait autant si nous ne nous étions pas rencontrés. Vous croyez que je ne vous comprends pas ? J'ai été comme vous. Moi aussi, j'en ai voulu au destin et j'ai juré de ne pas devenir comme ça. Je ne voulais pas avoir à tuer pour vivre. Il m'a fallu des années avant d'abattre le premier de notre espèce. Et plus encore avant de comprendre que c'était une bonne chose. Car tuer est dans notre nature.

— Vous tuez pour vivre plus longtemps ? » interrogea Andrej. Il ne comprenait pas un traître mot du discours de Malthus. « Vous prétendez sérieusement échapper aux blessures ?

— Oh non ! » Le chevalier secoua la tête. « Bien sûr qu'on peut nous blesser. Mais si on ne nous tue pas de la manière qui convient… nous revenons.

— C'est l'œuvre du diable, marmonna Andrej tandis qu'un frisson lui parcourait le dos.

— L'œuvre du diable ? répéta Malthus comme s'il avait lui-même souvent réfléchi à la signification de ce mot. Pas vraiment. Vous n'avez donc jamais remarqué à quel point les individus diffèrent les uns des autres ? Nous ne sommes qu'une légère variante de la normalité. Comprenez-moi bien : nous ne revenons pas de l'enfer. Nous pouvons être blessés et saigner, comme tout le monde, mais nos plaies se referment beaucoup plus vite et mieux que chez les autres. Il nous suffit d'absorber un élixir de vie très particulier. »

Un élixir de vie particulier… Andrej n'imaginait que trop bien ce qu'il voulait dire. Tout ce qu'il avait vu dans ses pires cauchemars était vrai. Pire encore, la vérité était mille fois plus atroce que tout ce qu'il avait imaginé. Malthus soulevait pour lui le voile de la réalité et Andrej découvrait ce qui se cachait derrière : la folie et une horreur plus terrible que les affres de la mort. Il y avait une réalité cachée et, s'il acceptait cette idée, les conséquences seraient abominables.

Pendant toutes ses années d'apprentissage avec Mikhaïl Nadasdy, il n'avait jamais su pourquoi il devait suivre un programme aussi sévère. Il ne s'était jamais demandé pour quelle raison un fils de paysan transylvanien devait devenir un expert du combat à l'épée. Il lui avait paru normal que Mikhaïl Nadasdy gaspille les meilleures années de sa vie à l'entraîner jour après jour, comme si la vie de son fils adoptif pouvait un jour en dépendre.

Il n'avait posé aucune question car, inconsciemment, il avait toujours su la réponse. Quelque chose en lui avait connaissance de cet héritage qui faisait de lui un être à part, pas tant à Borsa, où plusieurs familles étaient touchées par la même malédiction et avaient malgré tout trouvé le moyen de vivre dans une paix relative, ni même en Transylvanie, où ce phénomène était sans doute plus courant que dans le reste du monde, mais vis-à-vis des personnes normales, comme Maria.

« Vous vous taisez comme si vous aviez enfin compris, constata Malthus. J'espère que c'est le cas. Je ne pourrais supporter de vous voir marcher vers la mort sans savoir ce qu'il en est.

— Je n'ai rien compris du tout, jeta Delãny avec hargne. Sauf que vous êtes le meurtrier de mon fils. »

Malthus ne répondit rien pendant un long moment. « Je serais désolé si c'était vraiment tout ce que vous aviez compris, dit-il enfin, car ce n'est pas la vérité. En tout cas, pas dans le sens habituel du mot. » Il se pencha en avant. « Chacun de nous doit mourir après une vie plus ou moins longue, à moins de se faire démembrer, écraser ou brûler avant. Pourquoi, à votre avis, envoie-t-on au bûcher depuis l'aube des temps tous ceux que l'on soupçonne d'avoir pactisé avec le diable ? Pourquoi lapide-t-on les hérétiques jusqu'à ce que leurs corps soient méconnaissables ? Pourquoi écartèle-t-on les étrangers que l'on accuse des pires maux ?

— Vous voulez dire que... balbutia Andrej.

— Je veux dire que les gens normaux nous reconnaissent bien assez souvent et nous exterminent sans pitié lorsqu'ils parviennent à nous mettre la main dessus, répondit Malthus avec amertume. Nous n'avons rien à attendre d'eux. Et ils nous pourchasseraient encore plus cruellement s'ils connaissaient notre secret.

— Quel secret ? »

Le chevalier hésita, et Andrej sentit les doutes qui l'empêchaient de lui dire la vérité. « Et pourquoi pas ? lança-t-il finalement. Vous avez le droit de savoir à quelle espèce vous appartenez.

— Laquelle ? interrogea Andrej, le cœur battant.

— Une partie du secret est qu'on peut nous tuer beaucoup plus facilement que même les rares initiés ne le pensent. Il suffit de nous transpercer le cœur. »

À sa façon de le dire, il était évident qu'il ne s'agissait là que de la partie la moins importante. « Et quoi d'autre ? » demanda Delãny, la voix rauque.

Malthus sourit tristement. « Nous vivons plus longtemps que les autres, mais pas éternellement. À moins de…

— À moins de quoi ?

— À moins de nous nourrir du sang de l'un des nôtres. À moins de tuer l'un d'entre nous et de boire son fluide vital. »

Andrej le dévisagea, consterné. Son cœur battait à tout rompre et ses mains tremblaient comme s'il venait de fournir un violent effort.

« Comprenons-nous bien, Delãny, poursuivit Malthus calmement, dans notre combat, l'essentiel est de savoir qui absorbera la force de l'autre en fin de compte. Pour faire un pas de plus sur le chemin de l'éternité. »

Andrej se tut. Toute parole était inutile. Malthus était vraiment différent de Kerber et de Biehler. Il était incontestablement le plus dangereux des trois, mais il avait probablement connu un destin plus tragique que ses deux compagnons. Et il croyait à ce qu'il avait tenté d'expliquer à Andrej. Il y avait bien longtemps, Malthus avait dû se briser intérieurement en prenant conscience de ce qu'il tenait pour sa vocation.

Le chevalier semblait lui aussi avoir perdu tout intérêt pour leur joute verbale. Il recula de deux ou trois pas et fendit plusieurs fois l'air de sa lame. Andrej prit peur devant l'aisance avec laquelle Malthus maniait la lourde épée. Son adversaire était beaucoup plus fort que lui et Andrej avait déjà appris à ses dépens combien il était habile au combat. Et s'il avait presque réussi à le vaincre, lors de leur dernier engagement, il ne le devait qu'à la chance. Il fallait attribuer sa victoire au fait que Malthus l'avait sous-estimé. Il ne ferait pas deux fois de suite la même erreur.

Andrej étendit peu à peu ses exercices d'assouplissement à tout le corps, puis il tira l'épée et exécuta deux, trois mouvements dans le vide. Ses muscles n'avaient pas encore tout à fait retrouvé leur souplesse habituelle et pourtant elle lui serait nécessaire contre cet adversaire. Il choisit de se mouvoir moins vite qu'il aurait pu, même dans son état. Malthus l'observait avec attention. Andrej aurait besoin de tout avantage, aussi minime soit-il, pour faire front à cet homme, mais il ne croyait pas vraiment pouvoir vaincre celui pour qui chaque victime semblait se justifier sur le chemin de l'éternité.

Ne réfléchis jamais à tes chances! lui souffla la voix de Mikhaïl Nadasdy. *Saisis-les! Et si tu n'en as pas, crée-les! La plupart des combats se décident dans la tête!*

… Et si tu es vaincu, tu perdras la tête, ajouta mentalement Andrej. Il sourit, baissa l'épée et demeura immobile, les yeux fermés, pendant près d'une minute.

Lorsqu'il les rouvrit, ses doutes et ses craintes avaient disparu. Il était profondément serein et se sentait empli d'une grande force. Parfaitement concentré, il fit encore dans le vide trois mouvements différents d'attaque, puis il baissa l'épée, se tourna lentement vers son adversaire et hocha la tête.

« Je suis prêt.

— Une technique remarquable, dit Malthus. Je ne l'avais vue qu'une seule fois auparavant.

— Où donc ?

— Chez un homme qui venait d'un pays très lointain. C'était un puissant guerrier. Je l'ai tué », ajouta Malthus. Dans la même seconde, il attaqua.

Pour un homme de sa stature, il se déplaçait très vite. Il semblait même plus rapide et agile que lors de leur premier combat dans la forêt. Contrairement à leur précédente rencontre, il ne tenta pas de tromper Andrej par une technique sophistiquée ou des feintes raffinées, mais il misa tout sur sa force et son poids qui, ajoutés à sa rapidité inattendue, formaient un mélange véritablement mortel.

Andrej n'eut d'autre solution que de se mettre en sécurité d'un bond et de parer, tant bien que mal, l'assaut puissant de Malthus. Ce premier coup faillit lui faire lâcher l'épée et il recula en vacillant. Il sentit plus qu'il ne vit l'attaque suivante du chevalier d'or. Il contra cette nouvelle offensive au tout dernier moment, au prix d'une perte définitive de l'équilibre et il dut rompre pour éviter de tomber.

Malthus n'attendait que cette faiblesse. Il tournoya sur lui-même sans interrompre son mouvement ni ralentir d'une seconde. Sa lame accrocha l'épée sarrasine d'Andrej, juste au-dessus du pommeau, et il lui tira le bras en l'air pour lui assener un violent coup de poing à la figure. Andrej chancela, cracha du sang et se crut aveugle pendant quelques secondes. Il réussit néanmoins à bloquer l'assaut suivant de Malthus avec la dernière énergie, mais un coup de pied du géant le balaya et le fit lourdement tomber. Andrej roula vivement sur le flanc, mais il sentit soudain une douleur brûlante car Malthus, anticipant sa réaction, venait de lui infliger une rude blessure à la poitrine.

Le chevalier rit, recula d'un pas et baissa un instant sa garde. Il n'était même pas essoufflé, tandis qu'Andrej avait du mal à s'appuyer sur un coude pour examiner sa blessure. Elle n'était pas assez profonde pour l'affaiblir durablement. Mais Malthus aurait tout aussi bien pu lui trancher la gorge ou le décapiter. S'il ne l'avait pas fait, c'était qu'il ne voulait pas d'une victoire aussi facile.

Andrej se redressa péniblement, saisit plus fermement son épée et fit un signe de tête provocant à son adversaire. Malthus leva son arme, salua ironiquement et, l'instant d'après, entreprit d'infliger à Andrej une telle pluie de coups, d'attaques et de feintes que ce dernier crut en perdre l'ouïe et la vue.

Cette fois, le géant avait changé de tactique. Au lieu de le charger de toute sa force brutale, il le submergeait de bottes excessivement rapides et précises, renonçant délibérément à utiliser le poids de son arme, ne comptant que sur sa vitesse et la perfection de sa technique.

Et cette technique était de fait supérieure à la sienne.

Andrej ne le comprit que progressivement, mais la révélation fut comme un choc. Il lui fallut accepter qu'il n'avait rien à opposer à la force physique de son adversaire, ni à son expérience. Mikhaïl Nadasdy avait enseigné à Andrej l'ensemble des techniques et des bottes secrètes qu'il maîtrisait, enrichissant au fil des ans l'antique science sarrasine du combat de ses propres connaissances. Et il avait voulu lui faire croire qu'il pourrait désormais affronter n'importe quel adversaire. Andrej payait aujourd'hui le prix de cette présomption.

En fin de compte, Malthus le battrait et il le savait.

Un sourire assuré se dessina sur le visage du chevalier d'or, mais il ne relâcha pas pour autant son attention. Pas à pas, il faisait reculer Andrej, qui n'avait d'autre choix que de parer et de rompre pour échapper aux coups.

Pourtant, il fut touché une nouvelle fois.

Malthus écarta l'épée sarrasine d'un coup sec puis, d'un revers parfaitement maîtrisé, enfonça sa lame dans le ventre d'Andrej. Une douleur abominable explosa dans son estomac et se répandit par vagues dans son corps tout entier. Il se recroquevilla, laissa tomber son arme et tomba à genoux, attendant le coup de grâce. Mais il ne vint pas.

Au lieu de décapiter son adversaire, Malthus rompit de deux pas, baissa sa garde et attendit que la vie cesse de quitter le corps d'Andrej à flots rouges et bouillonnants.

Andrej tendit une main ensanglantée vers son épée et se releva péniblement en prenant appui sur la lame. Il chancelait et ses genoux menaçaient à tout instant de se dérober. Pour la première fois, il comprit que l'apprentissage d'une technique de combat supérieure n'était pas garant d'invincibilité. Il n'avait pas encore été mortellement atteint, mais la perte de sang l'affaiblissait. Et cette faiblesse disparaissait moins vite que la douleur.

« Tu es doué, Delãny, jeta Malthus. De toute évidence, tu as eu un maître excellent. Mais il a oublié de t'enseigner une chose : ne te sers jamais de ta vigueur comme d'une arme ! Elle est une alliée capricieuse. »

Sans prévenir, il se relança à l'assaut.

Et cette fois il le fit avec sérieux.

Andrej le contra avec une fraction de seconde d'avance en se laissant tomber en arrière et en visant les genoux de son assaillant, avant même que ses épaules ne touchent le sol. Il fit mouche, mais le coup n'était pas assez fort pour arrêter ou même déséquilibrer durablement un homme aussi grand et lourd.

Néanmoins, Delãny fit vaciller son adversaire et son épée manqua sa gorge, creusant à la place une fente profonde dans le sol de l'entrepôt.

Andrej se redressa d'un bond, lança un coup d'épée à l'aveuglette derrière lui et sentit qu'il avait touché quelque chose. Il entendit un grognement de douleur, se retourna d'un mouvement instinctif et vit Malthus se jeter sur lui comme un taureau furieux. On aurait dit que la profonde blessure qui lui barrait la poitrine n'existait pas pour lui.

Andrej n'essaya même pas de parer l'assaut... Toute tentative pour retenir le géant en colère aurait été un suicide. Il se contenta de se laisser tomber une nouvelle fois en arrière, transformant agilement sa chute en saut pour se retrouver debout au moment où le chevalier abattit son arme, le manquant de peu. Au même instant, Andrej brandit l'épée sarrasine et enfonça sa lame dans la cuisse de Malthus, qui trébucha en avant et s'effondra avec un cri de douleur.

Malgré son entaille profonde dont le sang s'échappait violemment, le chevalier se remit aussitôt sur pied. Son visage était tordu de douleur et il avait du mal à se tenir debout. Mais lorsque Andrej tenta de tirer profit de cet avantage supposé et de l'attaquer, Malthus le reçut avec un enchaînement de coups furieux et pourtant parfaitement maîtrisés, qu'il eut toutes les peines du monde à esquiver.

Andrej pensait que le chevalier ne tiendrait plus très longtemps mais, au bout de quelques instants, il se rendit compte de son erreur. À l'encontre de toutes les lois de la nature, le flot de sang jaillissant de sa cuisse se tarit soudain et, bien qu'averti du phénomène, Andrej constata avec consternation que l'expression de douleur avait disparu du visage du géant, qui se redressait maintenant de toute sa hauteur.

C'était impossible ! Même après les explications détaillées de Malthus, Delãny n'avait toujours pas véritablement saisi la signification de ses paroles. Il s'était fermé au sens qu'elles véhiculaient. Andrej ne pouvait nier que, chez lui aussi, les plaies se refermaient beaucoup plus vite que chez le commun des mortels, mais ce qu'il voyait là était totalement différent. Personne ne pouvait se remettre aussi vite d'une telle blessure ! Jamais pareille entaille n'aurait dû se refermer aussi rapidement !

Cependant, le phénomène confirmait indéniablement ses propres expériences, même s'il n'avait jamais vraiment cherché à en connaître les raisons. Cela expliquait pourquoi il se remettait plus vite de ses blessures que n'importe qui de sa connaissance, exception faite de Frederic et de Barak. Cela expliquait pourquoi le frère Toros l'avait chassé de la vallée de Borsa comme s'il avait été le diable en personne et pourquoi l'Église avait envoyé Domenicus exterminer les Delãny une fois pour toutes. Il comprenait maintenant la présence des chevaliers d'or.

En cet instant, tout s'écroula pour Andrej, sa vision du monde, sa compréhension des lois qui dirigeaient son existence, la foi qui le maintenait en vie et lui donnait la force de continuer, malgré les souffrances endurées. En cet instant précis, il comprit la vérité pleine et entière, puis elle lui échappa de nouveau, le repoussant dans une réalité non moins menaçante.

« Tu es doué, Delãny », haleta Malthus d'une voix légèrement tremblante. La fureur se lisait toujours dans ses yeux. « Mais maintenant c'en est assez. Je n'ai plus le temps, vois-tu. Mon bateau va bientôt quitter le port. »

Andrej réussit à parer le coup suivant, mais sa force seule le fit reculer en chancelant.

Malthus changea de nouveau de tactique. Il attaquait avec moins de vivacité, privilégiant une combinaison de force brutale et de technique raffinée. Andrej parait ses assauts sans effort, mais chaque coup lui envoyait des vagues de douleur intolérable dans les bras et les épaules. Ses forces baissaient, pas à pas il reculait devant Malthus, mais le géant poursuivait inexorablement sa progression et ses attaques ne faiblissaient pas.

Andrej était proche du désespoir. Il était resté sur la défensive depuis le début de ce combat, ce qui, selon Mikhaïl Nadasdy, était le meilleur moyen de perdre. Malthus ne lui donnait tout simplement aucune occasion de prendre l'initiative.

Si tu es plus faible que ton adversaire, lui chuchota la voix de Mikhaïl Nadasdy dans sa tête, *cherche sa propre faiblesse !*

Mais ce type n'avait aucune faiblesse ! Il contrôlait parfaitement leur engagement et enchaînait les coups avec une régularité toute mécanique. Le moment où l'un de ses assauts allait percer les défenses d'Andrej pour le blesser gravement était prévisible. Malthus ne l'épargnerait sûrement pas une troisième fois.

Andrej para un nouveau coup et réussit, presque par hasard, à blesser son adversaire à la main. La blessure n'était pas mortelle, mais elle était sûrement douloureuse. Malthus grogna tandis qu'une nouvelle flambée de fureur meurtrière se lisait dans ses yeux. Sa contre-attaque fut si vigoureuse qu'Andrej eut peine à rester debout.

Pourtant, il ressentit à ce moment que même cet homme pouvait être vaincu.

Il était loin de triompher, mais il reprit un peu d'espoir. Les neuf dixièmes de son attention étaient toujours mobilisés pour se défendre contre les attaques de plus en plus brutales du chevalier d'or, mais il consacrait le dixième restant à réfléchir au moyen de tirer parti de ce possible point faible de son adversaire. Il devait mettre Malthus en colère, c'était la seule façon de le pousser à l'erreur.

Pour contrer le coup suivant, Andrej fit appel au reste de ses forces, mais réussit à donner à sa parade l'apparence de la facilité. Puis il éclata de rire.

« Peut-être avez-vous raison, Malthus, lança-t-il. Il est vraiment temps d'arrêter ces enfantillages. Et… vous voulez savoir quelque chose ? Contrairement à moi, vous n'êtes pas doué. Seulement grand, fort et vieux. Trop vieux. Mais pas vraiment doué. »

Malthus ne répondit pas, mais il pinça les lèvres et ses yeux flamboyèrent. Il frappa avec tant de violence que, s'il avait fait mouche, il aurait fendu Andrej en deux de la tête aux pieds, mais ce dernier esquiva au dernier moment et vint se placer en sautillant derrière son adversaire. Il s'abstint de blesser Malthus à l'épaule, alors que sa position le lui aurait permis. Au lieu de cela, il mobilisa ses dernières forces pour lui décocher un formidable coup de pied dans le derrière et éclata d'un rire moqueur lorsque le géant se retourna vers lui avec un grognement de colère.

« Pourquoi n'abandonnez-vous pas, Malthus ? demanda-t-il, provocant, en faisant passer plusieurs fois son épée de la main droite à la main gauche. Qui sait ? Peut-être vous laisserai-je même la vie… Il n'est pas très amusant de tuer un adversaire aussi maladroit que vous. »

Malthus gronda comme un taureau blessé, brandit son épée et se jeta sur lui avec toute la fureur d'une puissance élémentaire.

Andrej n'essaya pas de le retenir, mais il se laissa tomber à genoux, empoigna l'épée sarrasine à deux mains et porta, au dernier moment, un coup oblique vers le haut tout en effectuant une rotation sur le côté. La lame aussi acérée qu'un rasoir s'enfonça dans le corps de Malthus sans rencontrer de résistance notable, sectionna la colonne vertébrale et ressortit dans le milieu du dos.

Le chevalier se figea. Un gémissement franchit ses lèvres, dans lequel Andrej crut entendre une sorte de soulagement. Ses doigts s'ouvrirent, l'épée chut et le géant tomba lentement à genoux devant Andrej.

Delãny tenait toujours la poignée de son épée des deux mains. Il sentit la lame bouger et provoquer des lésions toujours plus importantes. Du sang coulait sur les lèvres du géant, il suffoquait de douleur, ses yeux étaient vitreux et il tremblait de tout son corps. Andrej ne voulait pas le faire souffrir. Il ne voulait faire souffrir personne. Mais il n'avait pas le choix et il continua de mouvoir son épée. Malthus poussa un nouveau gémissement et un autre flot de sang rouge sombre s'échappa de ses lèvres. Andrej se dégoûtait lui-même de ce qu'il était en train de faire, mais s'il ne laissait que l'ombre d'une chance au chevalier d'or, il le paierait de sa vie.

Bien que connaissant la réponse, il demanda pourtant : « Si je te laisse la vie, t'en iras-tu ?

— Aucune… chance… Delãny, balbutia Malthus. Si tu… m'épargnes… c'est moi… qui te tuerai.

— Alors tu ne me laisses pas le choix. » Un authentique regret était perceptible dans sa voix.

« Tue-moi, haleta le géant. Mais d'abord… réponds à une dernière question.

— Que veux-tu savoir ?

— Je suis… vraiment… ton premier ? »

Andrej hocha la tête.

« Alors tu vas bientôt... avoir une surprise. Au revoir, Delãny. Peut-être plus vite... que tu ne crois. Et maintenant, fais-le ! »

Il avait presque crié ces derniers mots. Andrej le regarda une dernière fois dans les yeux, puis il se redressa, arracha l'épée d'un coup sec et, d'un même mouvement fluide, lui perfora le cœur.

Une seconde encore, Malthus resta agenouillé le dos bien droit, puis il bascula lentement vers l'avant et heurta le plancher sale avec un bruit sourd.

Andrej recula d'un pas, secoua violemment le sang qui maculait la lame de son épée sarrasine et la rengaina.

Il se sentait... vide. Il n'éprouvait ni triomphe ni satisfaction, ni même le soulagement que tout fût terminé. Il était seulement épuisé. Quoi que Malthus ait voulu dire en lui parlant de la surprise qu'il éprouverait lors de sa première « transformation », cela ne venait pas. Il avait tué le premier de son espèce et se sentait comme un meurtrier alors même qu'il avait été contraint d'agir ainsi. Il n'avait pas voulu détruire cet homme.

Soudain il se passa une chose qui l'épouvanta. Il s'approcha du mort à pas mesurés. Il craignit tout d'abord que les yeux béants ne se referment, ne clignent et ne se posent sur lui avec un regard glacial. Il crut voir trembler légèrement la main du cadavre, un mouvement à peine perceptible qui se transmettrait à tout le corps, jusqu'à ce que le géant se redresse et avance vers lui...

Mais ce n'était qu'une illusion. Malthus était aussi mort qu'un homme – *un homme ?* – pouvait l'être. Et pourtant, il n'avait que la parole du chevalier pour croire que seul un coup en plein cœur pouvait le tuer. Peut-être ne lui faudrait-il, cette fois, qu'un peu plus de temps avant de revenir à lui et de rassembler ses forces pour attaquer un adversaire qu'il pouvait toujours vaincre. Peut-être ne lui avait-il raconté la fable du coup en plein cœur que pour mieux se moquer de lui ensuite.

Ces idées étaient légitimes, mais quelque chose au fond d'Andrej lui certifiait qu'elles étaient fausses. Et ce même quelque chose savait exactement ce qu'il avait à faire.

Delãny s'accroupit à côté du corps de Malthus. Son genou droit effleurait presque tendrement le bras du mort. À son immense surprise, il se sentait profondément concentré, plus encore qu'en s'adonnant aux exercices que Mikhaïl Nadasdy lui avait appris pour se préparer au combat. Dans le même temps, il se sentait à grande distance de lui-même. Il n'éprouvait rien d'autre que la certitude de faire ce qui devait être fait.

Il approcha son visage de celui du cadavre, puis de sa gorge. Le soleil, dont seuls quelques rayons épars pénétraient en ces lieux, parut s'obscurcir tout en l'éblouissant de plus en plus. Cette sensibilité soudain décuplée à la lumière l'obligea à plisser les yeux, l'empêchant de bien voir sa victime. Il crut alors sentir comme une main cruelle et glacée étreindre son cœur. Tout en lui se tendait avidement vers cette nourriture qui lui avait trop longtemps manqué et lui commandait d'obéir enfin à sa véritable nature.

Ses dents effleurèrent la gorge du mort et il comprit soudain avec effroi ce qu'il s'apprêtait à faire. Ses mains et ses genoux se mirent à trembler lorsque la signification des paroles de Malthus l'atteignit de plein fouet. Mais comme la hyène qui a trouvé sa proie et ne se laisse détourner de son horrible festin que par la force, il accomplit la tâche qui lui permettrait d'absorber cette nourriture si essentielle pour lui.

Ses dents s'enfoncèrent dans la jugulaire du chevalier.

Au même instant, la chaleur pure de l'élixir de vie se répandit en lui. Tandis qu'il aspirait et buvait, des vagues d'énergie déferlaient les unes après les autres dans ses veines, l'imprégnant, le submergeant comme si elles voulaient l'anéantir.

Il poussa un hurlement. Une souffrance indicible le transperçait, chaleur et douleur se livraient dans son corps à une sarabande infernale, mais il sentit également un courant sans cesse plus puissant de force vitale entrer en lui, dont la violence dépassait tout ce qu'il avait jamais connu, qui submergeait chaque cellule de son être et menaçait de le faire exploser.

Et ensuite… Malthus fut là.

Avec l'énergie de cette *transformation*, autre chose passa en Andrej. Rien de physique, bien sûr, ce n'était pas comme s'il avait absorbé la conscience du chevalier d'or, ses pensées, ses sentiments ou ses souvenirs. C'était plutôt l'idée pure de cet homme, ce qui avait fait de Malthus ce qu'il était : son amertume, sa colère et sa sourde résignation face à un destin qu'il n'avait pas librement choisi et dont il n'avait peut-être, au fond de lui-même, jamais voulu. Avec Malthus, la force et l'énergie vitale de tous ceux qu'il avait tués et dont il avait bu le sang, se transmirent à Andrej. Une énergie qu'il avait faite sienne, qu'il avait absorbée, transformée à son image, modifiant l'identité de ses adversaires vaincus.

Le combat fut difficile, incroyablement difficile, et pendant longtemps Andrej ne fut pas certain de le remporter. Plus d'une fois, il manqua devenir Malthus plutôt que de l'intégrer à sa propre personnalité. C'était sa première transformation. Il n'avait aucune expérience de ce mystérieux processus, il ne savait pas ce qui lui arrivait et il ignorait surtout ce qu'il pouvait ou devait faire pour défendre son identité contre ce déferlement de pure énergie négative.

Andrej risqua maintes fois de se noyer dans le tourbillon d'amertume et de haine qui envahissait son esprit comme une vague de goudron noir et visqueux cherchant à l'attirer au fond et à dévorer son âme. Mais soudain il ne fut plus seul. Dans l'obscurité qui régnait autour de lui apparurent les visages de Raqi et de Mikhaïl Nadasdy, le grand et unique amour de sa vie, et le seul père et ami qu'il eût jamais eus. Raqi, jeune et radieuse comme au premier jour, lui souriait, tandis que Mikhaïl Nadasdy le contemplait avec son habituel froncement de sourcils, mi-moqueur, mi-bienveillant.

Andrej savait qu'ils n'étaient pas vraiment là, mais cela n'avait aucune importance. Ses mains tâtonnèrent dans le noir comme pour toucher ces visages familiers et même si ce n'était qu'une illusion, il puisa de nouvelles forces dans le seul souvenir de ces deux personnes aimées. Qu'ils fussent là ou non comptait peu. L'essentiel était ce que Raqi et Mikhaïl Nadasdy signifiaient pour lui.

Ensuite, les choses devinrent presque faciles. Le courant rouge sombre qui, à l'instant encore, menaçait d'emporter Andrej avec lui se révolta une dernière fois… et s'éteignit. La force qui émanait de Malthus était toujours là, mais elle s'était fondue en lui. Elle n'était plus son ennemie, mais un tranquille réservoir au fond de son âme, où il pouvait puiser quand le besoin s'en faisait sentir. D'une certaine manière, il avait peut-être délivré Malthus et les autres… En tout cas, il l'espérait.

Andrej, à genoux auprès du mort, ouvrit les yeux. Il se sentait vide et épuisé comme jamais auparavant, mais il ressentait également une force à l'intérieur de lui qu'il n'aurait su décrire.

À cet instant, il perçut un sifflement strident et, avant qu'il ait pu se mettre à l'abri, une flèche empennée, à peine plus longue que la main, transperça son épaule gauche, le fit tournoyer et le cloua littéralement au poteau devant lequel il se trouvait. Andrej suffoqua de douleur. De la main droite, il tenta d'empoigner la flèche et de l'extraire, mais il ne réussit qu'à accentuer sa souffrance. Il laissa tomber la main en gémissant et tourna la tête vers l'entrée, certain de découvrir l'un des deux autres chevaliers d'or. Il ne vit que le duc Jak Demagyar, debout à deux pas de la porte, qui levait sans hâte son arbalète. D'un tir adroit, il épingla la main droite d'Andrej au poteau.

« Incroyable, marmonna-t-il en s'approchant et en secouant la tête, tout en plaçant un nouveau trait dans l'arbalète. Il devait en être ainsi lorsque les anciens dieux se livraient bataille… Et dire que je vous prenais pour un barbare inculte ! »

Andrej, luttant de toute sa volonté contre la douleur, bandait ses muscles et s'efforçait vainement de libérer sa main. Le carreau d'arbalète s'était si profondément enfoncé dans le bois qu'il aurait eu besoin de ses deux mains pour le retirer.

La tentative d'Andrej ne passa pas inaperçue aux yeux de Demagyar. Il secoua pensivement la tête, leva son arme et visa cette fois le cœur. « N'y pense même pas, Delãny, dit-il. J'ai vu à quel point tu es rapide. »

Apparemment tu n'as pas tout vu, pensa Andrej, *sinon tu me tuerais sans attendre.* Il cessa néanmoins de s'agiter vainement. Pourquoi s'infliger lui-même de nouvelles souffrances s'il n'avait rien à y gagner ?

« Qui es-tu, Delãny ? interrogea Demagyar. Es-tu… un sorcier ? Ou Domenicus avait-il raison quand il disait que tu avais pactisé avec le diable ? »

Les pensées d'Andrej se bousculaient dans son esprit. Jak Demagyar avait, de toute évidence, assisté à la transformation, peut-être même aux derniers instants du combat. Mais il ne savait pas tout. Apparemment, il croyait encore pouvoir tuer Andrej d'un seul tir de son arbalète. Par ailleurs, il ne prendrait sûrement pas le temps de discuter avec lui s'il connaissait sa vraie nature, pas s'il avait une once d'intelligence dans le cerveau.

« Qui sait ? répondit Andrej. Mais si c'était le cas, il ne serait pas très sage de vous en prendre à moi. »

Le duc se contenta de rire. « Tu n'abandonnes jamais, hein ? Jamais. Ne te fais pas d'illusion, je te tuerai comme j'ai tué le garçon. Mais réponds d'abord à une question.

— Pourquoi le ferais-je ?

— Fais-le au moins parce que tu resteras en vie aussi longtemps que je parlerai avec toi. » Amusé, Demagyar agita l'arbalète puis se dirigea vers le cadavre de Malthus, s'accroupit et, après une brève hésitation, saisit la lourde épée à deux mains du chevalier. Il n'était pas un gringalet, pourtant il eut quelque peine à la soulever et à la brandir devant lui.

« Laisse-moi réfléchir, dit-il pensivement. C'est arrivé lorsque tu… as percé son cœur avec ton épée. » Il se tourna vers Andrej. « Je me demande s'il en irait de même pour toi… »

Une peur atroce paralysa Andrej. L'idée était absurde : après tout ce qu'il avait enduré, c'était donc ainsi qu'il allait mourir ? Instinctivement, il chercha à se redresser, mais en vain ; son épaule et sa main étaient solidement clouées au poteau et il était contraint de se tenir accroupi, dans une position humiliante, sans pouvoir faire un mouvement.

« Oui », lança Demagyar. Il avait correctement interprété la réaction d'Andrej. « C'est ce qui va t'arriver. »

Il s'approcha et leva l'épée quand, soudain, il interrompit son geste. Son regard fixait la main droite d'Andrej et une expression de surprise apparut sur son visage.

Andrej regarda sa main à son tour. Elle avait cessé de saigner.

« Que… ? » marmonna Demagyar.

Du vacarme s'éleva soudain dehors, devant la porte, un bruit, un cri étouffé, mais Andrej ne savait pas ce qu'il venait d'entendre. Quelques secondes plus tard, il crut percevoir un bruit métallique.

Demagyar avait entendu, lui aussi, et se retourna d'un bond. « Ne bouge pas, Delãny, lança-t-il avec cynisme. Je reviens tout de suite. »

Il s'approcha rapidement de la porte et, alors qu'il n'était plus qu'à un pas, elle s'ouvrit à toute volée et vint cogner contre le mur. D'un bond en arrière, le duc l'évita de justesse. Un soldat en uniforme orange et blanc entra dans l'entrepôt à reculons en titubant, fit encore deux pas mal assurés et s'écroula juste à côté du duc.

S'il avait une seule chance, c'était le moment de la saisir. Andrej mobilisa toutes ses forces, se prépara intérieurement à la douleur et arracha sa main droite du poteau. Tout d'abord, il ne sut même pas s'il avait réussi, mais il sentit aussitôt qu'il pouvait librement bouger le bras. Le carreau d'arbalète était toujours fiché dans le bois, mais Andrej avait recouvré une partie de sa mobilité.

La douleur lui donna la nausée. Il se serait sans doute écroulé si le deuxième trait ne l'avait pas maintenu contre le poteau.

Jak Demagyar s'était rapproché de la porte et brandissait l'épée, prêt à se battre. Mais il s'immobilisa soudain. Tout était brouillé aux yeux d'Andrej et il ne voyait Demagyar que de profil, mais il constata néanmoins que toute couleur s'était retirée du visage du duc. Il écarquillait les yeux, à la fois incrédule et terrifié.

Andrej serra les dents, leva la main et chercha à saisir le trait enfoncé dans son épaule, mais ses doigts refusèrent de lui obéir. Il était pourtant tout à fait sûr de disposer des mêmes capacités que Malthus, en tout cas à ce moment précis.

Son corps se régénérerait comme celui du géant pendant le combat, quand Andrej lui avait presque sectionné la jambe, mais cela prendrait un peu de temps. Il devait attendre que les muscles et les tendons déchirés de sa main se réparent. Il ignorait si le processus se terminerait assez vite.

Le duc Demagyar semblait avoir perdu tout intérêt pour lui. Tremblant, il recula d'un pas et baissa l'épée. L'arme était sans doute trop lourde pour lui permettre de la tenir longtemps brandie.

« Non, bégaya-t-il. Ce… ce n'est pas possible. »

Andrej leva une nouvelle fois la main et attrapa le trait d'arbalète. Chaque mouvement lui causait des souffrances atroces, chacun de ses doigts lui semblait en feu. Mais il parvint à ses fins.

Demagyar recula encore d'un pas. Face à lui, dans l'encadrement de la porte de l'entrepôt, se tenaient le comte Bathory et un homme de haute taille, revêtu d'une cotte de mailles noire. Ils étaient tous deux armés d'épées, et le comte Bathory portait un bandage autour du front.

Cependant, la terreur du duc ne s'adressait pas au comte ni à son compagnon. Demagyar fixait une silhouette beaucoup plus petite, aux vêtements déchirés et maculés de sang, qui se tenait entre Bathory et le soldat à la cotte de mailles.

« Mais ce… n'est pas possible, balbutia Demagyar de nouveau. Je t'ai tué !

— Oui, répondit Frederic, c'est vrai. » Il ouvrit sa tunique. De sa poitrine dépassait le manche d'un poignard.

Andrej se pétrifia. Pendant un court instant, son cerveau s'embrouilla et il fut incapable de former une seule pensée cohérente.

« Mais, la prochaine fois, il faudra viser le cœur, pas juste à côté », poursuivit Frederic. Il leva lentement la main, ferma les doigts sur le manche du poignard et entreprit doucement d'extraire l'arme de sa chair. Du sang coula de la blessure et le visage du garçon se teinta de gris. Il vacilla, poussa un long gémissement de douleur, parut sur le point de s'écrouler, mais reprit finalement son équilibre. Centimètre après centimètre, il ressortit le poignard et, au moment précis où il libéra la pointe de la lame, la plaie cessa de saigner.

« Vous auriez dû vous y prendre autrement », continua Frederic d'une voix rauque. Il s'avança en chancelant vers le duc, leva la main ensanglantée qui tenait le poignard et dit : « À peu près comme ça. »

À ces mots, il enfonça le poignard obliquement, du bas vers le haut, dans la poitrine de Demagyar.

Le mouvement de Frederic fut lent, en tout cas à peine plus rapide que celui par lequel il avait extrait l'arme de sa poitrine. Pourtant, Demagyar n'esquissa pas un geste pour se défendre. Debout, immobile, il regardait, terrifié, le poignard que Frederic lui enfonçait impitoyablement dans le cœur. Puis il s'effondra à genoux en exhalant un profond soupir.

Lorsque leurs yeux furent à la même hauteur, Frederic retira sa main et fit un rapide mouvement balayant devant le visage du duc. Demagyar laissa tomber l'épée, porta les deux mains à sa gorge et tomba en arrière avec un râle. Du sang rouge clair coulait entre ses doigts.

« Vous voyez, monseigneur, lança Frederic d'une voix imperturbable, c'est ainsi qu'il faut faire. »

En deux pas rapides, le comte Bathory fut auprès du duc agonisant et le contempla froidement. Puis il s'approcha d'Andrej. Sans un mot, il rengaina son épée, saisit le carreau d'arbalète à deux mains et le retira d'un coup sec.

Andrej cria de douleur, conserva difficilement son équilibre et pressa la main sur la blessure, qui se remit à saigner de plus belle. Néanmoins, il ne lisait qu'une pitié mesurée sur le visage de Bathory.

Frederic s'approcha lentement de lui. Son visage s'éclairait d'un timide soupçon de sourire. N'eût été dans ses yeux une expression qui fit frissonner Andrej, on aurait pu le prendre pour un enfant parfaitement normal, bien qu'un peu petit pour son âge.

« Voilà ce que j'ai toujours voulu te dire, expliqua Frederic. Mais je n'y arrivais pas. Et, d'ailleurs, tu n'as jamais vraiment voulu m'écouter. »

Peut-être a-t-il raison, pensa Andrej. Au fond de lui, il l'avait sans doute toujours senti. Il s'avouait enfin qu'il aurait *dû* le deviner, au plus tard après l'incendie de l'auberge. S'il n'avait rien vu, c'est qu'il n'avait rien voulu voir.

« Es-tu fier de toi maintenant ? lança-t-il avec amertume. Au moins n'as-tu pas eu trop de mal à tuer ton deuxième homme. Je veux dire, tu devrais commencer à prendre l'habitude.

— Étrange façon de me remercier, grommela Frederic. Si nous n'avions pas…

— S'il n'avait pas tué Demagyar, c'est moi qui l'aurais fait, l'interrompit le comte Bathory.

— Vous auriez tué votre duc ? » Incrédule, Andrej dévisagea le comte et se figea dans une position quelque peu insolite. Sa plaie à l'épaule avait cessé de saigner, la douleur avait disparu, mais il garda la main appuyée dessus, essayant de donner l'impression de ne se tenir debout qu'avec difficulté.

Cependant, l'expression du comte Bathory dévoilait clairement ce qu'il pensait des talents d'acteur d'Andrej.

« C'était un mauvais souverain, expliqua l'aristocrate. Guère aimé de ses sujets. Tôt ou tard, quelqu'un l'aurait sûrement assassiné. Vous avez vu son… palais. Croyez-vous qu'il l'ait transformé en forteresse sans raison ? » Il secoua la tête avec mépris. « Jak Demagyar était un despote cruel. Et un imbécile par-dessus le marché. Je n'ai pas cru un seul instant à l'histoire du prétendu cambriolage… pas plus qu'à son simulacre d'embuscade dans la nuit.

— Je suis étonné de vous voir toujours en vie, remarqua Andrej.

— Dieu me garde ! » Le comte Bathory eut un léger rire. « Je devais rester en vie, Demagyar avait besoin d'un témoin crédible de l'attentat mené contre lui. Cela lui aurait fourni le prétexte d'augmenter encore l'impôt et de se débarrasser de quelques gêneurs qui l'ennuyaient depuis longtemps. Je le répète, Jak Demagyar était un monstre, nul ne le regrettera ni ne posera beaucoup de questions sur les circonstances de sa mort. »

Andrej observa pensivement le poignard à la ceinture de Frederic. Il voulut dire quelque chose, mais le comte secoua la tête et répéta d'une voix un peu plus forte : « Nul ne posera de questions, Delãny… à moins qu'on ne l'y force. »

Andrej comprit. Ces derniers jours, il avait vu beaucoup de choses qu'il n'avait pas voulu voir et il était sans doute plus sage de ne pas chercher à tout comprendre.

« Le garçon et vous feriez mieux de quitter la ville, continua Bathory. En tout cas, pour un petit moment. » Il éclata soudain de rire. « Sinon, il se pourrait bien que je sois forcé de vous faire exécuter. Imaginez seulement la tête du bourreau en constatant qu'il n'y a rien à faire pour vous tuer ! Et, en toute honnêteté… je n'ai pas du tout envie de savoir de quoi il retourne avec vous deux. Je ne comprends pas ce qu'il en est et je doute que vous ou quiconque soyez en mesure de me l'expliquer. »

Andrej le dévisagea d'un air dubitatif. « Vous nous laissez partir ?

— Il serait beaucoup trop compliqué de faire autrement », répondit le comte.

Il posa une fois encore les yeux sur l'épaule d'Andrej et se détourna nerveusement de la blessure déjà pratiquement guérie.

« Et… (Andrej désigna Frederic d'un geste) sa famille ?

— Le navire a appareillé, répondit le comte Bathory avec une réelle surprise. Tout comme l'autre.

— Quel autre ?

— La *Mouette,* répondit le comte. Le navire du père Domenicus. Il prend la mer en ce moment même. »

Andrej voulut s'élancer, mais le comte lui posa une main apaisante sur le bras et secoua la tête.

« Cela n'aurait aucun sens, Delãny. Vous ne trouveriez personne pour vous aider à arrêter le navire d'un inquisiteur.

— Et le pirate ?

— Il est parti depuis longtemps. Mais je pense que je peux vous dire où il va. » Il soupira profondément. « Vous devrez choisir lequel des deux bateaux vous voulez suivre, Delãny, car ils se dirigent vers des ports différents… À moins de jouir aussi du don d'ubiquité. »

Le regard dont il accompagna ces paroles montrait clairement qu'il ne tenait plus cela pour impossible et qu'il préférait, une fois encore, se passer de réponse.

Andrej se tourna vers Frederic puis vers le comte et de nouveau vers le garçon. Puis il se décida : « Abou Doun. »

Et ensuite les deux chevaliers d'or, ajouta-t-il mentalement. *Ils sont peut-être presque invincibles, mais ils ignorent ce que c'est que de provoquer la colère d'un Delãny.*

AINSI S'ACHÈVE « AU BORD DU GOUFFRE »,
PREMIER LIVRE DE
LA CHRONIQUE DES IMMORTELS.

Achevé d'imprimer en mars 2007
par l'imprimerie France Quercy
à Mercuès (Lot)
pour le compte de
la Librairie l'Atalante

N° d'imprimeur : 70017/
Dépôt légal : mars 2007

IMPRIMÉ EN FRANCE